DIE SCHWARZE LUCRETIA

Zum Buch

Rom zur Zeit des großen Kaisers Augustus: Die Römer beherrschen zwar die Welt, doch auf vielen Gebieten von Kultur und Heilkunst sind sie auf die Hilfe der Griechen angewiesen. Herophilos ist solch ein Medicus, der sich in Rom niedergelassen hat. Dort lebt er glücklich und zufrieden – bis er sich in eine Patientin verliebt. Durch die schöne Julia erhält Herophilos Zugang zu den höheren Kreisen der römischen Gesellschaft. Der Grieche ahnt nicht, daß er sich damit gefährliche Feinde schafft. Als er aus den Ferien mit Julia nach Rom zurückkehrt, findet er seinen Gehilfen tot und seine Praxis verwüstet vor.

Zum Autor

Siegfried Obermeier, Jahrgang 1936, war Redakteur einer Kunstzeitschrift. Er schrieb zahlreiche Erzählungen und historische Romane, u. a. »Mein Kaiser – mein Herr«. Bei Econ erschien zuletzt: »Die Hexenwaage« (TB 25171)

Siegfried Obermeier

DIE SCHWARZE LUCRETIA

Historischer Kriminalroman

Econ & List Taschenbuch Verlag

Veröffentlicht im Econ & List Taschenbuch Verlag
1998
Der Econ & List Taschenbuch Verlag
ist ein Unternehmen der Econ & List Verlagsgesellschaft

Umschlagkonzept: Büro Meyer & Schmidt, München – Jorge Schmidt
Umschlagrealisation: Init GmbH, Bielefeld
Titelabbildung: Mauritius, Mittenwald
Lektorat: Esther Hansen/RR
Druck und Bindearbeiten: Elsnerdruck
Printed in Germany
ISBN 3-612-25174-0

1

Mein Vater Apollonios stammte aus Alexandria und war ein Freigelassener des Gaius Octavianus. Dieser hatte dem begabten Jungen auch das Studium in einer guten Medizinschule ermöglicht. Nur die Götter wissen, wieviel schlechte es daneben gibt, die vorwiegend Quacksalber und Kurpfuscher produzieren, und jeder kranke Mensch ist zu bedauern, der solchen pseudogelehrten Betrügern in die Hände fällt.

In aller Bescheidenheit darf ich bemerken, daß sich diese Begabung auf mich, Herophilos, vererbte, und ich meine schulische und vorwiegend theoretische Ausbildung in der *taberna* meines Vaters praktisch fortsetzte. Aufgrund seiner Herkunft und seines Namens galt er als ›griechischer‹ Arzt, was die Römer bekanntlich überaus schätzen, weil die Heilkunst in Hellas eine uralte Tradition hat. Das meiste habe ich daher bei meinem Vater und im direkten Umgang mit Patienten, Arzneien und den sich daraus ergebenden Problemen gelernt. Es gibt einfache Arzneien und einfache Patienten, und es gibt von beiden sehr schwierige, wie man später noch gelegentlich sehen wird.

Diese Geschichte ist meinem Freund und Diener Gallus gewidmet, der mir vor allem bei letzteren immer eine große Hilfe war – bis zu seinem plötzlichen Tod. Unsere Begegnung hätte wohl niemals stattgefunden, wäre nicht Gaius Octavianus später von Julius Caesar adoptiert worden und Marcus Antonius und Marcus Lepidus zu *triumviri* aufgestiegen.

Doch was jeder Schuljunge lernt, brauche ich hier nicht im Detail darzustellen, aber wir wissen, daß dieses Triumvirat zerbrach und am Ende Octavianus dem Antonius als Feind gegenüberstand.

Und hier setzt nun meine, setzt unsere Geschichte ein. Octavianus – ich werde ihn von nun an mit seinem späteren Ehrennamen Augustus nennen – gehörte wohl zu den ersten Feldherren, die in ihrer Truppe Militärärzte beschäftigten. Anfangs nur sporadisch und mehr versuchsweise eingesetzt, gehörten sie schon bald zum festen Bestand jeder römischen Legion. Sie erhielten den Rang eines Centurio, und jeder hatte Anspruch auf einen *servus medicus*, einen Arztgehilfen, den er sich selbst wählte und ausbildete.

Mein Vater, der damals noch lebte, war strikt dagegen, seinen Sohn in ein militärisches Abenteuer zu entlassen, aber ich meinte, nirgends würden chirurgische Erfahrungen vielfältiger und zahlreicher vermittelt als bei der Truppe, außerdem seien damit ein guter Lohn und die sofortige Aufnahme in die römischen Bürgerlisten verbunden. Letzteres war ein Argument, dem sich mein Vater, wenn auch widerwillig, beugte. Er selber konnte als

Freigelassener das Bürgerrecht nicht erwerben, aber ich wußte recht gut, daß er es für mich erhoffte. Das wäre an sich nicht schwierig gewesen, weil schon Julius Caesar ein Gesetz erlassen hatte, das allen frei geborenen in- und ausländischen Ärzten auf Antrag das Bürgerrecht gewährte, aber solange ich nur als Gehilfe meines Vaters galt, besaß dieses Gesetz für mich keine Gültigkeit.

So setzte ich meinen Willen durch, und als es darum ging, mir einen Gehilfen auszusuchen, fiel mein Auge auf Gallus.

Ich zählte damals etwa zweiundzwanzig Jahre, Gallus wußte sein Alter nicht genau anzugeben, meinte aber, älter als achtzehn könne er nicht sein. Sein Vater war nach dem gallischen Krieg als Sklave nach Ostia in den Haushalt eines *dominus navis*, eines großen Reeders, gekommen und durfte mit Zustimmung seines Herrn eine syrische Sklavin heiraten, die ihm einen Sohn gebar. Diesen nannte er, in Erinnerung an seine alte Heimat, Gallus. Sklaven werden meist nicht alt, weil besonders die reichen Herren an ihnen Arzt und Pflege sparen und sich lieber neue und jüngere *servi* besorgen. Als die Eltern von Gallus kurz nacheinander starben, war er noch ein halbwüchsiger Junge mit nicht gerade rosiger Zukunft, wie er mir selber erzählte:

»Dann brachen schlechte Zeiten für mich an. Ein Sohn unseres *dominus* hatte die Geschäfte seines schon kranken und hinfälligen Vaters übernommen, und wenn der Alte streng aber gerecht über seinen riesigen Haushalt regiert hatte, so geschah dies bei seinem Sohn je nach Laune und völlig unberechenbar. Eines Tages hielt er Sklavenschau, und da fiel ihm plötzlich auf, daß ich für einen etwa Sechzehnjährigen schon sehr kräftig war. Er meinte, mit solchen Muskeln sei es eine Verschwendung, im Haus herumzulungern, und schickte mich an den Hafen zur Schwerarbeit. Auf die Dauer ist es eine mörderische Sache, den ganzen Tag Schiffe zu be- und entladen. Sie bürden dir Lasten auf, Herr, daß du am Ende des Tages nicht mehr weißt, welcher Knochen und welcher Muskel dich am meisten schmerzt. Man ist nur noch eine Menschenmaschine, die sich schnell abnützt und genauso schnell ersetzt werden kann. Doch die Götter hatten ein Einsehen mit mir, und mein Schicksal wendete sich zum Besseren. Unser junger Herr kam bei einem Sturm auf der Fahrt nach Alexandria ums Leben, und den Alten traf dies so schwer, daß er wenig später starb. Nun galt sein Testament vor dem des Sohnes, und sämtliche Haussklaven wurden in die *manumissio* entlassen. Das ist nun auch so eine Sache. Vorher bist du unfrei und willenloses Werkzeug deines Herrn, das sich mit viel Prügel, wenig Essen und ohne jedes Geld durchs Leben schlagen muß. Dann bist du plötzlich frei, hast einen eigenen Willen, wirst nicht mehr geprügelt – aber woher den Lebensunterhalt nehmen?

Da Geschäft und Familie meiner früheren Herrschaft auseinanderfielen, gab es für mich nur zwei Möglichkeiten: Entweder ich verdiente mein Brot mühsam als Tagelöhner am Hafen, vielleicht auch in Rom, oder ich ließ mich zur Truppe anwerben. Wer die Ohren offenhält, hört auch als kleines, unbedeutendes Arbeitstier gelegentlich etwas von dem, was um einen herum vorgeht. Und daß der noch immer schwelende Bürgerkrieg nur durch ein Kräftemessen zwischen Octavianus und Marcus Antonius beendet werden konnte, davon wurde in den Hafenkneipen wahrhaftig mehr als genug geredet. So ließ ich mich als einfacher *gregarius* in eine *legio* des Imperators Octavianus aufnehmen, der dabei war, seine Land- und Seestreitkräfte zusammenzuziehen. Dann kamst du, Herr, ein frischgebackener *medicus militaris,* und dank deiner überaus großen Weisheit und Bildung ...«

Soweit der Bericht meines Gallus, den ich aus ein paar Dutzend anderer, ohne lange zu überlegen, auswählte und zu meinem *servus medicus* machte. Das hatte nichts mit Weisheit und Bildung zu tun, wie Gallus mir in gespielter Schmeichelei versicherte, denn im Grunde war ich ja auch nur ein grüner Junge, wenn auch mit einigen ärztlichen Kenntnissen.

Schon nach ein paar Tagen wußte ich, daß ich nicht nur keinen Fehlgriff getan hatte, sondern daß dieser Bursche offenbar von den Göttern zum Heilberuf bestimmt war. Vielleicht hatte Aesculapius seine Hand dabei im Spiel – wer weiß.

Gallus war kräftiger, als er auf den ersten Blick aussah, so daß ich später bei chirurgischen Eingriffen meine Patienten häufig nicht festbinden mußte, weil er sie eisern umklammert hielt. Seine graugrünen Germanenaugen blickten klug und freundlich aus einem fröhlichen, noch bubenhaften Gesicht, und selbst, wenn wir uns mit Schwerverwundeten beschäftigen mußten, blieb er heiter und zuversichtlich und gab damit so manchem dieser Männer neue Hoffnung.

Inzwischen gingen die wildesten Gerüchte um, etwa von der Art, daß Marcus Antonius nach einem Sieg die Stadt Rom an seine königliche Buhle Kleopatra verschenken und den Sitz seiner Regierung nach Alexandria verlegen würde. Die Erbitterung gegen ihn und seine Geliebte wuchs von Tag zu Tag, und sein Gegner Augustus konnte sich kaum noch des Zustroms von Freiwilligen erwehren.

Auch gab es allerlei Vorzeichen, die auf eine Niederlage des Antonius hinwiesen: So wurde zum Beispiel berichtet, daß sein Standbild auf dem Albanerberg Blut verströme. Die Begeisterung bei der Truppe war groß, und sie stieg noch, als bekannt wurde, daß Kleopatra die reichste Königin der Welt sei und Schätze winkten, die alles übertrafen, was römische Legionäre jemals in vergangenen Kriegen erbeutet hatten.

Unser erstes Marschziel hieß Brundisium, und dahin zogen wir im Frühjahr über das bucklige Pflaster der Via Appia.

Ich war dem Landheer zugeteilt und durfte den kurzen, anstrengenden Weg auf einem kräftigen Maultier zurücklegen, ebenso mein Gehilfe Gallus. Mein Sammelsurium an Instrumenten und Arzneien war auf sorgfältig geölte, wasserdichte Ledersäcke verteilt. Wenn die jetzt so munteren und zuversichtlichen Legionäre gewußt hätten, was ihr Medicus da mit sich schleppte, so wäre manches Gesicht beim Anblick der Knochensägen und -heber, Brandeisen, Messer, Schaber, Sonden und Nadeln wohl sehr nachdenklich geworden.

Im Frühsommer wurden die Truppen Schiff um Schiff nach Hellas übergesetzt, und es dauerte viele Wochen, bis das Landheer am Fuß der Keraunischen Berge versammelt war, während die Flotte weiter südwärts zog, wo Antonius bei Actium am Ambraeischen Golf sein Lager aufgeschlagen hatte.

Wer nun glaubt, ein *medicus militaris* sei ohne Beschäftigung, solange es nicht zu Kampfhandlungen kommt, der irrt gewaltig. Schon beim Marsch nach Brundisium hatte es Knochenbrüche, schwere Prellungen, Vergiftungen und andere Unfälle gegeben, und jetzt, da wir die epirotische Küste entlang auf einem sehr beschwerlichen Marsch nach Süden zogen, waren Abstürze und Unfälle mit den schweren Troßwagen an der Tagesordnung.

Gallus erwies sich als geschickter, lerneifriger und, wenn es angebracht war, durchaus behutsamer und mitfühlender Heilgehilfe. Er lernte leicht und schnell, wenn er es auch manchmal an Respekt mir gegenüber fehlen ließ, weil sein von Jugend an aufs Überleben geschulter Sklavenverstand oft andere und bessere Lösungen fand. Freilich lag das auch an mir, denn ich zeigte mich durchaus einsichtig, wenn ich sah, daß er recht hatte, was er anfangs als weichliches Nachgeben auslegte. Doch wie man so sagt: Wir rauften uns zusammen, und als es dann wirklich bei Actium zur Begegnung mit dem Feind kam, konnte einer sich auf den andern felsenfest verlassen.

Ich halte es für überflüssig, den Verlauf des Kampfes zwischen Augustus und Marcus Antonius zu schildern – das gehört nicht hierher, und andere haben es schon ausführlich und wohl auch besser getan, als ich es könnte.

Viel lieber will ich erzählen, warum aus dem früheren Sklaven Gallus ein lebenslanger Freund und unentbehrlicher Gehilfe in meiner römischen Praxis wurde.

Die entscheidende Seeschlacht Anfang September wurde für Antonius zur schmählichen Niederlage – Kleopatra konnte sich mit ihrer Flotte rechtzeitig nach Alexandria absetzen. Der geschlagene Imperator ließ dreizehn Legionen Landtruppen zurück, deren Angriffen Augustus geschickt auswich, da er diese Armee nicht vernichten, sondern für sich gewinnen wollte.

Bei einem dieser Scharmützel versuchte ein kleiner Trupp, unser Sanitätszelt zu erstürmen, wohl in der Hoffnung auf Beute, und noch ehe ich meinen Lederpanzer anlegen konnte, erschien ein feindlicher Soldat, holte aus, um sein *pilum* zu schleudern, während ich dastand wie gelähmt und meinen *thorax* fest an die Brust drückte. Doch plötzlich hielt der Soldat mitten in der Bewegung inne, verzog schmerzlich-erstaunt sein Gesicht und fiel dann nach hinten. Gallus hatte ihm mit Wucht seinen *gladius* zwischen die Schulterblätter gestoßen – quasi im Laufen –, ergriff meine Hand, zerschnitt das Zelt und stürzte mit mir hinaus, wo wir wenig später unseren eigenen Leuten in die Arme liefen.

Am Abend erholten wir uns bei einem Becher Wein.

»Du hast mir heute das Leben gerettet, Gallus. Der Kerl hätte mich aufgespießt wie einen Eber.«

»Ach was – vielleicht hat Fortuna mir die Hand geführt oder die Parcae oder Jupiter persönlich – wer weiß?«

Ich tätschelte seine Schulter.

»Spiele deinen Anteil nicht herunter, sonst bist du ja auch nicht so bescheiden. Vielleicht kann ich mich einmal erkenntlich zeigen.«

»Bei Castor und Pollux, hoffentlich nicht! Dieser Krieg wird doch jetzt zu Ende sein – oder?«

Er war es noch nicht ganz, aber nach dem Selbstmord von Kleopatra und Marcus Antonius zogen wir siegreich in Alexandria ein.

Mein erster Gang führte natürlich zum Museion wegen der dortigen berühmten Ärzteschule. Obwohl wir nichts Militärisches an uns trugen, so waren wir an unserer Kleidung doch leicht als Römer zu erkennen, und plötzlich stürzte sich ein Wahnsinniger auf den neben mir gehenden Gallus und stach ihm einen Dolch in die Brust. Er holte gerade zum zweiten Stoß aus, da schlug ich ihm mit der Handkante auf die empfindliche Halsader, und er fiel um, wie vom Blitz getroffen. Zum Glück erschien kurz darauf eine römische Streife. Ich wies mich aus, gab kurzen Rapport, und der Mann wurde abgeführt.

Gallus trug man gleich ins Museion, wo sich nach und nach ein Dutzend Ärzte um ihn versammelte, die – das möchte ich schon erwähnen – in den folgenden Tagen alles unternahmen, um diesen Römer zu retten, wohl auch, weil er so etwas wie ein Kollege war. Der lange dünne Dolch war haarscharf am Herzen vorbei in den linken unteren Lungenlappen gedrungen, was zwar keine tödliche Verletzung war, aber durch eine Entzündung des Wundkanals leicht zu einer hätte werden können. Anfangs schien es auch so, das Wundfieber brachte Gallus zum Zittern und Glühen, er begann zu phantasieren und um sich zu schlagen. Die griechischen Ärzte setzten ihren ganzen Ehrgeiz daran, um meinen Diener zu retten, und nach elf Tagen Krankenlager konnte er aufstehen und die ersten, noch wackeligen Schritte erproben.

Von da an hatten wir beide genug vom Soldatenleben, und ich reichte meinen Abschied ein. Der wurde ehrenvoll gewährt, und für mich und wohl auch für Gallus war es keine Frage mehr, daß wir auch künftig zusammenbleiben wollten.

Mein Vater war so froh und erleichtert, daß ich gesund zurückkehrte, daß er mir seine *taberna* überließ und sich nach Tibur ins Privatleben zurückzog.

2

Besser hätte ich es nicht treffen können, denn die meisten Patienten meines Vaters blieben auch dem Sohn treu und ich tat alles, um sie nicht zu enttäuschen.

Die Praxis lag nahe der Pons Fabricius, gegenüber der Tiberinsel mit dem Aesculapius -Tempel – ein Gebiet, wo auch viele Kollegen ihre *tabernae* unterhielten. Eine geräumige Wohnung im angebauten Nachbarhaus war mit der Praxis verbunden; hier bewahrte ich meine stets wachsende Bibliothek auf, und für Gallus gab es zwei Räume mit einem eigenen Eingang von der Rückseite, so daß er seine schnell wechselnden Liebschaften ungestört und ungesehen ins Haus bringen konnte.

So lebten und arbeiteten wir während der nächsten Jahre in Eintracht und ungetrübter Freundschaft, bis das Unheil mit einer Patientin begann, die aus einer Nebenlinie des julischen Hauses stammte.

Damals war Julia schon länger geschieden, und zwar

aus Gründen der julischen Familienpolitik. Ihr Gatte hatte sich verspekuliert, seinen Besitz und damit die Ritterwürde verloren, die ja ein Mindestvermögen von 500 000 Sesterzen erfordert. Hätte man ihm geholfen, wäre bei seinem Naturell zu erwarten gewesen, daß auch dieses Geld sich verflüchtigte wie Spreu im Wind. So zahlten sie ihm eine Abfindung, und er willigte in die Scheidung ein.

Schon bei ihrem dritten Besuch ging das Gespräch zwischen Julia und mir weit über die üblichen Worte zwischen Arzt und Patientin hinaus. Wir sprachen über unsere Vergangenheit und hatten dabei mehr und mehr eine gemeinsame Zukunft im Auge.

Bei meinen Hausbesuchen in ihrer kleinen Villa am Forum Julium lernte ich eine Welt kennen, die mir bisher verschlossen gewesen war – die der altrömischen Nobilität. Freilich hatte ich so manche Patriziervilla betreten dürfen, aber nur als Arzt, um einem bettlägrigen Kranken den Puls zu fühlen oder seinen Urin zu betrachten. Danach brachte mich der Majordomus sogleich wieder zur Pforte.

Julia war nach ihrer Scheidung in dieses bescheidene alte Haus zurückgekehrt, das ihr ein kinderloser Onkel mit der Bedingung vermacht hatte, die darin zusammengetragene kleine, aber sehr feine Kunstsammlung zu hüten und sie für einen geeigneten Nacherben zu bewahren.

Staunend stand ich vor diesen erlesenen Zeugnissen griechischer, etruskischer und auch ägyptischer Kunst, die – man sah es ihr an – ohne besonderes System, aber mit Liebe und Kennerschaft zusammengetragen worden war. Da ich von diesen Dingen nicht allzuviel verstehe, erklärte Julia mir im Vorbeigehen dieses oder jenes, wies auf Skarabäen in Regalen, auf schöngeformte etruskische Öllampen, zeigte mir im ›Saal der Büsten‹ einige griechische Originale, darunter die Bildnisse von Homer, Hesiod, Sappho, Platon und anderen hellenischen Dichtern und Philosophen. Das winzige Atrium bot gerade Platz für ein halbes Dutzend lebensgroßer Marmor- und Bronzestatuen, wobei mir ein bronzener Poseidon mit Dreizack wegen seiner altertümlichen Form besonders auffiel. Auch Malereien gab es dort, griechische, etruskische und römische, meist von Wänden abgelöste Fragmente, darunter eine eindrucksvolle Darstellung des großen Alexander zu Pferd.

Damals war Julia schon meine Geliebte geworden, doch unsere Begegnungen hatten immer nur in meiner *taberna* stattgefunden und waren so heftig wie kurz gewesen, weil wir stets mit einer plötzlichen Störung rechnen mußten. Nun, Gallus wachte wie Cerberus vor meiner Tür und hatte die Aufgabe, etwaige neu erscheinende Patienten mit Vorwänden hinzuhalten.

Hier aber, im Hause von Julia, waren wir allein, ungestört, aber auch in einer anderen Situation, die mich befangener, sie hingegen sicherer machte.

Auf den ersten Blick war an Julia nichts Besonderes. Für eine Frau war sie groß gewachsen, besaß einen kräftigen, doch sehr anmutigen Körper mit üppigen Schenkeln und Brüsten. Ihr rundes Gesicht mit vollen Lippen und nicht zu kleiner, doch schmaler und wohlgeformter Nase ließ sie wie eine Inkarnation der Juno erscheinen, dieser altrömischen Gottheit, die hier als Stadtherrin Juno Regina verehrt wird und zugleich als Juno Moneta die Patronin der Münzstätte ist.

Nach kurzer Besichtigung der Kunstsammlung führte

Julia mich in ihre privaten Wohnräume, wo – es war in der kalten Jahreszeit – einige kleine *fornacis* vor sich hin glimmten und einen Hauch Wärme um sich verbreiteten. Sklaven waren keine zu sehen, so daß ich annahm, Julia wollte mit mir ungestört sein. Auf zwei niedrigen Tischen – aus Zedernholz mit zierlichen Mosaiken geschmückt – stand ein Imbiß bereit, und als sie mich mit einer anmutigen Bewegung einlud zuzugreifen, fühlte ich plötzlich nagenden Hunger. Sie sah und spürte meine Befangenheit, und als wir später über den Grund sprachen, meinte Julia, in dieser anderen, mir fremden Umgebung, sei etwas von meiner ärztlichen *auctoritas* verlorengegangen, die ich bei den flüchtigen Liebesstunden in meiner Praxis sozusagen mit einbezog, oder anders ausgedrückt: ich hätte den Phallus als Arznei verwandt, was damals nicht unbedingt falsch gewesen, als Dauerbehandlung aber nicht geeignet sei.

Im stillen gab ich ihr recht, doch meine schon vorhandene tiefe Zuneigung verweigerte das Einverständnis, und ich wich auf die – übrigens durchaus wahre – Behauptung aus, ich hätte während meiner ganzen ärztlichen Laufbahn noch niemals die Behandlungsräume für Liebesstunden verwendet, und diese Ausnahme zeige nur, daß es so etwas wie Liebe auf den ersten Blick durchaus gebe.

Wir aßen und tranken, und der dieser Jahreszeit angemessene heiße Würzwein brachte meine Gefühle in Wallung, und meine Befangenheit löste sich auf wie der Rauch nach vollzogenem Opfer.

Sie führte mich ins *cubiculum* und sagte, dies sei der einzige Raum, den sie hier nach ihrem Geschmack neu eingerichtet habe, – und in diesem Bett habe noch nie ein

Mann gelegen. Ich fühlte mich sehr geehrt und entkleidete meine Juno voll Verlangen, und da wir beide vor Erwartung glühten, fiel uns nicht auf, wie kalt es in dem ungeheizten Raum war.

Julia gehörte offenbar zu den Frauen, die sich schon lange vorher innerlich auf die kommende Liebesstunde einstellen, so daß es keines langen Vorspiels bedarf, sie zu erwecken. Sie war bereit, mehr als bereit, und so versank ich in diesem weichen Junokörper mit den vollen Brüsten und den üppigen Schenkeln, die mich wie weiche warme Kissen umklammerten, während ich ihren Schoß durchpflügte, wie ein Landmann die warme, feuchte und duftende Erde im Latium.

Ja, wir genossen sie sehr, diese körperliche Liebe, aber sie war uns nicht das Wichtigste, denn es konnte ebensogut geschehen, daß wir nur beieinandersaßen, aßen, tranken, redeten und danach nicht weniger zufrieden waren als nach einer Liebesstunde. Nun, wir waren beide keine jungen Leute mehr, und in der zweiten Lebenshälfte hatte sich unsere Einstellung zu vielen Dingen des Daseins geändert.

Wir trafen uns nun regelmäßig in dem kleinen Haus am Forum Julium, nicht ahnend, daß wir längst beobachtet wurden und Julias Familie auf Gegenmaßnahmen sann. Wir kannten uns etwa ein halbes Jahr – inzwischen war es Sommer geworden –, als die ersten Warnzeichen kamen. Julia nahm sie, wie es schien, weniger ernst als ich.

»Meine Familie hat einen neuen Mann für mich gefunden«, berichtete sie so unbefangen, als ginge es um den Kauf einer Ackerparzelle. Mich traf die Nachricht wie ein Schlag, und der heitere, sonnige Julitag draußen schien mir plötzlich wie ein Hohn. Die Sonne hätte verlöschen, Sturm und Gewitter aufziehen müssen, um sich dieser schrecklichen Lage anzupassen. Daß ein über vierzigjähriger Mann noch so kindische Gedanken hegen kann, ist kaum vorstellbar, aber ich gebe meine Stimmung wieder, wie sie damals war. Zuerst brachte ich kein Wort heraus und begann dann hilflos zu stottern:

»Aber – aber – da – das geht doch nicht! Sie können – sie dürfen – sie dürfen dich nicht –«

»Beruhige dich, mein geliebter Heilkünstler. In der *ars medicina* bist du geschickter als im praktischen Denken. Ich nehme diese Ankündigung vorerst nur als Warnung, nicht einmal als Drohung. Unser adelsstolzer *pater familias* – ich habe dir schon von diesem Großonkel erzählt – deutete an, daß mein Umgang in gewissen Kreisen Anstoß errege und ich es ihm und der *gens Julia* schuldig sei, mein Verhalten zu ändern. Wenn nicht, werde er, im Einverständnis mit meiner Mutter, für mich einen geeigneten Mann suchen müssen – eine Überlegung, die er schon länger und unabhängig von meiner Lebensführung angestellt habe.

Lebte mein Vater noch, ginge das nicht so leicht, aber meine Mutter unterwirft sich in fast allem den Wünschen dieses Tattergreises, der geistig noch in der Zeit des alten Sulla lebt. Jedenfalls dürfen wir nicht den Fehler begehen und so tun, als gäbe es ihn und seine Zuträger nicht. Ich werde mich einige Wochen an den Lacus Sabatinus zurückziehen, wo eine Freundin ein Sommerhaus besitzt und wo es, soviel ich weiß, im Umkreis weder Villen noch Landgüter der Julier gibt – übrigens eine Seltenheit in der Umgebung Roms. Dort könnten wir uns treffen und ungestörte Tage verbringen. Du solltest deine *taberna* schließen und das Gerücht ausstreuen, eine dringende Familienangelegenheit habe dich nach Alexandria gerufen.«

Ich sah, welche Freude es ihr bereitete, diese Pläne zu schmieden, konnte mich aber fürs erste nicht damit anfreunden. Meinen Hinweis auf hilfesuchende Patienten, die vor verschlossener Tür stehen würden, tat sie ab.

»Wer ist im Juli und August schon in Rom? Wichtige Leute jedenfalls nicht, und dazu gehören doch fast alle deine Kunden.«

Da hatte sie freilich recht, und sie setzte noch eines drauf.

»Außerdem verbringt mein lästiger Großonkel den Sommer wie stets in Baia, wo sich um diese Zeit halb Rom aufhält. Es könnte für uns gar nicht günstiger sein!«

Sie riß mich mit, ich gebe es zu, außerdem dachte ich, es würde mir guttun, einmal meine in letzter Zeit stark frequentierte Praxis zu schließen und mir eine Erholung zu gönnen. So instruierte ich Gallus, schrieb ihm die Namen einiger Patienten auf, die sich regelmäßig bestimmte Arzneien abholten, und bereitete sie im voraus zu. Aus ihm war inzwischen ein halber Arzt geworden, der jedoch genau seine Grenzen kannte.

So trat ich die Reise zum Lacus Sabatinus an, anfangs mit einem leisen Unbehagen, wenn ich an meine *taberna* und den alleingelassenen Gallus dachte. Doch wie das so ist: Je größer der Abstand zu Rom wurde, um so mehr fielen die Sorgen von mir ab; zudem ich dann einen halben Tag damit beschäftigt war, die im Uferdickicht versteckte Sommervilla zu finden.

Das zum Teil aus Holz erbaute Haus ragte tief in einen

Schilfgürtel hinein, so daß es vom Eingang her eher bescheiden wirkte, während es sich im Innern als sehr geräumig, aber auch sehr verwinkelt erwies. Offenbar hatten seine Besitzer es mit den Jahren durch willkürliche Zubauten erweitert, ohne nur im geringsten auf ein architektonisches Konzept zu achten.

Vor der Tür erwartete mich eine weibliche Gestalt unbestimmten Alters, nämlich- wie Julia mich vorbereitet hatte – die Sklavin Servilia, derzeit einzige Bewohnerin und Hüterin des Hauses. Ihr Gesicht war durch eine Hasenscharte stärkster Ausprägung entstellt, mit gespaltener Oberlippe, die sich, wie ich wohl wußte, in einer Gaumenspalte fortsetzte. Auf dieser zweigeteilten Lippe sproß zudem noch ein stattlicher schwarzer Bart. Sie redete auf mich ein, aber ich hörte nur ein unverständliches Quäken, denn nichts anderes bringen Menschen mit einer solchen Mißbildung zustande. Ihr Körper aber war schlank und wohlgestaltet, die kurze Sklaventunika zeigte schöngeformte, von der Sonne gebräunte Beine.

Mit diesem Wesen sollte ich nun ein paar Tage hier alleine hausen, denn Julia hatte es für sicherer gehalten, nicht beide gleichzeitig aus Rom zu verschwinden.

Servilia ging unentwegt quäkend vor mir her und führte mich durch dieses seltsame Hauslabyrinth in das für mich vorgesehene Zimmer, dessen eines Fenster zum See, oder besser gesagt auf ein Schilfdickicht schaute.

Es war ein sehr heißer Tag gewesen, und das niedrige Haus speicherte die Wärme noch für einige Stunden auf. Ich versuchte, Servilia verständlich zu machen, daß ich baden, mich waschen, mich abkühlen wollte. Schließlich verstand sie meinen Wunsch, nickte eifrig, quäkte vor sich hin und winkte mir, ihr zu folgen.

An der Westseite des Hauses führte eine Tür ins Freie und zu einem langen schmalen Steg, der durch den Schilfgürtel ins Wasser führte. Da es schon dämmerte, konnte ich die Bohlen nur undeutlich erkennen, doch einige davon knackten so bedenklich, daß ich schließlich wie ein Seiltänzer voranschritt, vorher jedes einzelne Brett auf seine Trittfestigkeit prüfend. Das angenehm kühle Wasser erfrischte und belebte mich, und ich schwamm und planschte so lange darin herum, bis mir die Zähne klapperten.

Am Steg erwartete mich Servilia mit einem Trockentuch und begann, mich sorgsam abzureiben – Hals, Rükken, Brust, Bauch ... Als sie sich quäkend und kichernd zwischen meinen Beinen zu schaffen machte, nahm ich ihr das *mantele* schließlich aus der Hand. Sie gab es nicht gerne her, die gute Servilia, aber einen gewissen Abstand wollte ich doch gewahrt wissen.

Die Zeit allein in dem Haus, bis Julia nachkommen sollte, gehörte zu den seltsamsten meines Lebens. Jeder Tag brachte eine Überraschung besonderer Art, angefangen nach dem erfrischenden Bad, als ich in der *cenatio* eher skeptisch auf die Erzeugnisse von Servilias Kochkunst wartete. Es gibt Berufe und Berufungen. Zum Dichter etwa muß man berufen sein – erlernen läßt sich diese Kunst nicht. Auch berufene Ärzte gibt es oder Gärtner mit der berühmten grünen Hand. Servilia, die vermutlich zeitlebens nie über das Gebiet des Lacus Sabatinus hinausgekommen war, erwies sich als zur Kochkunst berufen.

Es begann mit einer Kräutersuppe, und ich dachte mir, nun, das könnte ein Zufall sein. Gemüse und Kräuter gab es hier im Überfluß, und da hatte sich wohl von selbst eine ländlich-lokale Kochkunst mit wohlschmeckenden Gerichten entwickelt. Was dann aber folgte, paßte kaum in dieses Schema. Es gab gebratene Drosseln oder Wachteln mit einer unglaublich raffinierten Füllung aus Kleingehacktem, das nicht zu identifizieren war, aber köstlich schmeckte. Dazu reichte Servilia eine grünliche dicke Brühe, aus der ich Erbsen, Knoblauch, Kümmel, Basilikum und Pfeffer herausschmeckte, die aber gewiß noch anderes enthielt. Danach gab es eine Art Aalsuppe, das heißt, in einer nicht sehr einladend aussehenden graugrünen Flüssigkeit schwammen bleiche Stücke von gekochtem Aal, und der Geschmack war einfach überwältigend. Die Brühe schmeckte nach Wein und süßlicher Schärfe, aber ich bezweifle, ob einer der berühmten römischen Köche alle ihre Zutaten herausgeschmeckt hätte.

Ich lobte Servilia in bewegten Worten, und obwohl sie mich wohl kaum verstand, wird sie dem Ton und der Gestik meine begeisterte Zustimmung entnommen haben.

Von der Reise und den genußvollen Speisen ermüdet, ging ich in mein Zimmer, das heißt, Servilia führte mich wieder dorthin, da ich es alleine kaum gefunden hätte. Sie deutete aufs Fenster, quäkte, zischte, bewegte die Arme wie Flügel und tippte mit dem Zeigefinger auf Gesicht, Arme und Beine. Erst als sie mir eine tote Stechmücke unter die Nase hielt, verstand ich, was sie meinte. Dann nahm sie ein Salbgefäß vom Tisch, tunkte den Finger hinein und rieb es mir auf den Arm. Ein scharfer Geruch nach *menta* und *melisphyllum* stieg auf – Mückensalbe, die ich in ähnlicher Form auch meinen Patienten verschrieb.

Ich nickte, und schon fuhr sie mit dem Daumen in die Salbe, kniete nieder und begann, in Windeseile meine

Waden und Schenkel einzureiben, hatte schon zielsicher unter dem üblichen Kichern und Quäken mein Geschlecht ergriffen, bevor ich mich ihr entziehen konnte. Ich trat zurück, nahm das Salbtöpfchen und wies auf die Tür.

»Gute Nacht, Servilia, und vielen Dank. Ich mache das schon alleine ...«

Sie grinste, daß ihre Lippenspalte sich öffnete wie ein zweiter Mund, quäkte etwas und verschwand.

Ich schlief wunderbar bis in den Morgen hinein, fand dann durch Zufall, oder weil ich die Richtung behielt, den Ausgang zum See und schwamm munter wie ein Fisch zwei oder drei Stadien hinaus. Als ich umkehrte, sah ich schon Servilias Gestalt klein und fern am Ende des Steges warten. Mich fror etwas und ich schnappte nach Luft, als ich zu ihr emporkletterte, empfangen von fröhlichem Gequäk und einem großen Tuch, das ich ihr diesmal gleich aus der Hand nahm.

Zum Frühstück gab es frisches Weißbrot, Fruchtsäfte und *ova spongia ex lacte*, süße Pfannkuchen, heiß und frisch aus der Pfanne, mit Honig übergossen und mit Pfeffer bestreut.

Danach holte ich mein Maultier aus dem Stall – der groß genug war für zehn Pferde und zehn Esel – und ritt in den sonnigen Morgen hinein, der nach der Nachtfrische wieder einen heißen Tag versprach. Ich nahm den Weg hinauf in das Hügelland der Montis Sabatinis, durchquerte Wälder, Äcker und Felder und fand überall die Spuren bäuerlicher Frömmigkeit. Hier waren am Feldrand Steine aufgetürmt und mit Feldblumen geschmückt, dort hingen an einem uralten Baum farbige Bänder, auch winzige Wegkapellen begegneten mir, mit kleinen rohen Figuren lokaler Gottheiten, die man in Rom so wenig kannte, wie hier den kapitolinischen Jupiter. Mit den hehren Staatsgöttern waren die bukolischen Menschen hier nicht vertraut, sie richteten ihre Gebete an die alten, vermutlich noch etruskischen Wald-, Feld-, Fluß- und Quellengottheiten und legten kleine Opfergaben vor die bescheidenen Altäre.

Die Mittagshitze trieb mich bald wieder zurück, und ich verschlief den ganzen Nachmittag.

Das Hauptgericht an diesem Abend war geschmortes Kaninchen in einer köstlichen Kräutertunke, gefolgt von einer flaumleichten, nach Honig, Pfeffer und gemahlenen Pistazien schmeckenden Süßspeise. Als Servilia das Geschirr abtrug, glaubte ich aus der Küche Stimmen zu vernehmen, und tatsächlich erschien sie kurz darauf mit einem zwölf- oder dreizehnjährigen Mädchen an der Hand. Sie schien Servilias knappe Tunika von gestern zu tragen, doch ihre knospenden Brüste waren kaum zu sehen und die mageren Schenkel verrieten das noch wachsende, keineswegs zur Frau erblühte Kind.

Servilia deutete auf ihren Schoß und dann auf das Mädchen, das seinen Kopf gesenkt hielt. Was wollte sie damit sagen? Sollte es heißen, dies ist meine Tochter, sie kam aus meinem Leib oder –? Doch ich wurde des Nachdenkens enthoben, denn Servilia hob die knappe Tunika der Kleinen und schob sie in meine Richtung.

Ich stand auf und sagte:

»Servilia, du solltest dich schämen! Hältst du mich für einen Kinderschänder?«

Ich holte ein paar Sesterzen aus dem Beutel und drückte sie dem Mädchen in die Hand.

»Hinaus mit euch, aber sofort!«

Als Servilia zögerte und zu quäken begann, griff ich

nach meinem Tunikagürtel; diesen Wink verstand sie gleich und zerrte die Kleine zur Tür.

Das ist nun ausgestanden, dachte ich erleichtert und hoffte inständig, Julia möge bald erscheinen. Stattdessen kam am nächsten Tag ein Bote mit einem Schreiben von Julias Freundin, der das Haus gehörte. Julia lasse mir ausrichten, sie käme vier Tage später als besprochen. Auch gut, dachte ich, ein paar Tage mehr oder weniger, hier ist es so ruhig und erholsam und Servilia habe ich in ihre Schranken gewiesen.

So schien es jedenfalls, denn am nächsten und übernächsten Tag verhielt sie sich mustergültig, kochte, als müsse sie eine fürstliche Tafel versorgen, und machte sich ansonsten unsichtbar. Ich schwamm viel, las mit Begeisterung in den Werken des Catullus, den ich für den genialsten, aber auch frechsten römischen Dichter der Gegenwart halte. Daß er schon über zwanzig Jahre tot ist, tut dem Wert seiner Werke keinen Abbruch, denn er starb als Dreißigjähriger, und seine Dichtung scheint mir immer noch so frisch und gegenwärtig, daß sie wohl auch die kommenden Jahrhunderte überdauern wird.

Am Tag darauf hatten sich gegen Morgen schwere Wolken zusammengezogen, die Luft hing in feuchten Schwaden drückend über dem See, und während ich neugierig und voll Vorfreude auf Servilias mittägliche Überraschungen wartete, warf Jupiter Bündel von Blitzen über das Land, die den Speiseraum, das *triclinium*, für kurze Augenblicke in grelles unwirkliches Licht tauchten. Unmittelbar darauf ließen schwere, dumpf hallende Donnerschläge das Haus erzittern. Vom Boden her spürte ich ein leises Beben, als rege sich da unten ein riesiges Tier. Angst vor Gewittern habe ich nie empfunden, vielleicht weil mir dieses Phänomen während meiner Kindheit unbekannt war. In Alexandria gehören solche Ereignisse zu den Seltenheiten, ausgenommen des im Delta während der Wintermonate einsetzenden Regens, der aber sanft und stetig fällt und weder Blitz noch Donner braucht, um sich theatralisch anzukündigen. Ja, ich gebrauche dieses Wort, denn so ein Donnerwetter hatte für mich immer etwas von einem Theaterereignis, nicht ganz wirklich und ohne direkten Bezug zu meiner Person. Vielleicht muß man in Ägypten aufgewachsen sein, um zu verstehen, was ich meine.

Servilia empfand das freilich anders. Ich sah, wie sie geduckt ins *triclinium* kam, wie sie bei jedem Donnerschlag zusammenzuckte und beim Blitz ihr Gesicht mit beiden Händen bedeckte. Vor dem Fenster sank sie auf die Knie, hob die Hände und begann laut zu beten, während ich hoffte, daß der für Blitz und Donner zuständige Gott ihr verzweifeltes Quäken gnädig erhörte. (Später sagte mir übrigens Julia, daß ich Servilia auch ohne Hasenscharte nicht verstanden hätte, weil sie einen alten etruskischen Dialekt sprach.)

Nun gut, auch dieses Gewitter zog vorbei, der Himmel hellte auf, der Donner verklang im Süden mit einem leisen fernen Grollen.

Am nächsten Tag erschien Julia und schüttete mir soleich ihr Herz aus.

»Da nun mein Großonkel in Baia ist, hatte ich gehofft, für ein paar Wochen Ruhe zu haben, aber ich werde das Gefühl nicht los, daß er aus seiner *clientela* ein paar Leute beauftragt hat, mich nicht aus den Augen zu lassen. Zuerst ist es meiner Sklavin – die kleine schlaue Phryne, du kennst sie ja – beim Einkaufen auf dem Markt aufgefallen, daß uns ein Mann ins dichteste Gedränge folgte, aber stets einen gewissen Abstand hielt. Dieser Mensch trieb sich dann auch vor meinem Haus herum, aber ich wagte es nicht, ihn anzusprechen. Vor drei Tagen dann erschien ein *advocatus* bei mir, sagte, er käme im Auftrag des Großonkels und wolle mir eine eheliche Verbindung vorschlagen, die von Vorteil für alle sei. Ob das auch für mich gelte, fragte ich ihn. Nun, gewissermaßen schon, meinte er, weil es meinen guten Ruf wiederherstelle, der bei einer geschiedenen Frau ohnehin angeschlagen sei... Da verlor ich die Beherrschung und schrie ihn an, daß auch mein erster Mann mir aufgezwungen worden sei, wie ihm dann die Scheidung. Alles über meinen Kopf hinweg – immer zum Wohl der Familie! Ehe er noch weiterreden konnte, warf ich ihn hinaus.«

»Aber hierher ist dir niemand gefolgt?«

Sie schüttelte den Kopf.

»Nein, das hätte ich gemerkt.«

Im Laufe der folgenden Tage beruhigte sie sich wieder, und es wurden recht schöne Ferien mit lustvollen Nächten und dank Servilias Kochkünsten genußreichen Tagen.

3

In Rom erwartete mich eine böse Überraschung: Meine *taberna* war völlig ausgebrannt. Ein verhärmter und niedergeschlagener Gallus streckte mir seine dick verbundenen Hände entgegen.

»Lauter Brandblasen bis hinauf zu den Ellbogen ...«

Wir gingen in unsere Wohnung, die zum Glück verschont geblieben war, und Gallus ließ sich erschöpft auf einen *lectus* fallen.

»Ach, Herr, es ist alles so traurig, so unverständlich ... Vorgestern kam ich von einem Krankenbesuch zurück – das war beim alten Festus, der immer will, daß wir ihm Wein als Arznei verschreiben –, räumte die Praxis auf und schloß die Fensterläden. Dann ging ich zu Bett und muß wohl schon einige Stunden geschlafen haben, als mich laute Rufe weckten. Ich warf mir die Tunica über und rannte hinaus. Da waren schon einige Nachbarn zusammengelaufen und im Licht ihrer Fackeln sah ich Rauch aus den Ritzen der Fensterläden hervorquellen.

Einer zog mich am Ärmel: ›Der Brand muß an der

Rückseite entstanden sein, ich wohne hinter eurem Garten, wollte gerade die Fensterläden schließen, dann sah ich das Feuer ...‹

Wir liefen hinters Haus, wo einige Nachbarn schon zu löschen begonnen hatten. Später kam noch die Feuerwache, doch da war in der *taberna* schon nichts mehr zu retten. Wenigstens konnten sie verhindern, daß auch noch die Wohnung ausbrannte.«

Da machte ich mich gleich auf und bedankte mich bei den hilfreichen Nachbarn. Dabei erfuhr ich von dem, der mit seinem Haus an meinen rückwärtigen Garten grenzte – recht besehen, an ein Gärtchen mit ein paar Büschen und einer schon etwas schadhaften Marmorbank –, daß er zwei Gestalten hatte wegrennen sehen.

»Ich hielt sie zuerst für Einbrecher, aber dann sah ich das Feuer. Wurde etwas gestohlen?«

»Geld war keines in der *taberna*, und was sonst da steht und herumliegt, ist für Einbrecher kaum brauchbar, es sei denn, sie wollten eine Arztpraxis eröffnen.«

»Aber warum dann das Feuer?«

»Vielleicht die Konkurrenz ...«

Der andere schüttelte den Kopf.

»Daß ein Arzt dem anderen die Praxis anzündet, kann ich nicht glauben. Es ist doch genug für alle da – oder? Kranke gibt es immer, und keiner von euch muß darben.«

Da hatte er freilich recht, aber ich wollte meine Vermutung ihm gegenüber nicht aussprechen. Auch eine Anzeige erübrigte sich, da ich dabei meinen Verdacht hätte äußern müssen und mich nur selber verdächtig gemacht hätte.

So ließ ich die *taberna* wieder herrichten, kaufte neue

Arzneien und Instrumente und machte da weiter, wo ich vor meiner Reise aufgehört hatte.

Gallus hatte getreulich meine Praxis gehütet, Arzneien nach den ihm längst vertrauten Vorschriften ausgegeben, dringende Fälle an Kollegen verwiesen und Aufschiebbares im Gedächtnis bewahrt. Er hatte dabei immer betont, ich sei aus beruflichen Gründen nach Aquae Taminae gereist, einem Heilbad etwa zwei Tagesreisen nördlich von Rom. Einige Male hatte er sich weiter vorgewagt und entzündliche Leiden behandelt, die er nach dem alten ärztlichen Prinzip erkannte: *rubor*, *calor*, *tumor*, *dolor* – Röte, Hitze, Geschwulst und Schmerz. Er hätte es nicht tun dürfen, ich weiß, und er wußte es auch. Doch meine alten Patienten kannten ihn, und wenn sie es ausdrücklich wünschten, behandelte er sie auch. Meinen milden Vorwürfen begegnete er mit der Bemerkung:

»Herr, in ganz Rom genießen die griechischen Ärzte einen solchen Ruf, daß etwas davon auf mich, den Arztgehilfen abfällt – oder anders gesagt: Die Leute halten mehr von den Kenntnissen eines *adiutor medicinum*, als von den Fähigkeiten eines syrischen Quacksalbers.«

»Gallus, du versuchst seit Jahren mich mit deiner gallischen Beredsamkeit zu betören, doch solltest du längst wissen, daß ich dagegen gefeit bin. Ich kenne dich, mein Lieber, aber gerade weil ich dich kenne, weiß ich deine Fähigkeiten einzuschätzen. Sollte ich vor dir sterben, dann gehe zur Ärzteschule und lege dort eine Prüfung ab. Wenn sie dich nicht akzeptieren, appelliere als mein früherer Gehilfe an den Kaiser.«

Seine Augen wurden feucht, und er wandte sich ab. Dann sagte er mit fester Stimme:

»Ich bin einige Jahre jünger als du, aber es gibt nicht den geringsten Grund anzunehmen, daß du vor mir stirbst, Herr.«

»Nein«, sagte ich, »wir werden beide ein hohes Alter erreichen, und da wir der Menschheit so viel Gutes getan haben, wird Fortuna uns den Tod im Schlaf schicken.«

»Möge Aesculapius deine Worte vernommen haben«, sagte Gallus fromm.

Was mich damals hätte mißtrauisch machen müssen, war das private Leben meines Gallus. Er blieb nächtelang fort, und wenn wir uns während irgendwelcher *feriae* einen Ruhetag gönnten, verschwand er regelmäßig irgendwohin. Ich forderte keine Rechenschaft von ihm, deutete aber einmal scherzhaft an, er müsse schon eine sehr eifersüchtige Geliebte haben, die seine ganze Freizeit mit Beschlag belege. Zuerst schien er über diese Bemerkung erschrocken, doch er fing sich schnell und versicherte eifrig – allzu eifrig, wie mir heute scheint –, ich hätte ihn durchschaut, und genauso sei es. Wenn er sie heiraten wollte, meinte ich, so könnten wir das Haus leicht noch nach hinten ausbauen.

»Heiraten?« Er lächelte schmerzlich. Nein, heiraten könne er diese Frau nicht.

Als Julia von ihrem Landaufenthalt zurückkam, nahmen wir unsere alte Beziehung wieder auf. Hatte ihre Familie dies bisher widerwillig toleriert, weil ich als Arzt einen guten Ruf genoß, so änderte sich jetzt ihr Verhalten. Ich nehme an, diese Änderung begann mit dem Brandanschlag auf meine *taberna*, muß aber gerechterweise auch die Möglichkeit ins Auge fassen, daß es ein mißlungener Einbruchversuch war, bei dem den Dieben die Lampe versehentlich aus der Hand fiel – vielleicht auf den Stapel Verbandsstoffe, so daß das Feuer schnell Nahrung fand.

Kaum war alles wiederhergestellt, erschien eines Morgens ein Mann, der sich als *advocatus* und *cliens* der julischen Familie vorstellte und gleich betonte, er komme nicht als Patient, sondern im Auftrag eines *pater familias.* Dann nannte er den Namen dessen, der diesem Nebenzweig des julischen Geschlechtes vorstand. Er redete nicht lange herum, und es war wohl derselbe, der damals auch Julia belästigt hatte.

»Mein Herr hat bisher deine unziemliche Verbindung zu Julia stillschweigend geduldet, doch jetzt hat der Familienrat beschlossen, sie wieder zu verheiraten.«

»Du brauchst mich nicht zu belehren! Julia ist erwachsen, und niemand wird sie gegen ihren Willen verheiraten können. Mehr habe ich dir nicht zu sagen, und solange sie mich in ihrem Haus empfängt, kümmern mich weder dein Patricius noch sein Familienrat.«

Ich öffnete die Tür und deutete nach draußen.

»Du verpestest meine *taberna* und vertreibst meine Patienten.«

Langsam ging er zur Tür und sagte in leisem, gehässigem Ton:

»Ich habe dich für klüger gehalten, Herophilos, gerade weil du Arzt bist. Für meinen Herrn bist du eine Krankheit, ein Geschwür, das man entfernen muß, um Julias und der Julier willen. *Quod medicamenta non sanant, sanat ferrum. Quod ferrum non sanat, sanat ignis, quod ignis non sanat, sanat mors.* Du kennst den Spruch?«

»Raus!« sagte ich leise und dann lauter: »Raus mit dir!«

Natürlich kannte ich den Spruch von der Krankheit, die weder durch Arzneien, Messer noch Feuer zu bannen ist und zuletzt nur durch den Tod geheilt werden kann. Eine Drohung, unverhohlen und deutlich, aber dennoch zweifelte ich daran, daß sie ernst gemeint war.

Beim nächsten Treffen sprach ich mit Julia darüber, und sie bestätigte, was der *advocatus* angedeutet hatte.

»Ja, Herophilos, ich soll mit Cornelius Livius verheiratet werden, einem alten Kauz mit riesigem Vermögen, von dem die Cornelier fürchten, er würde es an unwürdige Personen weitervererben – dabei ist von einer Adoption die Rede. Nun soll ich den Besitz retten, den die beiden Familien nach seinem Tod unter sich aufteilen wollen, eine Hälfte für die Julier, die andere für die Cornelier. Ich aber will ihn nicht heiraten und habe herausgefunden, daß er es auch nicht will. Sie können mich nicht zwingen, denn ich betrachte dich als meinen Lebensgefährten, dich und keinen anderen, und das habe ich auch dem Patricius gesagt. Ob das mein letztes Wort sei, hat er mich gefragt. Dir sage ich nun: Ja, mein Heros, es ist mein letztes Wort, und ich sehe nur einen Weg, um diese Ungewißheit zu beenden: Wir fahren in eine andere Stadt, etwa nach Perusia, Arretium oder Florentia, und heiraten dort.«

Manchmal nannte sie mich Heros, was dann immer entweder liebevoll oder beschwichtigend gemeint war.

Dennoch schüttelte ich den Kopf.

»Man wird von dir ein Dokument mit der Erlaubnis des Patricius verlangen. Das römische Recht läßt einer Frau wenig Spielraum, selbst wenn sie erwachsen ist.«

»Ich weiß, aber Dokumente lassen sich fälschen, und je

weiter wir von Rom entfernt sind, um so weniger wird man nach der Echtheit fragen. Warum gehen wir nicht in deine Heimat – nach Alexandria?«

»Weil Ägypten als einzige Provinz nur dem Kaiser untersteht, und jeder römische Bürger für eine Reise dorthin eine Sondererlaubnis braucht. Ich würde sie jederzeit erhalten, aber nicht zusammen mit dir. Ägypten ist heute quasi ein Teil von Rom, und der dortige *praefectus* ist wegen jeder Kleinigkeit dem Kaiser persönlich verantwortlich. Er also müßte unsere Heirat genehmigen und wird es nicht tun, ohne vorher in Rom angefragt zu haben. Nein, Julia, Alexandria ist für uns der am wenigsten geeignete Ort. Dann eher noch Neapolis oder Perusia.«

So wollten wir alles auf sich beruhen lassen und erst einmal abwarten. Nachdem wir diesen Entschluß gefaßt hatten, war uns beiden leichter, doch der Patricius dachte nicht daran, seine Pläne für Julia aufzugeben. Als er sah, daß sie nicht zur Heirat mit Cornelius Livius zu bewegen war, solange es mich gab, begann er tätig zu werden. Zunächst aber wiegte er uns in Sicherheit.

»Sie haben es aufgegeben!« verkündete Julia glücklich.

Etwa eine Woche war vergangen; niemand schien etwas von uns zu wollen oder uns zu bespitzeln. Julia überlegte schon, ob sie sich beim Patricius für seine Einsicht und sein Entgegenkommen bedanken sollte, doch ich riet davon ab.

»Damit rührst du nur alles wieder auf, halte dich ganz ruhig und warte ab.«

Wir wagten unser Glück kaum zu genießen, denn vor allem mir schien diese Ruhepause nur eine Gefechtspause, die der Gegner zur Überlegung nützt, wie er den Feind endgültig treffen und vernichten kann. Am zehnten Tag schalt ich mich selber einen Pessimisten und Schwarzseher und begann aufzuatmen.

Es war Ende September und zufälligerweise an einem Dienstag, den die Römer mit der Bezeichnung *dies Martis* dem Kriegsgott zuweisen. Die lebhaftesten Stunden in meiner Praxis waren die Vormittagsstunden, gegen Mittag wurde es ruhiger, und erst um die elfte und zwölfte Tagesstunde setzte dann bis Sonnenuntergang ein neuer Zustrom ein.

Um die Mittagszeit nahmen Gallus und ich das *prandium* ein, die zweite Tagesmahlzeit, die etwas reichlicher ausfällt als das Frühstück, aber lange nicht so gehaltvoll ist wie die *cena* am frühen Abend.

Damit die *taberna* für Notfälle besetzt blieb, ging zuerst ich in die Garküche unterhalb des Pons Fabricius und kehrte etwa eine Stunde später gesättigt zurück, so daß Gallus weg konnte.

An diesem Dienstag ging ich etwa eine halbe Stunde früher weg, weil ich bei einem gut sortierten *pigmentarius* noch ein paar Arzneien besorgen wollte. Gallus war dabei, einen Vorrat anzulegen, und zerstieß Heilkräuter in einem Mörser, als ich das Haus verließ. Gerade als ich am Ende der Straße nach links abbiegen wollte, hörte ich einen Schrei und dann schwache Hilferufe. Das war doch Gallus' Stimme! Ich lief zurück und fand meinen Diener am Boden liegen, blutüberströmt, nur noch schwach und unregelmäßig atmend. Der Mörder hatte ihm einen Dolch mehrmals in Nacken und Rücken gestoßen, und als ich ihn umdrehte, brach sein Blick.

Ich war so verstört, daß ich keinen klaren Gedanken

fassen konnte. Gallus hatte doch keine Feinde, warum er, und so feige von hinten? Erst nach einer Weile, als ich wieder klarer denken konnte, kam mir der Verdacht, der Anschlag habe nicht ihm, sondern mir gegolten.

Ich lief zum nächsten *magistratus* und versuchte, die Miliz für den Fall zu interessieren, aber kaum hörten sie, daß es nur ein Diener war, wollten sie mich abwimmeln. Ich ließ also eine Handvoll Sesterzen springen, mit dem Erfolg, daß sich zwei der Männer bequemten, ihre Schwerter umzugürten und mit mir zu kommen.

»Der Mann ist tot«, sagte einer, als sie Gallus betrachteten.

»Ja, der ist hin«, bestätigte der andere.

Da ich nichts gesehen hatte, fragten sie in der Nachbarschaft herum, doch es war ein heißer Tag und fast alle hatten sich zur *meridiatio* zurückgezogen. Den Schrei hatten wohl einige gehört, aber gedacht, da werde bloß ein Sklave verprügelt.

In meinem hilflosen Zorn, der den Kummer überschattete, ging ich zu einem *advocatus* und äußerte ohne Umstände den naheliegenden Verdacht, man habe mich beseitigen wollen, um Julias Heirat voranzutreiben. Als ich jedoch den Namen des Patricius als Hauptverdächtigen nannte, stutzte der *advocatus* und setzte ein solch abweisendes Gesicht auf, als hätte ich ihn um ein hohes Darlehen gebeten.

»Du willst doch nicht allen Ernstes ein Oberhaupt des julischen Geschlechts für den Mord an deinem Diener verantwortlich machen?«

»Gallus ist für mich gestorben – ich war gemeint, der Anschlag galt mir! Ich habe dir bereits erklärt, warum, und daß mein Verdacht fast eine Gewißheit ist. Ein Advocatus der Familie hat mich ja vorher mit deutlichen Worten gewarnt.«

»Aber das genügt doch nicht! Außerdem war dieser ... dieser Gallus nicht einmal römischer Bürger.«

»Was hat das damit zu tun? Ich bin römischer Bürger und er war mein Diener – ein Freigelassener, kein Sklave.«

Doch es war sinnlos, und als ich einen zweiten und dann noch einen dritten Advocatus konsultierte, erhielt ich stets dieselbe Abfuhr.

Ich ließ Gallus einäschern und die Urne bei den Vatikanischen Hügeln neben dem Grab meiner Eltern beisetzen.

Julia hingegen war meiner Meinung und hielt mein Leben weiterhin für äußerst gefährdet. Sie sah nur einen Weg, meine Ermordung zu verhindern, nämlich die Ehe mit Cornelius Livius! Und mein Leben, so sagte sie, sei ihr dieses Opfer wert, um so mehr als sie erfahren habe, daß Livius an Frauen nicht interessiert sei.

»Also ein Schwuler? Du läßt dich tatsächlich zu einer Ehe mit einem *paedicator* zwingen?«

»Ich tu's für dich, Herophilos! Wäre es dir lieber, sie würden mich einem Lüstling ins Bett legen, der mich dreimal in der Woche vergewaltigt? Von Livius jedenfalls droht mir keine Gefahr.«

Dieser Frauenlogik hatte ich nichts entgegenzusetzen. Als ich nachdenklich schwieg, brachte Julia neue Argumente.

»Bin ich erst einmal in seinem Haus, dann werde ich schon einen Weg finden, dich wiederzusehen.«

»Manchmal sind Schwule eifersüchtiger auf ihre Frauen als andere Männer.«

Julia setzte ihr Göttinnenlächeln auf, das sie der Juno so ähneln ließ.

»Sie schätzen – soweit sie verheiratet sind – weniger ihre Frauen als ihre Mütter. Ich kenne mich da aus, in unserer Familie gab es immer einige Homosexuelle.«

»Gut«, sagte ich, »falls mir an meinem Leben etwas liegt, werde ich wohl zustimmen müssen. Trotzdem hätte ich gern den Mörder meines Gallus in den Händen, um ihm die Gurgel zuzudrücken – langsam, ganz langsam...«

»Dadurch wird er nicht wieder lebendig.«

Da ich Julia liebte, verzieh ich ihr diese dümmste Aussage, die die Menschheit erfunden hat, so sehr sie auch der Wahrheit entspricht. Vielleicht kann eine Frau sich nicht vorstellen, was für einen Mann der Tod eines nahen Freundes bedeutet – eines Freundes, mit dem man gute und böse Dinge erlebt und durchgestanden hat. Gallus hatte niemals vergessen, daß er mir sein Leben verdankte, und es mir mit Eifer, Treue und Hingabe an den Beruf vergolten. Das Dasein eines Arztes besteht ja nur zu einem geringen Teil darin, daß er zu Hause auf Patienten wartet. Meist ist man unterwegs zu Leuten, die sich einen Arztbesuch leisten können, oder nicht mehr fähig sind, auf eigenen Beinen in sein Haus zu kommen. Da war mir Gallus ein unentbehrlicher Gehilfe, mit dem ich mich, wenn es not tat, durch Blicke verständigen konnte, etwa wenn es darum ging, dem Kranken beizubringen, daß sein Zustand hoffnungslos war. Ich gestehe gerne ein, daß Gallus mich dabei an Feingefühl und Einfällen übertraf.

Nur ein Beispiel. Da war dieser Buchhändler, dessen

Symptome auf Magenkrebs hinwiesen. Er magerte beständig ab, erbrach sich regelmäßig, und sein zunehmender Ekel vor Fleisch oder fleischhaltigen Gerichten ließ zuverlässig auf dieses unheilbare Leiden schließen. Ich gab ihm höchstens noch zwei Wochen und behandelte ihn nur mit schmerzstillenden Meconium-Arzneien.

»Muß ich sterben?« fragte er mich geradeheraus.

»Wir alle müssen sterben, doch steht es in der Hand der Götter, ob –«

»Herr«, unterbrach mich Gallus, »darf ich deinen gewiß richtigen Gedankengang in eine andere Richtung lenken?«

»Nur zu«, sagte ich »vielleicht fällt dir etwas Besseres ein.«

Der Buchhändler verfolgte aus seinen tiefliegenden, von der Todeskrankheit gezeichneten Augen angstvoll unser Gespräch.

»Nichts Besseres vielleicht, aber etwas Gutes. Herr, erinnerst du dich an den Fall dieses Metzgers, etwa vor acht Monaten?«

Gallus erfand jeweils die passenden Fälle, und ich kannte meine Rolle.

»Natürlich, was ist damit?«

Er wandte sich an den Kranken.

»Dieser Mann sah noch schlimmer aus als du, bestand nur noch aus Knochen. Eines Tages erbrach er sich ganz fürchterlich, und von da an ging es wieder aufwärts. Da hatte sich irgendein Gift im Körper gesammelt, und als es draußen war ...«

Er blickte den Buchhändler vielsagend an.

»So ähnlich wird es auch bei dir sein. Der menschliche Körper verträgt viel – sehr viel!«

Das gab dem Kranken Hoffnung, der schließlich nach einer letzten großen Dosis meines Schmerzmittels friedlich einschlief.

Gallus fehlte mir, er fehlte mir sehr. Meine Wut- und Rachegefühle machten allmählich einer tiefen Trauer Platz. Sie erhielt immer wieder neue Nahrung, wenn alte Patienten mich nach ihm fragten, die ihn gekannt und geschätzt hatten.

Ich mußte mich nach einem neuen Gehilfen umsehen, fand einen, entließ ihn wieder, fand neue. Ihre Namen sind wie Rauch und verdienen keinen Platz in dieser Geschichte.

In den ersten Tagen nach dem Tod meines Freundes und Dieners war ich kaum noch imstande, meinen Heilberuf auszuüben, und wäre für meine Patienten ein schlechter Arzt gewesen. So schloß ich meine *taberna* und reiste kurzentschlossen nach Baia, um dort auf andere Gedanken zu kommen. Außerdem wollte ich nicht in Rom sein, wenn Julia mit diesem schwulen Cornelius Livius verkuppelt wurde.

Sich abzulenken ist in diesem lebhaften Badeort nicht allzu schwer, und es gab dort sogar Stunden, manchmal halbe Tage, da ich nicht an Gallus und seinen gewaltsamen Tod und an Julias erzwungene Ehe denken mußte. Für einen Mann ist es in Baia nahezu unmöglich, den Nachstellungen der überaus zahlreichen *meretricis* zu entkommen, und ich gebe zu, daß ich mich einige Male dem nicht entzog ... Doch mußten es Mädchen sein, die mich in keiner Weise an Julia erinnerten – also klein, zart, blond und blau- oder grauäugig. Ein wenig Vergnügen hatte ich dabei schon, doch klang nichts nach, und ich wandte mich anderen Ablenkungen zu, ging ins Theater, hörte mir im Odeum einen frechen, munteren Chorgesang an, nahm mir einen Führer und ritt stundenlang durch die bewaldeten Hänge des Vesuvius. Dieser alte, längst erloschene Vulkan beschenkt die Landleute mit einer besonders fruchtbaren Erde, und man sagt, daß hier eine Handvoll Erde mehr hervorbringt als anderswo ein ganzer Scheffel.

Schließlich meinte ich, mein Gemüt wieder halbwegs ins Gleichgewicht gebracht zu haben, und reiste nach Rom zurück.

4

Wenn ich in Baia von meiner Trauer abgelenkt wurde und sie fast überwunden glaubte, so kam alles mit Macht zurück, als ich meine *taberna* in Rom aufschloß. Plötzlich wurden die toten Dinge geschwätzig. Jedes Arzneigefäß flüsterte mir zu: *mich hat Gallus in der Hand gehabt*, der Stößel im Mörser fühlte sich so warm an, als habe er ihn gerade erst losgelassen, die sorgsam gewickelten Binden lagen oben im Schrank nebeneinander, und ich hörte Gallus sagen: »Da warten sie wie Soldaten in Reih und Glied auf ihren Einsatz.« Und noch etwas sagte er – zuerst war es nur ein Flüstern, das sich verstärkte zur lauten Stimme und schließlich zu einem mächtigen Schrei anwuchs: »Finde meinen Mörder, Herr! Spüre ihn auf, ziehe ihn zur Rechenschaft, schlüpfe in die Rolle der Rachegötter und fordere sein Leben für meines, wie es die *furiae* verlangen.«

Nun gehöre ich nicht zu den abergläubigen Menschen, die fest davon überzeugt sind, ein Gemordeter könne im Grab keine Ruhe finden, ehe nicht sein Mörder bestraft ist. Sie selber sind es, die keine Ruhe finden, die Stimme des Toten kommt aus dem eigenen Herzen und fordert Rache, der Gerechtigkeit wegen. Das ist bei allen Menschen gleich, ob schwarz, braun oder weiß, welche Sprache sie auch sprechen, welche Götter sie verehren, welchen Traditionen sie huldigen.

So ging es auch mir jetzt, und ich wußte, daß meine Patienten es büßen mußten, wenn ich mit einer solchen Last auf der Seele meine *taberna* weiterführen würde. Meine Hand würde zittern und zagen, wenn ich ein Geschwür öffnen oder ein Glied amputieren mußte, meine Gedanken würden abschweifen beim Mischen der Arzneien, beim Abhorchen des Körpers, beim Abwiegen winziger Mengen von Gift, dessen Winzigkeit es erst zu Arznei machte.

Ich befestige ein Schild an der Tür meiner *taberna* ›Bis auf weiteres geschlossen‹; da mochte jeder sich den Grund selber denken.

Blind vor Trauer und Zorn hatte ich unmittelbar nach Gallus' Tod kopflos und unüberlegt gehandelt, jetzt aber wollte ich mit System und Methode an den Fall herangehen. Ich gebe zu, daß ich mir wenig Hoffnung machte, dem Mörder oder seinen Hintermännern sofort auf die Spur zu kommen, ja, im stillen rechnete ich sogar mit einem Mißlingen.

Als erstes erschien ich auf der *praefectura*, der Stadtmiliz, die am Südrand des Campus Martius in einem altertümlichen Gebäude residierte. Dem *praefectus* schien mein Name nicht unbekannt, denn er empfing mich sofort. Es stellte sich dann heraus, daß ein Verwandter mein Patient gewesen war und – wie der Präfekt sagte – mir bis heute dankbar sei. Ich konnte mich nur undeutlich an den Fall erinnern, tat bescheiden und sprach davon, nur meine Pflicht als Arzt getan zu haben.

Darauf versicherte mir dieser Amtsträger, er werde sich des Falles persönlich annehmen. Ob ich irgendeinen Verdacht hege? Diesmal war ich nicht so unklug, die Julier zu beschuldigen, sondern sagte, ich müsse zuerst noch einige private Spuren verfolgen, ehe ich mich dazu äußern könne.

Trotz alledem, die Sache wäre bald im Sande verlaufen, hätte mich nicht ein alter Patient – eine arge Plaudertasche –, ohne es zu wollen, auf die richtige Spur gebracht.

Gabinius war ein drahtiger alter Herr, dürr, zäh und schon etwas klapprig, der an chronischen Verdauungsbeschwerden litt, die ich meist nur lindern konnte. Er hatte früher eine Werkstatt für Lederreparaturen betrieben, flickte Sattelzeug, Gurte, Taschen und die ledernen *thoracis* der Gladiatoren.

Sein Sklave wollte mich holen, fand die Tür verschlossen und starrte auf das Schild, das er nicht lesen konnte. Ich kam gerade von der *praefectura* zurück und durfte mich so meiner ärztlichen Pflicht schlecht entziehen, um so mehr als Gabinius nur wenige Schritte entfernt am Vicus Stabularis wohnte.

Gabinius litt abwechselnd an Durchfall oder Verstopfung; diesmal fand ich ihn mit aufgetriebenem Leib schmerzverkrümmt auf einem *lectulus*. Während ich fürs erste einen Einlauf vorbereitete – ganz ungewohnt, hatte dies doch immer Gallus getan –, ließ mein Patient sein Mundwerk laufen, wobei die Wörterflut an meinen Ohren vorbeirauschte, ohne daß ich den Sinn wahrnahm. Gabinius hatte viele berühmte Gladiatoren aus dem Pompeius-Theater gekannt, die seine Kunden waren, und wann immer es ging, hatte er ihren Kämpfen beigewohnt.

Da traf mein Ohr etwas, das mich aufhorchen ließ.

»... gehe ich gerade über den Pons Fabricius, und wen sehe ich da? Den alten Carnifex, von dem ich glaubte, er sei längst tot. Er muß es ziemlich eilig gehabt haben, lief mehr als er ging und zog den Mantel vors Gesicht. Aber ich erkannte ihn auch so, habe schließlich dutzendmal seinen Brustumfang vermessen. Er hinkte sehr stark, muß wohl zuletzt was abgekriegt haben. Davon erzählte ich vor ein paar Tagen einem alten Freund, und der wußte mehr, sagte, der Bursche führe schlimme Aufträge aus, schlage Leute zu Krüppeln, bringe sogar welche um, wenn man ihn gut bezahlt. Geschwätz natürlich, aber es ist schon wahr, diese alten Gladiatoren ...«

Ich rammte Gabinius die Klistierspritze in den Hintern, so daß er leise aufschrie und seinen Redestrom unterbrach.

»Kannst du dich erinnern, wann das war – ich meine die Begegnung mit dem Gladiator?«

Er grinste.

»Das weiß ich ganz genau – der letzte Dienstag im September! Weil ich immer am Ende des Monats meine Pacht für den Laden kassiere und dies fast immer am *dies Martis* tue. Am Tag des Mars, so heißt es, erhalten Geldforderungen besonderen Nachdruck.«

Das war der Todestag meines Freundes Gallus, und wenn Carnifex, was ja soviel wie Schlächter oder Henker bedeutet, jetzt seinen Lebensunterhalt mit Mord verdiente, dann war das eine Spur, die sich zu verfolgen lohnte.

Gabinius wußte zwar nicht, wo der Gladiator wohnen

könnte, meinte aber, Leute wie er entfernten sich nicht zu weit von ihrer ehemaligen Wirkungsstätte. Er blickte mich argwöhnisch an.

»Warum willst du das wissen? Daß du die Gladiatorenkämpfe ablehnst, habe ich nicht nur einmal von dir gehört.«

Ich lächelte mühsam.

»Vielleicht geht es um eine alte Rechnung...«

Gabinius feixte und rieb Daumen und Zeigefinger gegeneinander.

»Ist man dir ein Honorar schuldig geblieben?«

Ich ließ ihn bei dieser Meinung. Tags darauf spazierte ich zum Campus Martius hinüber und fragte mich zur nächsten Gladiatorenkaserne durch. Der Pförtner blickte mich grimmig an, als ich nach Carnifex fragte.

»Der war mal hier, aber das ist lange her.«

Ich holte einen Denar aus der Tasche, dann einen zweiten.

»Lebt er noch?«

Der *ianitor* strich sich langsam über die von einem Schwerthieb gespaltene Nase. Ich streckte ihm den einen Denar entgegen und erfuhr, daß Carnifex noch lebte.

»Wo?«

Er nahm den zweiten Denar, betrachtete ihn kritisch von beiden Seiten.

»Da fragst du am besten im ›Equus niger‹ nach, dort läßt er sich fast jeden Abend vollaufen. Gleich dort drüben, brauchst nur um zwei Ecken herum gehen.«

»Seinen wirklichen Namen kennst du nicht?«

Er schüttelte den Kopf.

»Der Kerl ist ein halber Germane, glaube ich. Bin froh,

daß ich nichts mit ihm zu tun habe, das kann lebensgefährlich sein.«

Als ich die schäbige Kneipe betrat, ging es schon auf Mittag zu, und es hatten sich bereits einige verwegene Gestalten eingefunden, die geräuschvoll ihre Mahlzeit verzehrten. Für den dicken schmierigen Wirt muß ich wohl eine ungewohnte Erscheinung gewesen sein, denn er starrte mich eine Weile mit offenem Mund an, ehe er fragte:

»Was suchst du denn hier? Hast dich wohl verlaufen...?«

»Ich suche einen unter dem Namen Carnifex bekannten früheren Gladiator. Er soll regelmäßig hier verkehren.«

Das Gesicht des Wirtes wurde abweisend.

»So, soll er das? Und was willst du von ihm?«

»Das möchte ich ihm selber sagen.«

»Er ist nicht hier.«

»Wann erscheint er gewöhnlich?«

»Mal in der Frühe, mal mittags, mal abends – mal gar nicht...«

Während er dies sagte, hatte er einem der Gäste zugeblinzelt – wenigstens schien es mir so.

Ein großer, hagerer Mann trat auf mich zu; ich sah auf den ersten Blick, daß er an Schwindsucht oder einer anderen auszehrenden Krankheit litt. Seine Stimme klang heiser und tonlos.

»Wer bist du, Herr?«

Ich hatte mir längst die Strategie überlegt, zunächst unter dem Namen meines Patienten aufzutreten.

»Ich heiße Gabinius und hatte früher hier in der Nähe eine Lederwerkstatt. Da durfte ich den *thorax* des Carnifex mehr als einmal flicken und habe auch viele seiner Kämpfe miterlebt. Wir waren so gut wie befreundet ...«

Der Hagere erstickte fast an einem Hustenanfall und ließ sich auf einen Stuhl sinken. Ich blieb stehen.

»Was willst du von ihm, Gabinius? Carnifex trägt keinen *thorax* mehr, um was geht es also?«

»Warum soll ich es dir sagen? Wer bist du überhaupt?«

»Ein Freund. Wer von Carnifex etwas will, muß erst zu mir kommen, nicht wahr?«

Er blickte bestätigend den Wirt an, der gleich eilfertig versicherte:

»Das stimmt: Ohne Macer kommst du an Carnifex nicht ran.«

»Er soll mir einen Dienst erweisen, ich werde gut dafür bezahlen. Tausend Sesterzen sind da leicht zu verdienen. Ich wohne jetzt am Ende des Vicus Stabularis – heute ist Donnerstag, ich werde ihn dort am Samstag vormittag erwarten. Sollte er zwischen der zweiten und sechsten Tagesstunde nicht erscheinen, wird ein anderer das Geld verdienen.«

Noch ehe Macer reagieren konnte, warf ich zwei Sesterzen auf den Tisch und ging hinaus.

Ich mußte damit rechnen, daß mir jemand folgte, und lief deshalb geradewegs zum Haus des Gabinius. Der staunte nicht schlecht.

»Du, Herophilos? Aber ich habe dich doch nicht ...«

»Nein, nein, mein Freund, diesmal geht es nicht um deine Verdauung.«

Ich schenkte ihm reinen Wein ein, verschwieg nichts.

»Magst du Carnifex früher noch so verehrt haben – jetzt

ist aus ihm ein Schwerverbrecher geworden, und es ist deine Pflicht als römischer Bürger ...«

Gabinius erregte sich.

»Sag du mir nicht, was ich dem Staat schuldig bin! Schon mein Vater war römischer Bürger und mein Großvater auch ...«

Jetzt hatte ich ihn da, wo ich wollte.

»Auch ich bin es, durch die Gnade des Augustus, der stets ein strenges Auge auf Recht und Gesetz hat. Hier mein Vorschlag: Falls Macer, dieser Freund von Carnifex, so mißtrauisch ist, wie er aussieht, hat er mir einen Spitzel nachgeschickt. Jeder, der draußen vorbeigeht oder herumlungert, kann es sein. Wir kümmern uns nicht drum. Ich werde bis zum Einbruch der Nacht hierbleiben und dann vermummt nach Hause gehen. Laß dich bis Samstag möglichst nicht blicken, und wenn ein Unbekannter nach dir fragt, soll dein Pförtner ihm sagen, daß du den ganzen Tag in den Thermen verbringen willst. In der Nacht zum Samstag wird sich ein Trupp der Stadtmiliz hier verstecken, und wenn Carnifex erscheint, werden sie ihn schon im *vestibulum* festnehmen.«

Während meiner letzten Sätze hatte Gabinius den Kopf geschüttelt und hörte damit auch nicht auf, als er sagte:

»Und du glaubst allen Ernstes, daß dieser Plan funktioniert? Ich bin zwar nicht so gebildet wie mein verehrter Medicus, aber ich habe einen gesunden Verstand, der mir sagt, daß dein wunderschöner Plan löchrig ist wie eine alte Pferdedecke. Das beginnt schon damit, daß keiner von uns beiden weiß, was Verbrechen in Rom kosten. Du hast etwas von tausend Sesterzen gesagt? Gut, Carnifex muß annehmen, daß es bei deinem Begehren um Mord geht, weil es seine Spezialität ist. Was aber kostet ein

Mord? Vielleicht sind tausend Sesterzen dafür viel zu wenig? Oder viel zu viel? Sind sie zu wenig, wird er gar nicht hier erscheinen, sind sie zuviel, wird er mißtrauisch.«

»Oder die Gier juckt ihn, und er will sich das Geld unbedingt verdienen.«

Gabinius winkte ab.

»Ja, kann sein. Weiter: Einer, der schon seit Jahren von Mord und Totschlag lebt, muß auf eine Art mißtrauisch sein, die wir uns kaum vorstellen können. Wäre er es nicht, so hätten ihn schon längst die Würmer gefressen. Er wird auch bei der Miliz seine bezahlten Spitzel haben, die ihn rechtzeitig warnen. Also wird er sich lieber heraushalten und dich künftig ganz genau beobachten oder so bald wie möglich umbringen lassen.«

»Ich nehme an, daß er es bereits versucht, aber den Falschen erwischt hat. Gut, Gabinius, mein Plan mag seine Fehler haben, aber er soll ja nur dazu dienen, Carnifex ohne viel Aufsehen festzunehmen. Erscheint er am Samstag nicht, dann wird der *praefectus* das ganze Viertel von ein paar Kohorten umstellen und ihn festnehmen lassen. Das wird nicht ohne Tote und Verletzte abgehen, aber Carnifex wird seine Tat bezahlen – so oder so.«

Im stillen gab ich Gabinius vollkommen recht. Wäre ich Carnifex, ich würde mich nicht aus meinem Schlupfwinkel hervorwagen, auch nicht um zehntausend Sesterzen. Aber wie mein Patient ganz richtig gesagt hatte: Wer von uns wußte schon, was Verbrechen in Rom kosten?

Der *praefectus* schien von meinem Plan wenig angetan.

»Wir haben selber Ermittlungen angestellt, und dein eigenmächtiges Verhalten könnte ...«

Ich gab mich empört.

»Ist es so abwegig, wenn ein römischer Bürger seine Stadtverwaltung mit Rat und Tat unterstützt? Wie es scheint, sind wir einem Schwerverbrecher auf der Spur, und da gilt es, keine Zeit zu verlieren! Immerhin präsentiere ich euch den Mann wie auf einer *scutula*, und ihr braucht nur zuzugreifen.«

»Wenn er sich greifen läßt, Herophilos, und da habe ich noch meine Zweifel.«

Doch er sperrte sich nicht länger, und in der Nacht zum Samstag bezogen zwanzig Bewaffnete im und um das Haus des Gabinius Stellung.

Ich hatte mich mit meinem Patienten auf die Terrasse zum Garten gesetzt, ein winziger städtischer Garten, wo es Mühe machte, auch nur drei Männer so zu verstecken, daß nichts von ihnen zu sehen oder zu hören war. Es war einer jener Herbsttage, die vor lauter Unentschiedenheit nicht wissen, ob sie uns ein Unwetter oder einen strahlenden Spätsommertag bescheren sollen. Es war schwül, schwere Wolken zogen niedrig und träge über die Stadt, dann und wann fielen ein paar zögerliche Regentropfen, manchmal kam auch die Sonne heraus. Wir plauderten Belangloses; keiner von uns hatte Lust, das Thema Carnifex nochmals anzuschneiden, bis Gabinius zum Himmel blickte.

»Es geht auf Mittag zu. Wie lange sollen wir noch warten?«

Er hatte noch nicht zu Ende gesprochen, als ein Sklave erschien.

»Herr, ein kleiner Junge hat das da abgegeben.«

Gabinius nahm den Zettel und reichte ihn sogleich an mich weiter.

»Ich glaube, das geht dich an.«

Ich hatte Mühe, die ungelenke Schrift zu entziffern. Es waren nur zwei Zeilen: *Der, den du suchst, wird heute nicht kommen. Vielleicht kriegst du demnächst einen neuen Patienten.*

Ich reichte den Zettel an Gabinius weiter, der auch einige Zeit brauchte, um den Text zu lesen. Dann grinste er schadenfroh.

»Der Kerl ist schlauer als wir – als du dachtest. Wenn ich diesen Schrieb recht verstehe, wird er sich bei dir als neuer Patient einschleichen.«

»Er oder ein anderer. Nun denn, verehrter Gabinius, ich danke dir für deine Hilfe. Laß ein paar Sesterzen an die Leute draußen verteilen und sage ihnen, der Fall hätte sich vorerst erledigt.«

Ich wurde aus dem Verhalten des mutmaßlichen Mörders nicht schlau. Wenn Carnifex wirklich der Täter war, so wäre es klüger gewesen, sich einfach unsichtbar zu machen. Daß er meine Falle erkannt und meine Absicht durchschaut hatte, war offensichtlich, warum aber deutete er nur an, er wolle zu gegebener Zeit mit mir Verbindung aufnehmen? So wenigstens verstand ich die Anspielung auf den *neuen Patienten.* Vielleicht aber wollte er mich nur bei nächster Gelegenheit beseitigen, und der neue Patient würde auch mein letzter sein. Ein tüchtiger Leibwächter könnte da gute Dienste leisten ...

An Julia dachte ich in dieser Zeit nur wenig. Wir hatten abgemacht, ich dürfe so lange nichts hören lassen, bis von ihr ein Zeichen kam, und daran hielt ich mich.

Den Leibwächter fand ich in einer nahegelegenen Gladiatorenschule. Ich schaute lange den Übungskämpfen zu, und schließlich blieb mein Blick an einem Burschen hängen, der seine fehlende Kraft – es gab da wahre Muskelpakete – durch eine flinke Wendigkeit mehr als ausglich. Seine Finten waren wohlüberlegt, verrieten Klugheit und schnelles Denken. Für meine Zwecke war mir damit besser gedient als mit einem tumben Muskelprotz. Ich kaufte den Burschen der Schule ab, und später gestand er mir seine Erleichterung darüber, nicht sein Leben in der Arena beenden zu müssen. Er war nach dem Sieg über Marcus Antonius mit der Kriegsbeute als Sklave nach Rom gekommen und später in die Gladiatorenschule gesteckt worden. Seinen für römische Zungen schwer aussprechbaren syrischen Namen hatte man gleich durch Pernix ersetzt, was seiner Haupteigenschaft entsprach: der Flinke.

Mit der Zeit wurde er auch mein *servus medicus*, erreichte aber niemals die Qualitäten meines Gallus. Er war ein williger, nicht ungeschickter Gehilfe, was das Manuelle betraf, aber einem Todkranken durch geschicktes Zureden neue Hoffnung zu geben, darauf verstand er sich nicht, wie er überhaupt das Reden im allgemeinen mir überließ. Er übernahm die kleine Wohnung meines verblichenen Gallus, und jeden Montag, den ich ab Mittag in einer Therme verbrachte, schickte ich ihn zu Waffenübungen in seine frühere Gladiatorenschule, damit seine Fähigkeiten nicht verkümmerten.

Ich begann, mich nach Julia zu sehnen, und überlegte hin und her, wie ich ohne Aufsehen in ihr Haus – denn ich wußte natürlich, wo sie jetzt wohnte – kommen konnte. Aber da ich ihr keine Schwierigkeiten machen wollte, übte ich mich in Geduld.

5

Einige Wochen brachte ich so hin, als mir ein Schreiben des Cornelius Livius ins Haus flatterte. Seine Gattin habe mich als tüchtigen und vielerfahrenen Arzt gepriesen, und er bitte mich, ihm bei nächster Gelegenheit einen Besuch abzustatten. Sein Haus liege im Südende des Mons Palatinus, nahe der Aqua Appia, und sei dort jedem bekannt.

Das ist eine Falle, schoß es mir durch den Kopf. Auf diese Weise kriegen sie dich, und bist du erst einmal im Haus deines Feindes, dann gib dich verloren. Der erste Versuch, mich zu töten, war mißlungen, nun stellten sie es klüger an und lockten mich in ihren Machtbereich. Zuerst erschlägt man den Diener, dann den Herrn. Wenn ich nur vorher mit Julia sprechen könnte, aber die wurde gewiß nur als Vorwand gebraucht, um mich in Sicherheit zu wiegen, wußte nichts von dem schändlichen Plan.

Da fiel mir Plautius ein, ein früherer Patient, dessen erstgeborenen Sohn ich geheilt, ihm damit vielleicht das Leben gerettet hatte. Er war ein Freigelassener des Augustus – noch aus der Zeit des Triumvirats – und durch den Handel mit der begehrten Fischtunke *garum* und anderen Gewürzen sehr reich geworden.

»Wenn ich dir einmal einen Gefallen tun kann ...«, hatte er damals erleichtert und dankbar gesagt. Nun, ich würde gleich sehen, ob dieses Versprechen noch galt.

Der Gute roch immer etwas nach Fisch, mochte er noch so oft in sein Bad steigen, aber da er stets persönlich die Herstellung des *garum* überwachte, war dies wohl nicht zu vermeiden.

»Herophilos! Welche Ehre für mein Haus! Hat dich meine Frau gerufen? Ich wüßte nicht ...«

»Nein, nein, ich bin von mir aus gekommen – mit einer Bitte.«

Sein Gesicht veränderte sich nicht, blieb freundlich und aufmerksam. Um ihn für meinen Plan zu gewinnen, mußte ich etwas fabulieren.

»Ich werde übermorgen einen alten Patienten besuchen, der mir, so glaube ich jedenfalls, noch immer zürnt, weil ich die Krankheit seiner ersten Frau nicht heilen konnte. Jetzt ist er ein zweites Mal verheiratet und bittet mich unter einem Vorwand um meinen Besuch. Ich fürchte, er will sich rächen und mir irgend etwas antun. Vielleicht tue ich ihm unrecht, aber ich werde eine schlimme Vorahnung nicht los. Ich werde also übermorgen um die dritte Morgenstunde in sein Haus gehen, und sollte ich am Abend nicht bei dir erscheinen, dann sende einen Boten dorthin, unter dem Vorwand, dringend meine Hilfe zu benötigen. Kannst du das für mich tun?«

Plautius nickte.

»Warum nicht? Wie heißt dieser Mann, und wo steht sein Haus?« Ich sagte es ihm.

»Cornelius Livius? Doch hoffentlich nicht einer aus dem Freundeskreis unseres erhabenen Augustus? Ein Cornelius Balbus gehört zu seinen engsten Vertrauten...«

Ich lachte.

»Nein, nein, er stammt aus einer unbedeutenden Nebenlinie und ist eher ein schwarzes Schaf dieser Familie. Da kannst du ganz beruhigt sein. Cornelius Livius hat das Haus des Augustus nie von innen gesehen.«

»Nun gut, ich werde tun, was du verlangst. Was aber, wenn sie sagen, du seist schon gegangen oder überhaupt nicht gekommen?«

»Dann meldest du mein Verschwinden der nächsten Präfektur und informierst meinen Diener Pernix, der die *taberna* bewacht.«

»Da gab es doch kürzlich einen Brand? Oder war das bei einem deiner Kollegen?«

»Nein, nein, der Betroffene war ich. Muß wohl eine vergessene Lampe gewesen sein. Also, kann ich mich auf dich verlassen?«

»Gewiß, gewiß, den Gefallen tue ich dir gern.«

Diese Vorsorge beruhigte mich etwas, aber mir pochte das Herz sehr heftig in der Brust, als die Sänfte mich vor dem Haus des Cornelius Livius absetzte. Der Majordomus, ein noch junger Mann, führte mich sogleich zu Julia. Mir fiel ein Stein vom Herzen.

»Julia! Wie geht es dir? Hast du, oder hat tatsächlich dein Mann mich...? Also ich kann es einfach nicht glauben!«

Julia wies auf die Tür und legte einen Finger auf ihre vollen Lippen, die ich so oft geküßt hatte.

»Du mußt leise sprechen, das ganze Haus besteht nur

aus Ohren – jeder belauscht jeden. Komm jetzt, Livius erwartet uns.«

Kaum hatte sie die Tür geöffnet, hörte ich schnell davonhuschende Schritte.

»Das Haus ist voller Kinder«, sagte sie, ohne ihre Stimme zu dämpfen, »Livius ist nämlich sehr kinderlieb.«

Niemals habe ich sie sagen hören: Mein Mann oder mein Gemahl, immer nannte sie ihn beim Namen.

Cornelius Livius empfing uns in seinem Arbeitszimmer – so nannte er es –, obwohl hier von Arbeit kaum eine Spur zu entdecken war. In einem schmalen Wandregal lagen ein paar staubige Schriftrollen, die wohl jahrelang keine Hand mehr berührt hatte, vor ihm auf einem kleinen Tisch stapelten sich einige *cerae*, daneben lagen zwei *stili*, doch es sah nicht so aus, als würden diese Schreibutensilien häufig benutzt.

Der Hausherr erhob sich bei unserem Eintreten, küßte Julia flüchtig auf die Wange, fragte nach ihrem Befinden und wandte sich dann mir zu.

Livius war ein großer, schwerer Mann, ohne eigentlich dick zu sein. Alles an ihm war füllig, fleischig und weich. Mit seinem runden, fast kahlen Schädel, der Knollennase und den wulstigen Lippen sah er aus wie ein gealterter Faun, wären nicht die warmen, klugen, heiter blickenden Augen gewesen.

»Ah, so also sieht er aus, der berühmte griechische Medicus, der bei allen Patienten eine solche Verehrung genießt und sie gewiß auch verdient. Wie sagt man doch: *Cui honorem, honorem*, Ehre, wem Ehre gebührt, nicht wahr? Mir gebührt sie wohl nicht, oder was meinst du, meine Liebe?«

»Darüber steht mir kein Urteil zu«, sagte Julia mit unbewegtem Gesicht. »Ihr entschuldigt mich jetzt, ich muß mich um den Haushalt kümmern.«

Sie lächelte mir zu und ging würdevoll hinaus, eine echte *era maior*, Hausfrau altrömischer Art, der Juno nicht unähnlich – meine Geliebte, meine verlorene Geliebte.

»Nimm Platz, Herophilos. Einen Becher Wein, schicklich mit Wasser vermischt? Nicht? Oh-oh ...«

Er drohte mir spaßhaft mit dem Finger. Seltsam war nur, daß plötzlich ein Sklave, ein Kind noch, dastand und uns neckisch anlachte. Der etwa Achtjährige trug eine so knappe Tunika, daß vorne die Spitze seines kleinen Penis hervorlugte, und hinten der Ansatz des glatten runden Gesäßes zu sehen war.

»Zum Anbeißen, der Junge, nicht wahr? Also, du kleiner Amor, dann bring schon einen Krug herein, zwei Becher und etwas Wasser, los-los!«

Der Kleine grinste frech und verschwand.

Livius seufzte:

»Meine *deliciae domini*, von denen lebt zur Zeit ein volles Dutzend in meinem Haus. Nur schade, daß sie älter werden, ihre glatte Haut verlieren, eine tiefe Stimme und einen Bart bekommen – eklig! Dann muß ich sie leider weggeben, wenn ich es auch nicht immer fertigbringe. Du hast ja meinen Majordomus gesehen, von ihm konnte ich mich nicht trennen, auch als der Stimmbruch einsetzte, und sein Bart zu sprießen begann. Nun habe ich schon drei solcher Herangewachsener, einer ist mein Sekretär, der zweite beaufsichtigt meine *delicati* und den dritten kennst du ja. Verblüfft? Angewidert? Entzückt?«

»Nur erstaunt«, sagte ich. »Unter meinen Patienten waren und sind einige Päderasten, doch sie betreiben ihre

Vorliebe maßvoller, bescheidener, während du ein ganzes *paedagogium* unterhältst. Nun, jeder nach seinem Geschmack ...«

Livius lachte, und es klang ein wenig eitel.

»... und nach seinem Vermögen. Meines ist noch immer recht groß, obwohl ich die Hälfte davon bei der Heirat auf Julia überschreiben mußte. Was soll's? Ich werde wohl nicht alt genug, um den beträchtlichen Rest verbrauchen zu können – trotz meiner Knabenschar. Im Einkauf sind sie ja recht teuer, die kleinen Lieblinge, und manche erweisen sich als taube Nüsse, aber einige ...« Er schnalzte genußvoll mit der Zunge. »Ich halte mir immer zwei oder drei, deren kleine Hintern ich nicht für Gold hergeben würde. Das ist einer von ihnen ...«

Der Junge von vorhin kam herein, stellte betont lässig Krug und Becher auf den Tisch und blickte dabei seinen Herrn schmachtend an.

»Komm her, kleiner Amor, komm schon!«

Der Kleine hüpfte ihm auf den Schoß, Livius begann seinen Hintern zu streicheln und schnaufte dabei lustvoll.

»Ah – diese glatten, samtigen Kugeln, diese wonnigen Hügel ...«

Mir wurde die Szene allmählich peinlich, doch ich versuchte, höflich zu bleiben.

»Spare es dir für später auf, Livius, dafür bin ich nicht der geeignete Zuschauer.«

»Hörst du, was unser Gast sagt? Also verschwinde, nimm ein Bad, laß dich einölen – überall, hörst du, damit du schön geschmeidig bist, wenn wir unsere kleinen Spielchen treiben.«

Der Bub schmollte etwas, kletterte dann vom Schoß seines Herrn und schlenderte betont langsam hinaus.

Livius lachte.

»Ja, meine Lieblinge nützen natürlich ihre Lage, haben Launen und Wünsche, sind störrisch, anmaßend und anspruchsvoll. Aber so mag ich sie. Freilich, wenn sie es zu weit treiben, dann ab in die Strafkammer und zehn oder zwanzig mit dem Rohrstock! Ich mag auch die gestriemten Hintern – ich mag sie alle, wenn sie nur fest, glatt, rund und samtig sind.«

Ich sah es ihm an, er wollte mich provozieren, mich verleiten, Zorn, Ekel oder Abscheu zu zeigen, aber diesen Gefallen tat ich ihm nicht.

»Zu diesem Thema kann ich leider nichts beitragen, aber möchtest du etwas aus meiner ärztlichen Erfahrung hören? Etwa, wenn der Wundbrand – und den gibt es auch schon bei Kindern – diese samtigen Hügel befällt und sie sich eitrig aufblähen, platzen, und stinkige Jauche ihnen entströmt. Oder wenn der Knochenfraß in den Beinen sitzt, sich langsam ausbreitet bis hinauf zu den glatten festen Schenkeln, und das Fleisch dann bei lebendigem Leib verwest, auseinanderfällt ...«

Livius verzog das Gesicht.

»Halt, halt, davon will ich nichts wissen, auch wenn etwas Ähnliches der Grund ist, daß ich dich kommen ließ, das heißt, es sind zwei Gründe. Zum ersten: Einer meiner Knaben ist krank, die *testis* sind angeschwollen, schmerzen ihn, er kann kaum noch gehen ...«

Der Junge wurde gebracht, ein hübscher, etwas scheuer Bursche um die zehn, der breitbeinig und mit schmerzverzerrtem Gesicht hereinkam und vor mir die Augen niederschlug.

»Nun stelle dich nicht so an, Crispus! Vor dem Arzt

brauchst du dich nicht zu schämen, er will dir nur helfen.«

Ich betastete vorsichtig den Hodensack und fand leider, was mir in meiner Praxis erst einmal begegnet war: Die *testis* waren auf das Doppelte vergrößert, knotig angeschwollen und sehr schmerzempfindlich.

Als er gegangen war, sagte ich:

»Diese Art von Krebs kommt schon bei Kindern vor, schreitet sehr schnell voran und ist nur durch Kastration heilbar.«

Livius verzog das Gesicht.

»Ich mag keine Eunuchen! Wenn, dann soll schon alles dran sein ...«

Da wurde ich ungeduldig.

»Diesmal geht es nicht um dich, sondern um den Jungen. Der Krebs wandert in den Bauch, in die Därme, er wird qualvoll sterben, wenn die *testis* nicht sofort entfernt werden.«

»Du meinst jetzt ... jetzt gleich?«

Ich deutete auf meinen Arztkoffer.

»Warum nicht, ich bin für kleine Eingriffe immer gerüstet.«

Seine Erleichterung war zu spüren.

»Dann wird es also nur eine kleine Operation?«

»Ja, es ist nur ein einziger Schnitt, doch es wird dich sehr teuer kommen, obwohl es auch billiger geht.«

»Wie das?«

»Operiere ich ihn unbetäubt, wird er große Schmerzen leiden, gebe ich ihm ein Schlafmittel, kostet es erheblich mehr, weil Meconium nur sehr schwierig zu gewinnen ist.«

Er zögerte keinen Augenblick, was ihn mir etwas sympathischer machte.

»Spare an nichts, Herophilos, meine *pueri* sind es mir wert.«

Die für ein männliches Wesen so entscheidende Operation dauert nicht lange und verläuft sehr einfach. Der Junge war nach meiner Dosis bald eingeschlafen und wurde mit gespreizten Beinen auf dem Bett festgebunden. Ich schnürte die *testis* so fest ich konnte mit einem dünnen Silberdraht ab und wartete eine halbe Stunde. Die mangelnde Blutzufuhr läßt den Hodensack fast gefühllos werden, und ich schnitt ihn mit meiner schärfsten Schere ab. Dabei erwachte der Junge, sah mich entsetzt an, stöhnte laut, sank aber schnell wieder in seinen Dämmerzustand zurück. Mit einem Brenneisen stillte ich die Blutung und vernähte dann die Wunde mit kleinen dichten Stichen. Im Falle einer Entzündung solle man den Schnitt mehrmals täglich mit Kamilleauszügen betupfen, ordnete ich an.

Livius hatte es vorgezogen, der Operation fernzubleiben, doch er erwartete mich wieder in seinem Arbeitszimmer.

»Ich erbat dein Kommen aus zwei Gründen. Den ersten hast du gerade unter dem Messer gehabt, der zweite betrifft uns drei: Julia, dich und mich. Daß ich ein leidenschaftlicher und unverbesserlicher *paedicator* bin, hast du inzwischen gesehen. Frauen bedeuten mir nicht das Geringste, mögen sie auch so reizvoll sein wie deine Julia. Du siehst also, ich weiß Bescheid und nenne sie mit gebotenem Respekt deine Julia. Warum aber sollen wir alle darunter leiden, daß zwei habgierige Familien einen Teil meines Vermögens retten wollen? Wir sollten, verehrter Herophilos, das Beste daraus machen.

Hier also mein Vorschlag: Du wirst mein ständiger Hausarzt, überwachst die Gesundheit meiner *delicati* und, wenn nötig, auch die meine. Julia bewohnt in diesem großen Haus mit ihren Dienerinnen einen separaten Teil mit eigenem Eingang. So stören wir einander nicht. Aber ich will ihr auf die Dauer nicht zumuten, in diesem Schwulenhaushalt wie eine vestalische Jungfrau dahinzuleben. Setzt also eure Liebschaft fort, Herophilos, ich habe nichts dagegen. Es muß nur so unauffällig wie möglich geschehen, das heißt, du wirst bei deinem Kommen von mir empfangen und von mir verabschiedet. Benütze also niemals Julias Eingang; denn wir wohnen in einem dichtbesiedelten Gebiet und tausend Augen beobachten uns, ganz abgesehen von den Spitzeln, die Julias Familie auf uns ansetzen wird. Gefällt dir dieser Vorschlag, so gibt es nichts weiter zu bereden. Du erscheinst zwei- oder dreimal pro Woche und kannst dich dann mit Julia in ihre privaten Gemächer zurückziehen.«

»Weiß sie davon Bescheid?«

»Ja, sie kennt meinen Plan und ist damit einverstanden, wenn du es bist.«

Als ich diesen Teil der Geschichte mit Julia erörterte, meinte sie:

»Es war nicht der Plan des Cornelius Livius, sondern der meine. Ich habe ihn gleich nach unserer Hochzeit unter Druck gesetzt und damit gedroht, sein Treiben unserem sehr auf Sittsamkeit achtenden Augustus zu melden. Der Erhabene sehe es bekanntlich nicht gern, wenn die alten Patrizierfamilien ein solches Lotterleben führen, und habe schon einige recht harte Verbannungsurteile gesprochen. Du kannst dir denken, wie das dem guten Livius in die Glieder fuhr. Weg aus Rom, weg von seinen *delicati,* in irgendeine wüste Provinz verbannt... Er wurde weich wie Wachs und stimmte allen meinen Forderungen zu.«

»Gut, Julia, wir werden es versuchen, aber ich hoffe nur, daß auch deine Verwandten es dulden und gutheißen mögen, denn erfahren werden sie es doch. Ich bin ein in jeder Beziehung gebranntes Kind.«

»Du spielst auf das Feuer in deiner *taberna* an?«

»Worauf sonst?«

»Heros, wir können nicht sicher sein, daß sie die Anstifter sind.«

»Wer sonst? Später wollten sie mich dann ermorden, aber es traf meinen Diener. Ich kann und will es nicht vergessen, was sie mir damit angetan haben, aber dich will ich nicht weiter damit behelligen – damit muß ich selber fertig werden.«

Ich hütete mich davor, Julia von meiner festen Absicht zu erzählen, den Tod meines Freundes zu rächen. Damals wußte ich ja selber noch nicht, wie der Fall sich weiterentwickeln würde.

Der Begriff *verecundia*, Scham, war für Cornelius Livius ein Fremdwort. Nachdem wir uns geeinigt hatten und ich regelmäßig in sein Haus kam, legte er es geradezu darauf an, mir seine Geilheit und Sittenlosigkeit vorzuführen – ja, er scheute nicht davor zurück, mir unglaubliche Vorschläge zu machen. So etwa:

»Da ich zeitlebens nicht in die Versuchung kam, einer Frau beizuliegen, möchte ich wenigstens einmal Zeuge sein, was genau dabei vorgeht. Ein verständlicher Wunsch, nicht wahr? Ich könnte mich in Julias Schlafzimmer hinter der großen Truhe verstecken und dabei zusehen, wie ihr euch auszieht, wie du sie küßt und streichelst und sie schließlich nimmst – von hinten, von vorne, von der Seite, was weiß ich. Du könntest meiner Unerfahrenheit damit abhelfen ...«

Ich bin gewiß nicht maulfaul und jedem verbalen Anspruch gewachsen, aber die Unverfrorenheit dieses Ansinnens verschlug mir zunächst die Sprache. Dann sagte ich:

»Ich nehme nicht zur Kenntnis, was ich eben gehört habe, tilge es aus meinem Gedächtnis. Einverstanden?«

Schmollend wölbte er seine dicken Lippen wie ein kleiner Junge, den man gekränkt hat.

»Also gut – vielleicht werde ich es einmal selber probieren und mir eine *meretrix* ins Haus holen. Das würde einen rechten Aufruhr geben ...«

Er lächelte in sich hinein, schien in Gedanken bereits den Skandal zu genießen. Auf seinen Vorschlag kam er nie mehr zurück – heute glaube ich, daß er nicht sehr ernst gemeint war.

Ein- oder zweimal im Monat veranstaltete Livius mit Gleichgesinnten ein Symposium, auf dem es zuweilen sehr lebhaft zuging.

Woher ich das weiß? Wurde ich dazu geladen? Natürlich nicht, aber Livius ließ mich einmal holen, während ich bei Julia übernachtete.

Das weitläufige Gebäude – und gerade das machte in dieser teuren Wohngegend seinen hohen Wert aus – war im Laufe der Jahrzehnte immer wieder umgebaut und erweitert worden und früher wohl auch von vielen Menschen bewohnt gewesen. Fortuna aber fügte es, daß dieser Zweig der Cornelier durch Bürgerkriege und Krankheiten zugrunde ging bis auf Livius, den Wüstling.

Diesen Abend hatte ich mit Julia gemächlich verbracht; wir hatten erlesen gespeist, denn der Koch des Hauses war auf gewissen Gebieten nahezu genial. Er stammte von der Küste und konnte alles Meeresgetier sehr phantasievoll zubereiten, während Schwein und Rind nicht gerade seine Stärke waren.

Wir schauten uns verliebt an, erhitzt vom Wein, als ein schon vorher wahrgenommener, ferner Lärm anzuschwellen begann.

»Livius feiert wieder einmal ein Fest, aber so laut war es noch nie.«

Ich hörte Schreie, Rufe und begann mich gerade über die Störung unserer intimen Stunde zu ärgern, als Julias Zofe hereinstürzte.

»Verzeihung, Herrin, aber …«

Eine Hand schob sie beiseite, und der Majordomus erschien.

»Herr, wir brauchen einen Arzt, es ist gerade etwas Schlimmes geschehen …«

Ich griff nach meinem immer bereitstehenden *riscus*, den Koffer für Notfälle, und lief hinter dem Majordomus her.

Als wir den Festsaal betraten, war es schon stiller geworden; Livius kniete mit einigen seiner Knaben am Boden, wo jemand lag und laut stöhnte. Ich nehme vorweg, was mir erst nachher erzählt wurde.

Cornelus Livius hatte einen schwulen Freund geladen, um ihm zwei ›Neuerwerbungen‹ vorzustellen. Der Freund hatte seinen Liebling mitgebracht, einen etwas pummeligen Zwölfjährigen, der sich auf dem Symposium langweilte und zum Zeitvertreib mit dem Hausherrn liebäugelte. Livius war nicht der Mann, der sich etwas entgehen ließ, und erwiderte die koketten Blicke, was wiederum seinem Liebling nicht entging und furchtbar erzürnte.

Es wurde gegessen und dann vor allem getrunken, getändelt, gegrapscht und gestreichelt, und als Livius dem Begleiter seines Gastes schnell und, wie er glaubte, heimlich unter die Tunika langte, griff sein Geliebter nach einem der herumliegenden Messer und schlitzte dem anderen den Bauch auf – von unten nach oben. Das Messer war scharf, aber zum Glück nicht lang, so daß es nur die Bauchdecke auftrennte, ohne dabei die Innereien zu verletzen. Die Gedärme quollen sofort heraus, der Junge wurde bewußtlos, und die anderen verloren den Kopf.

Auch für einen Arzt ist es immer wieder erstaunlich, welches Gemenge und Geschlinge die Natur unter der Bauchdecke plaziert hat, und wie wenig es – im Gegensatz zu den Extremitäten – im Körperinneren fixiert ist. Aufgeschlitzte Bäuche gehören für einen Truppenarzt zum Alltag, und so wusch ich das Geschlinge mit lauwarmem Kamillewasser, preßte es ins Körperinnere zurück und vernähte die Bauchwunde.

Kaum war das erledigt, gerieten sich die Besitzer der beiden Streithähne in die Haare. Livius warf seinem Gast vor, er hätte das provozierende Verhalten seines *delicatus* verhindern müssen, der wiederum meinte, Livius habe sich mit Vergnügen anmachen lassen und hätte dem Jungen eben nicht unter die Tunika greifen dürfen. Nun, sie beruhigten sich wieder, und Livius bestand darauf, daß der Schuldige an Ort und Stelle bestraft würde, und zwar hart.

»Mit der Peitsche, nicht mit dem Stock!«

Das wollte nun der Gast seinem Liebling nicht antun, und schon gab es neuen Streit. Schließlich einigten sie sich auf zwanzig Hiebe mit der *ferula*, einer aus Weidengerten gebundenen Rute. Livius wollte die Bestrafung unbedingt selber vornehmen, und so wurde der Messerheld nackt an eine Säule gebunden und erhielt auf Rücken und Gesäß die mit zorniger Wucht geführten Hiebe. Der Junge schrie fürchterlich, zappelte herum und suchte mit flehenden Blicken seinen Herrn, doch der hatte sich abgewandt, und ich sah, wie er bei jedem der klatschenden Schläge zusammenzuckte, als hätten sie ihn selbst getroffen.

Dessen ungeachtet setzte Livius mit seinem Gast das Symposium fort, denn weder ein aufgeschlitzter Bauch noch ein geprügelter Sklave konnten diese Lüstlinge auf der Jagd nach Genuß nachhaltig stören.

Ich ließ den Verletzten in ein ruhiges Zimmer tragen, um ihn eine Weile zu beobachten. Er hat den Unfall sehr gut überstanden und bedankte sich später bei mir, wohl auf Wunsch seines Herrn, auf mürrische und widerborstige Art, die Zwölfjährigen eben zu eigen ist.

Weniger gut erging es übrigens dem kastrierten Crispus. Es war, als würde der Krebs nur Atem holen, um dann noch schlimmer loszuwüten. Der *cancer* fraß sich in den Bauch hinein, trieb ihn auf wie bei einer Schwangeren und bereitete Crispus unsagbare Schmerzen. Auf Bitten und mit Einverständnis des Cornelius Livius flößte ich dem Jungen eine Überdosis Meconium ein, so daß er im Schlaf einen sanften Tod sterben durfte.

Ob die Familien der seltsamen Eheleute das Haus bespitzeln ließen, weiß ich nicht – wenn ja, dann gewährte man uns eben einen Spielraum, solange nach außen hin das Bild eines sehr zurückgezogen lebenden Ehepaars gewahrt blieb. Mir erschien es schon seltsam, daß man uns plötzlich in Ruhe ließ, während man sich doch zuvor –

so glaubte ich immer noch – nicht gescheut hatte, meine *taberna* anzuzünden und mich ermorden zu lassen.

Julia fand dieses Verhalten durchaus erklärlich.

»Sie haben ihren Willen durchgesetzt, mich mit Livius zu verheiraten, und später werden sie sein Vermögen aufteilen. Aber auch wir haben erreicht, was wir wollten, und wenn wir zwar nicht unter einem Dach leben, so doch als Mann und Frau.«

Freilich, sie hatte recht. Mehr war in unserer Situation nicht zu erwarten, und auch ich fand mich damit ab.

6

Ich kann mich eines alten Lehrers in der Schule erinnern, der uns Buben gelegentlich daran erinnerte, wie flüchtig das Leben sei und wie schnell und gefräßig die Zeit alles Bestehende aufzehre und vernichte – ein Thema, das uns Halbwüchsige kaum berührte, denn mit vierzehn Jahren glaubt jeder, er lebe ewig und hat auch sonst ganz anderes im Kopf. *Tempus edax rerum*, pflegte dieser Lehrer den großen Ovid zu zitieren – alles zerfrißt die Zeit.

Und ich gestehe offen ein, wäre in dieser Hinsicht nichts mehr geschehen, so hätte die gefräßige Zeit auch meine Rachegelüste Stück um Stück zernagt, und nichts wäre davon übriggeblieben, als ein wehmütiges Gefühl des Verlustes und der Vergeblichkeit.

Aber es kam anders. Seit meinem mißglückten Versuch, in Carnifex den mutmaßlichen Mörder meines Gallus zu fassen, waren fast unbemerkt mehrere Monate ins Land gegangen. Anfangs hatte ich häufig an jenes Schreiben gedacht, von dem der zweite Satz lautete: *Vielleicht kriegst du demnächst einen neuen Patienten.* Doch der Arztberuf kann zu gewissen Zeiten derart anstrengend werden, daß er alles andere verdrängt, ja sogar auslöscht. Was im Leben sonst zählt und Vergnügen macht, tritt zurück. Während man sein Essen in sich hineinschaufelt, denkt man an einen schwierigen Patienten, auf der Latrina – sonst eher ein stiller Ort des Besinnens – überlegt man, ob eine bestimmte Arznei richtig gemischt war, und selbst beim Einschlafen bewegen einen noch die Gedanken an den morgigen Arztbesuch, der schon recht früh stattfinden muß, weil der Patient nicht schlafen kann und erst halbwegs beruhigt ist, wenn er mit dem Medicus seinen Tag beginnen kann.

Es gibt ja im Grunde nur drei Arten von Patienten, deren Eigenschaften sich auch überschneiden und vermischen können.

Da ist einmal der eingebildete Kranke, der alle paar Tage neue Beschwerden fühlt, die ihn ängstigen und das Schlimmste vermuten lassen. Diese Menschen werden in der Regel sehr alt und sterben meist im Schlaf. Sein Gegenstück ist der Abwiegler, wie ich ihn nennen möchte. Seinem Bekunden nach fehlt ihm nie etwas, er braucht niemals einen Arzt, und wenn seine Angehörigen dann einen holen, liegt dieser Mensch meist schon im Sterben. Dazwischen steht der normale Patient, der den Arzt ruft, wenn Schmerzen oder Unwohlsein überhandnehmen und dann auch getreulich ausführt, was dieser anordnet. Der eingebildete Kranke indessen mäkelt an der Behandlung herum, fragt nach anderen, besseren Arzneien und konsultiert im Laufe seines Lebens Dutzende von Ärzten. Der Abwiegler hingegen schüttet die verordnete Arznei weg, hält keine Diät ein und lebt genauso weiter wie vorher.

Wenn faustgroße Beulen an seinem Körper ausbrechen, dann hat ihn eine Mücke gestochen, und wenn er sich tagelang vor Magenschmerzen krümmt, dann war es verdorbener Fisch und nicht das schon aufgebrochene Geschwür.

Mit solchen Menschen war ich täglich befaßt, und wenn sich das von Tagesanbruch bis in die Nacht hinein zieht, dann bleibt kein Raum für anderes. So dachte ich nur noch selten an Carnifex und den geheimnisvollen neuen Patienten, und – ich gebe es zu – auch meine Rachegelüste hatten sich abgekühlt. Das Gefühl war noch vorhanden, gewiß, aber es hatte sich auf eine Art Wartestellung zurückgezogen, abrufbar, quasi in Hörweite. Ich will nichts beschönigen. Wenn noch mehr Zeit vergangen wäre, hätte es sich stillschweigend aus meinem Gesichtskreis entfernt, außer Hörweite und taub für meine schwachen Rufe. Doch soweit kam es nicht.

Eines Abends, im Frühsommer – es muß Ende Juni gewesen sein –, war Pernix gerade dabei, unsere Arbeitsutensilien wegzuräumen, als es an der Tür pochte. Nun, zu dieser Jahreszeit gehorcht der Mensch einem anderen Rhythmus, und wenn es sich im Dezember um die zwölfte Tagesstunde schon auf die Nacht einrichtet, so steht im Juni um diese Zeit die Sonne noch so hoch, daß niemand daran denkt, den Tag schon jetzt zu beenden.

Ich trat an die Tür. Draußen stand ein halbwüchsiger Bursche in kurzer Sklaventunika und stieß hervor:

»Herr, es ist ganz dringend! Unsere Domina hat einen Blutsturz erlitten, ist sehr schwach, spricht kaum noch . . .«

»Kenne ich deine Herrin?«

Er nannte einen mir unbekannten Namen, sagte, seine Herrschaft wohne noch nicht lange hier, aber das Haus wäre gleich um die Ecke, gegenüber dem Vulcanus-Tempel, und draußen warte schon die Sänfte.

Ich blickte an ihm vorbei, und tatsächlich stand da eine schmucklose, zweisitzige *lectica* mit zugezogenen Vorhängen. Das hätte mich stutzig machen sollen, aber ich glaube, daß mir dieser Umstand damals gar nicht auffiel.

Unglücklicherweise hatten Pernix und ich es so eingerichtet, daß mein Gehilfe bei Erstbesuchen zunächst in der *taberna* blieb und mich erst später – je nach Bedarf des Patienten – begleitete.

Ich kroch in die abgedunkelte Sänfte, und während ich mich noch auf den Sitz zwängte, rannten die Träger schon los. Dann hörte ich von hinten eine leise Stimme, die mir irgendwie bekannt vorkam.

»Unsere Herrin, Medicus, ist in Wirklichkeit ein Herr, und sein Haus ist auch leider nicht gleich um die Ecke…«

Er kicherte.

»Du siehst, wir haben dich belogen, aber das mußte wohl sein, zu deinem und zu unserem Besten.«

Mir stockte der Atem und ich fühlte, wie mir der Schweiß ausbrach. Da bist du ja schön in die Falle getappt, schoß es mir durch den Kopf, wie ein grüner Junge, und dein Leibwächter sitzt zu Hause und dreht die Daumen.

Zaghaft begann ich nach dem Türriegel zu tasten, doch der hinter mir sitzende Aufpasser bemerkte es. Blitzschnell warf er mir eine Schlinge über den Kopf und zog sie so fest zu, daß meine beiden Hände an den Hals fuhren.

»Halt, halt...«

Er lockerte die Schnur ein wenig.

»Keine Dummheiten, Medicus! Mit mir spaßt man nicht!«

Dann folgte ein Hustenanfall, und plötzlich wußte ich, wem die heisere Stimme gehörte – es war der hagere Macer, der Vertraute des Carnifex. Nun ließ er mich in die Falle stolpern, die ich ihm damals vergeblich gestellt hatte. Aber warum erst jetzt?

»Ihr wollt von mir Geld, nicht wahr? Das könnt ihr haben, aber dann...«

»Kein Geld!« unterbrach die heisere Stimme mich schroff. »Du wirst gleich sehen, um was es geht.«

In einer solchen Situation erstickt die Angst jedes Zeitgefühl. Waren wir eine halbe Stunde unterwegs? Oder waren es zwei – oder drei?

Während die Schlinge jetzt locker, aber dennoch bedrohlich um meinen Hals lag, schossen mir die unsinnigsten Gedanken durch den Kopf, die alle um meine Rettung aus dieser Notlage kreisten.

Nach hinten greifen und Macer die Schnur aus der Hand reißen? Nicht lange nach dem Riegel tasten – die Tür einfach mit Brachialgewalt aufstoßen? Den Vorhang zurückreißen und laut um Hilfe rufen?

Ein weniger ängstlicher Mensch, ein echter Heros, hätte wohl so gehandelt. Wenn mich auch Julia zärtlich so nannte, war ich doch nur Herophilos, der Arzt, und verhielt mich mucksmäuschenstill, um Macer nicht zu unbedachten Handlungen zu verleiten.

Welchen Weg die Sänfte genommen hatte, entzog sich meiner Vorstellung, aber den Gerüchen nach mußten wir uns wohl ziemlich weit aus der Innenstadt entfernt, vielleicht sogar eine Brücke überquert haben, denn ich glaubte, leises Wasserrauschen zu hören.

Als wir anhielten, war es völlig dunkel geworden. Die Schlinge baumelte immer noch um meinen Hals; Macer packte mich derb am Arm, und so stolperte ich hinter den beiden Sänftenträgern her, von denen einer eine Fackel emporhielt.

Wir hatten wohl einen der wilden Gärten betreten, und ich konnte im Flackerlicht die Konturen von Bäumen und Büschen erkennen. In diese Wildnis duckte sich ein niedriges Haus, vor dessen Eingang ein Diener mit einer großen Öllampe in der Hand wartete.

Wir durchquerten ein zierliches Atrium, dann stieß Macer mich in einen schwach erhellten Raum.

»Nimm Platz«, forderte mich eine rauhe, kräftige Stimme auf.

Ich setzte mich auf den an der Wand stehenden *lectulus* – gespannt, aufrecht und voll ängstlicher Erwartung. Die Stimme kam aus der anderen Ecke des Raumes, wo die schattenhaften Umrisse eines Mannes zu erkennen waren, der, die Füße weit von sich gestreckt, in einem großen Sessel mehr lag als saß.

»Mach es dir nur bequem, Herophilos! Du brauchst keine Angst zu haben, es geht weder um dein Leben noch um dein Geld. Reden wir zunächst einmal von Gallus ...«

»Wer bist du?« brachte ich heraus.

»Verzeih, ich habe vergessen, mich vorzustellen. Als Gladiator nannte man mich Carnifex, und dabei soll es bleiben. Daß du mich in eine Falle locken wolltest, habe ich dir längst verziehen. Das Ganze war so dilettantisch geplant, daß es nur meine Heiterkeit erregte«, er lachte leise, »und nicht nur meine ... In einem hattest du allerdings recht: Ich selber habe Gallus getötet.«

Er schwieg und wollte diese Nachricht offenbar auf mich wirken lassen.

»Du ... du hast ... Aber warum? Was hat dir Gallus getan, oder war er gar nicht gemeint? Hätte ich es sein sollen?«

»Nein, nein, er war schon gemeint, aber ... damals lagen die Verhältnisse noch anders.« Er seufzte tief. »Es hilft nichts, um dich auf den richtigen Weg zu bringen, muß ich Farbe bekennen. Möchtest du etwas trinken?«

Mein brennender Durst überstieg im Augenblick noch meine Neugier.

»Gerne, aber ich hoffe, du willst mich nicht vergiften.«

Das war ein matter Scherz, doch Carnifex nahm ihn ernst.

»Nein, Medicus, das hätte ich anders und weniger umständlich erledigt.«

Er klatschte in die Hände, und gleich darauf erschien der Diener mit Wein- und Wasserkrügen.

»Halb-halb?« fragte er mich.

»Ja, bitte.«

Der Diener mischte und verschwand.

»Ein ganz vorzüglicher Wein«, mußte ich widerwillig bekennen.

»Ja, Herophilos, das kann ich mir leisten, meine Geschäfte laufen gut.«

»Geschäfte?«

»Aber du weißt doch, welchen Beruf ich ausübe? Schließlich wolltest du mich damit ködern ... Nun, tausend Sesterzen wären kein schlechtes Honorar gewesen.

Aber nun zum Wesentlichen. Ich werde dafür bezahlt, Menschen, die ich nicht kenne, zu töten – oder töten zu lassen. Das ist ein Beruf wie jeder andere, nur etwas gefährlicher. In der Regel kenne ich auch meine Auftraggeber nicht, so etwas wird anonym und in aller Stille abgewickelt. Gallus war allerdings eine Ausnahme, denn da waren mir sowohl der Auftraggeber als auch seine Motive bekannt.«

Da er schwieg, fragte ich weiter. »Wovon du mir aber nichts verraten willst?«

»Ganz im Gegenteil! Ich habe dich kommen lassen, um dir seinen – ihren Namen zu nennen. Die Dame heißt Lucretia, und Gallus war ihr Geliebter und Zuträger.«

»Mein Gallus? Was soll das heißen – Zuträger?«

»Er war ihr verfallen, das muß ich vorausschicken. Dabei ist sie nicht einmal besonders hübsch ... Zuträger soll heißen, daß Gallus, der ja als dein Gehilfe viele vornehme Häuser von innen kannte, ihr regelmäßig Hinweise über lohnende Einbruchsobjekte beschaffte.«

»Das glaube ich nicht! Du lügst! Gallus war durch und durch ehrenwert, er hätte sich davor gescheut, einen krummen Nagel einzustecken.«

Wieder seufzte der andere vernehmlich.

»Ach, Herophilos, das glaube ich dir sogar. Er tat es ja auch nicht für Geld, sondern nur, um bei Lucretia weiterhin gut angeschrieben zu sein.«

»Aber warum verrätst du mir jetzt den Namen deiner Auftraggeberin? Das müßte doch gegen deine Berufsehre gehen.«

»Stimmt! Aber – ich erwähnte es bereits – damals lagen die Dinge noch anders. Lucretia hatte sich von einer Groschenhure zum Haupt einer Diebes- und Hehlerbande emporgearbeitet, vermied es aber, in meinen Arbeitsbereich einzudringen. Doch in letzter Zeit sticht sie offenbar der Hafer, denn sie hat einige meiner Leute abgeworben und erledigt nun auch Aufträge wie Beseitigung und Entführung von Menschen. Sie tut es nicht gerade um den halben Preis, verlangt aber deutlich weniger, und glaube mir: Diese Konkurrenz beginne ich immer stärker zu spüren.«

»Deine Berufsprobleme interessieren mich nicht! Was hatte Lucretia für ein Motiv? Warum mußte sie Gallus töten lassen?«

»Er war ihr lästig geworden – stellte Forderungen, wollte der einzige Mann an ihrer Seite sein. Aber Lucretias Hurennaturell hatte sich damals einen anderen erwählt, einen, der sie nicht umschwänzelte und umsabberte wie ein läufiger Hund, sondern der ihr die Faust zeigte und nicht davor zurückschreckte, sie nötigenfalls windelweich zu prügeln. Eines aber vermied er klug: Er mischte sich nicht in ihre Geschäfte. Wie gesagt, Gallus war lästig, gefährlich, überflüssig geworden. Gefährlich wohl deshalb, weil er ihr – das jedenfalls behauptete sie – mehrmals drohte, sie auffliegen zu lassen, wenn sie sich ihm verweigerte. Nun, da hatte er sie wohl unterschätzt ...«

»Ich kann es immer noch nicht glauben! Warum habe ich von alldem nichts bemerkt? Freilich, Gallus hielt sein Privatleben geheim, gab niemals etwas davon preis. Aber er war mehr mein Freund als mein Diener, und so ...«

»... hast du ihn nicht behelligt. Ich verstehe das. Aber bitte verstehe auch mich, wenn ich unterscheide zwischen dem Messer, das nur ein Werkzeug ist, und der Hand, die es führt. Die Hand aber heißt Lucretia, sie ist die Mörderin deines Freundes Gallus.«

»Und jetzt deine Feindin?« fragte ich spöttisch.

»So ist es, und deshalb werden wir sie vernichten.«

»Wir?«

»Ja, oder willst du etwa keine Rache an ihr nehmen?«

Er schien erstaunt und fast etwas beleidigt. Alles klang so einleuchtend, so überzeugend, auch waren meine Rachegelüste wiedererwacht, und wenn ich – oder wir – dieser Verbrecherin das Handwerk legten, war dies zudem eine löbliche Tat. Daß ich dabei einem ehrgeizigen Berufsmörder zur Hand gehen sollte, wurde mir erst später bewußt.

Ohne zunächst einen Plan zu entwickeln, hielt Carnifex, so sagte er mit gespielter Biederkeit, es für seine Pflicht, mir vorab die Schwierigkeiten zu schildern.

»Da ist nur noch eines: Dein Diener wird sich Sorgen machen, wenn du so lange ausbleibst. Soll ich ihm einen Boten schicken? Du könntest hier übernachten, das wäre einfacher, denn um diese Zeit in dieser Gegend ...«

Er schwieg bedeutungsvoll. Ich aber zögerte nicht und erklärte mich einverstanden.

7

Es ist schon seltsam, wie schnell wir zu Handlangern des Bösen werden, wenn etwas unsere Interessen berührt. Uns erscheinen dann solche Galgenvögel wie dieser Carnifex fast als ehrenwerte Menschen mit durchaus verständlichen Absichten und Motiven.

Das soll keine Entschuldigung für mich sein – ich versuche nur zu erklären, wie es kam, daß ich bereit war, mich zum Komplizen dieses Schurken zu machen. Ich weiß, es war vorhin die Rede davon, daß eine Rache abkühlen, ja erlöschen kann, und ich bin nach wie vor der festen Überzeugung, daß dies auch bei mir geschehen wäre, hätte ich noch einige Zeit gewartet. So aber glomm unter der Asche noch eine Glut, und Carnifex war der Blasebalg, der sie wieder zum Aufflammen brachte, als er mir das Wesen dieser Frau schilderte.

»Sie ist nicht unverwundbar, doch sie ist unsäglich schlau und hat Verbindungen bis hinauf in die höchsten Kreise. Es sollen sogar einige Senatoren ihre Kunden gewesen sein. Du als Medicus warst bisher mit anderen

Dingen befaßt und wirst dich fragen, warum ein abgetakelter Gladiator und eine alternde Hure nicht auf dem Schindanger landen, wo sie schließlich auch hingehören. Ich kann dir versichern, mein Herophilos, daß es in der Regel so ist. Tausende von Huren und Gladiatoren finden dort ihr wohl auch verdientes Ende, aber immer gibt es den einen oder die andere darunter, die ihren Kopf nicht nur dazu benutzen, die Frisur zu richten und das Gesicht zu schminken oder den Helm aufzusetzen, wenn es in den Kampf um Leben und Tod geht. Ich hatte das Glück, einige Jahre einer reichen und gebildeten Dame als Geliebter zu dienen, und habe von ihr viel, sehr viel gelernt, unter anderem auch die Fähigkeit, mich klar und verständlich auszudrücken.

Lucretias *curriculum vitae* kenne ich nicht so genau, aber ich bin überzeugt, daß sie ihren Verstand gebrauchte, als die Hurenkünste ihr nichts mehr einbrachten. Ich weiß nur eines: Sie war nicht billig zu haben, hat immer als *concubina* und niemals als schäbige *meretricula* gegolten. Das heißt, sie war stets mit besseren Herren befaßt und hat sich so einen Freundes- und Bekanntenkreis geschaffen, der ihr später sehr nützlich wurde. Dazu kommt noch, daß sie sich mit beispielloser Frechheit in Verbände und Vereinigungen eingeschlichen hat, die sonst nur ehrenwerten Frauen aus guten Familien offenstehen. So ist sie zum Beispiel Mitglied des Priesterinnenkollegiums der Bona Dea, deren Tempel – wie du weißt – am Aventin zu finden ist. Die anderen sind ausschließlich Frauen von Senatoren und hohen Staatsbeamten, und ich weiß, daß Lucretia dort als Witwe eines reichen, adeligen Grundbesitzers gilt. Des weiteren unterstützt sie den ›Freundeskreis der Vestalinnen‹ regelmäßig mit Spenden und Stiftungen und trägt wesentlich zum Unterhalt einer Schule bei für Mädchen aus guten, aber mittellosen Familien. Dabei, und das ist das Erstaunlichste, verleugnet sie keineswegs ihren Namen, tritt überall als die reiche, wohltätige *matrona nobilis* auf. Wer da versuchen würde, diese edle Frau mit der Exhure und Haupt einer Räuberbande in Verbindung zu bringen, den würde man mit Schimpf und Schade davonjagen oder für verrückt erklären.«

Als Arzt bin ich es gewohnt, genau auf die Stimme der Menschen zu achten, denn sie verrät viel vom Befinden des Betreffenden. Carnifex' Rede war zuletzt laut, aggressiv und tadelnd geworden, als sei er ein Advocatus, der vor Gericht eine Anklage vorzubringen hat. Doch er muß selber gespürt haben, daß er mir damit seine Gemütslage verriet, und so fiel er wieder in seinen alten Tonfall einer gedämpften Redeweise zurück. Es klang fast bewundernd, als er fortfuhr:

»Worum wir uns alle bemühen, mit den Stadtbehörden auf gutem Fuß zu stehen, das ist ihr in besonderem Maß gelungen. Ob Ädilen, Quästoren oder Volkstribunen – zu allen, die ihr nützlich sein können, hat sie eine gute Verbindung. Dabei munkelt man, daß sie dem Präfekten der Stadtmiliz so manches Bauernopfer ins Netz getrieben hat...«

»Wie ist das zu verstehen?« entfuhr es mir.

»Ganz einfach: Irgendwo geschieht ein Verbrechen, das Aufmerksamkeit und Empörung erregt – ein Mord etwa oder eine Brandstiftung. Da muß der Präfekt bald etwas vorweisen können, weil sonst seine Wiederwahl in Frage gestellt ist. Dank ihrer vielfältigen Verbindungen präsentiert ihm Lucretia dann einen Täter, den richtigen oder den falschen, der ein Geständnis ablegt und als Viehfutter in der Arena landet – verurteilt zum Tode *ad bestias*. Dieser Präfekt wird sich dann bei nächster Gelegenheit als sehr dankbar erweisen …

Ja, Lucretia ist eine erstaunliche Frau, sie soll sogar etwas schreiben und lesen können. Als reiche, ehrsame Witwe bewohnt sie ein bescheidenes Haus im Osten des *mons Aventinus*, nicht weit vom Tempel der Bona Dea entfernt. Doch als Haupt ihrer Räuberbande ist sie nicht greifbar. Sie hat sich an mir und anderen ein Beispiel genommen und tritt so wenig wie möglich in eigener Person auf. So wie mich Macer und andere vertreten, so hat sie ihre vertrauten *palatini*, und nur über diese kann man sich mit ihr verständigen. Deinem Gallus muß es wohl gelungen sein, in diesen engen Kreis einzudringen – und nicht nur das: Er durfte für kurze Zeit ihren Geliebten spielen, dazu fungierte er als ihr Zuträger, wenn es um neue Beutezüge ging. Du kannst das ohne weiteres nachprüfen, wenn du dich behutsam im Kreis deiner langjährigen Patienten umhörst und das Gespräch auf Einbrüche bringst. Die davon Betroffenen haben ihre Verluste mit Sicherheit dem Gallus zu verdanken. Sein Pech war es, daß er mehr wollte, als Lucretia ihm zugestehen konnte. Offenbar war ihm seine Zuträgerrolle leid geworden. Er strebte danach, der Mann an ihrer Seite zu sein, als einziger ihr Vertrauen zu genießen, hoch über den anderen zu stehen, die ihm den gleichen Respekt wie ihr entgegenbringen sollten. Doch Lucretia gleicht einer Bienenkönigin. Um sie allein hat sich alles zu drehen, sie ist das machtvolle Zentrum, duldet keinen Gleichrangigen neben sich. Ihr neuer Freund hält sich da klugerweise zurück, er verpraßt lieber ihr Geld in noblen Kneipen und tut so, als gebe es sie gar nicht. Dieser Justus ist schlau, aber er hat keinen Ehrgeiz – anders als Gallus, der dafür sterben mußte ...«

»Und sie hat dich bezahlt?«

Carnifex stand auf, streckte die Glieder und ging langsam auf und ab. Ich konnte nur die Umrisse eines mittelgroßen, etwas dicklichen Mannes erkennen. Schließlich setzte er sich wieder.

»Ja, sie hat mich bezahlt, wie jeder für meine Dienste bezahlen muß. Sie wird dann auf die Idee gekommen sein, solche Dinge selber zu erledigen, und das bekamen wir bald zu spüren. Macer saß tagelang im ›Equus niger‹, ohne daß sich ein neuer Auftraggeber gemeldet hätte. Dafür wurde uns hintenrum zu verstehen gegeben, daß man anderswo für den halben Preis nicht weniger gut bedient werde. Aber das geht dich nichts an, damit müssen wir selber fertig werden. Jedenfalls ist dein Gallus ihrer grausamen Willkür zum Opfer gefallen, und so haben wir beide ein Interesse, dieser Megäre das Handwerk zu legen.«

Carnifex setzte also ohne weiteres voraus, daß ich ihm bei der Liquidierung seiner Konkurrentin zur Hand ging, und das gefiel mir nicht.

»Im Grunde war er ja nur mein Diener ...«

»Und dein Freund – das hast du selber gesagt.«

»Lebendig kann ich ihn auch nicht wieder machen, warum also Mühen und Gefahren auf mich nehmen? Welche Macht Lucretia darstellt, hast du mir ja ausführlich geschildert.«

Aus dem Dämmer kam ein leises Lachen.

»Ich habe noch vergessen, dir zu sagen, daß diese Frau nicht nur von Raub und Mord lebt. Sie führt auch – genau wie ich – sogenannte Warnungen durch. Da wird einer verprügelt, so daß er tagelang bettlägrig ist, oder er findet seinen Laden verwüstet oder seine *taberna* verbrannt...«

Mir stockte der Atem.

»Dann war das also... das war...«

»Ein Auftrag, den ich ablehnte, weil mir das Risiko zu hoch war. Ein überführter Brandstifter hat hierzulande nichts Gutes zu erwarten: Das ganze Volk fordert seinen Kopf, weil jeder sich betroffen fühlt.«

Das entfachte meinen Zorn aufs neue, wenn ich daran dachte, daß bei ungünstigem Wind auch meine Wohnung und die Häuser der Nachbarn hätten betroffen sein können.

»Dann hat Lucretia diesen Auftrag übernommen?«

»Wer sonst? Ein solches Risiko konnte nur sie eingehen.«

Der Mensch glaubt, was er glauben will. Davon leben zum Beispiel die Händler mit gefälschten griechischen Kunstwerken. Nur so ist es möglich, daß diese Gauner Werke eines römischen Kopisten als Originalarbeiten von Skopas oder Praxiteles verkaufen können.

Dann dachte ich den Fall zu Ende. Wenn Lucretia die von Julias Verwandten beauftragte Brandstiftung ausführte, dann konnte der nächste Schritt sein, daß sie den Auftrag erhielt, mich zu beseitigen.

Carnifex riß mich aus meinen Gedanken.

»Laß es dir durch den Kopf gehen, Medicus. Was zu sagen ist, habe ich gesagt. Möchtest du noch einen Schlummertrunk? Unvermischt?«

Warum nicht, dachte ich, der Wein ist gut und dann schläft es sich besser in einem fremden Bett.

Wir tranken auf die Gesundheit des erhabenen Augustus, dann noch auf unsere eigene ... und da reißt meine Erinnerung ab, als hätte Atropos, die Parze, sie abgeschnitten wie den Lebensfaden der Menschen.

Ich erwachte mit schmerzendem Kopf und sah einen grellen Sonnenstreifen über den Boden laufen, der sich durch einen Spalt der Fensterläden hereingestohlen hatte.

Ich grinste schadenfroh. Nun mußte Carnifex mich bei Tageslicht nach Hause bringen und so *nolens volens* seinen Schlupfwinkel preisgeben.

Da klopfte es an die Tür. Ich richtete mich auf.

»Herr, willst du heute den ganzen Tag verschlafen?«

Ich stutzte. War das nicht die Stimme meines Gehilfen Pernix? War er gekommen, um mich abzuholen? Aber er wußte doch nicht ...?

»Komm rein!«

Er trat ins Zimmer und riß die Fensterläden auf. Es war meine Schlafkammer mit der vertrauten Aussicht auf den kleinen Garten des Nachbarn. Erleichtert ließ ich mich zurücksinken. Dann hatte ich alles nur geträumt, Morpheus sei Dank!

Pernix trat an mein Bett.

»Ein Wunder ist es ja nicht! Es war lange nach Mitternacht, als sie dich heimbrachten und ich glaube, du bist gar nicht richtig aufgewacht, als ich dich ins Bett legte.«

Doch kein Traum! Ich hatte Carnifex wohl unterschätzt. Meine Benommenheit verriet mir, daß der letzte Trunk Wein mit einem Schlafmittel versetzt gewesen war. So ließ er mich noch vor Tagesanbruch nach Hause bringen, um zu vermeiden, daß ich seine Wohngegend herausfand.

Ich frühstückte, wobei Pernix mir Gesellschaft leistete.

In seinem breiten, gutmütigen Gesicht standen Sorge und Neugier. Verlegen fuhr er sich durch seine schwarzen Kraushaare, räusperte sich und fragte dann mit stockender Stimme:

»Ein... ein langer Krankenbesuch, nicht wahr? Die Dame muß dich ja reichlich bewirtet haben, denn dein Atem... dein Atem, Herr...«

»Ja, Pernix, ich muß gerochen haben wie ein undichter Weinschlauch. Nur war es keine Dame und auch kein Patient, der mich rufen, oder besser gesagt, entführen ließ.«

Ich berichtete in großen Zügen, worum es ging. Pernix wußte um den Tod meines Freundes Gallus, und ich hatte dann und wann eine Bemerkung gemacht, wie sehr es mich freuen würde, wenn man seinem Mörder auf die Spur käme. Als ich geendet hatte, nickte er mehrmals heftig.

»Das ist jetzt schon seltsam, nicht wahr? Du kennst den Mörder, der im Grunde keiner ist, und die wahre Schuldige wird kaum zu fassen sein. Aber du wirst es doch versuchen?«

»Ja, Pernix, mit deiner Hilfe.«

Das war mehr aus Wohlwollen gesagt, doch er nahm es ernst. Sein kräftiger Körper straffte sich.

»Du weißt, daß ich mein Leben für dich gäbe, Herr.«

Ich sah ihm an, daß er es ernst meinte, jedenfalls in diesem Augenblick.

»Danke, Pernix, aber wir wollen nichts überstürzen. Als erstes werde ich mich umhören und einigen unserer Patienten, die vielleicht in Lucretias vornehmen Kreisen verkehren, auf den Zahn fühlen.«

Er schüttelte langsam seinen runden Kopf.

»Ich kann einfach nicht glauben, daß es diese Person sozusagen zweimal gibt, als ein böses Weib und eine gute Frau. Aber was weiß unsereins schon ...«

»Spiele nur nicht den armen, unwissenden Sklaven! Du bist mir ein wertvoller Gehilfe und kommst mehr herum, als es deinesgleichen sonst vergönnt ist. Deine *manumissio* liegt in zweifacher Ausfertigung bei den Behörden und eine weitere findest du in meiner Eisentruhe. Sobald mir etwas zustößt, bist du frei. Darüber hinaus verspreche ich dir, dich nach zehnjährigem Dienst vor dem Prätor durch *manumissio per vindictam* freizugeben. Was willst du mehr?«

Nun brach der Bursche in Tränen aus.

»Habe ich mich jemals beklagt, Herr? Ich meinte doch nur, daß einem Sklaven manches verborgen bleibt, was ...«

»Dir nicht! Ich habe dir alles Notwendige erläutert, und wir wollen erst wieder darüber reden, wenn es angebracht ist.«

Obwohl ich durch das Zeugnis meines Gehilfen wußte, daß meine nächtliche Entführung kein Traum gewesen war, so tat ich doch weiterhin, als sei sie einer gewesen. Warum sollte ich für Carnifex die Schmutzarbeit erledigen? Freilich, das Blut des Gallus schrie nach Vergeltung, aber die *furiae* konnten schließlich nicht erwarten, daß ich mein eigenes Leben dadurch gefährdete.

Außerdem trat dann ein Ereignis ein, das meine ohnehin wieder verlöschenden Rachegefühle gänzlich in eine dunkle Ecke drängten. Aufgegeben hatte ich sie nicht, aber gegenüber dem, was bevorstand, hatten sie an Priorität verloren. Julia war schwanger.

8

Um meine Geliebte nicht zu beunruhigen, hatte ich mein nächtliches Erlebnis verschwiegen, auch nichts davon gesagt, daß es vermutlich ihre Sippe war, die mein Haus durch Lucretias Bande in Brand setzen ließ. Ich wollte nicht, daß solch häßliche Dinge unser Verhältnis trübten, denn es war auch so schon kompliziert genug.

Wie immer an meinen Besuchstagen empfing mich zuerst der Hausherr. Cornelius Livius schien unverändert, doch der forschende Blick des Arztes sieht manchmal mehr als Ehepartner und gute Freunde.

Groß, schwer und füllig lag Cornelius auf seiner *lectula* und machte eine entschuldigende Geste.

»Gestatte, daß ich liegenbleibe, verehrter Medicus. Heute strengt mich die kleinste Bewegung an, bereitet mir eine Mühe, als leiste ich Schwerarbeit.«

Auf seinem kahlen Schädel perlte der Schweiß, auch sein Doppelkinn glänzte feucht.

»Darf ich?«

Ohne seine Antwort abzuwarten, befühlte ich seine Stirn und prüfte mit der anderen Hand seinen Puls.

»Du scheinst mir etwas fiebrig, und dein Puls geht ein wenig zu schnell.«

Ich steckte meine kleine Sanduhr wieder weg und wischte mir die Hände ab.

»Hat es gestern wieder eine deiner endlosen Symposien oder sonst eine Aufregung gegeben?«

Er lächelte mühsam.

»Kein Symposium, keine Aufregung. Oder besser gesagt, nur der hier übliche Trubel. Die ewigen Streitereien meiner *delicati* – Klagen, Petzereien, Bestrafungen, Belohnungen und was noch zu einem Schwulenhaushalt gehört. Sei froh und glücklich, daß du in dieser Beziehung deine Ruhe hast.«

Ich lächelte.

»Wie ich dich kenne, wärst du ohne deine Aufregungen todunglücklich. Du brauchst sie wie deinen Atem, sie sind dein Lebenselexier.«

Er winkte mit seiner fetten, schlaffen Hand müde ab.

»Was soll's? *Amare et sapere vix Deo conceditur.* Kennst du den Spruch?«

»Nein, aber er gefällt mir. Daß nicht einmal Götter Liebe und Vernunft vereinbaren können, mag uns ein Trost sein. Dennoch, Cornelius, wenn du dein lustvolles Leben noch länger genießen willst, dann halte etwas Maß. *Est modus in rebus*, hat Horatius uns angeraten.«

Er hob die Schultern.

»Was wissen die Dichter schon? Außerdem ist gerade Horatius für seine Spottsucht berühmt, und so ist anzunehmen, daß er diese Worte nicht ernst gemeint hat. Ich werde jetzt ein Nickerchen machen, entschuldigst du mich?«

So und ähnlich klangen die Aufforderungen, wenn Cornelius, der trotz mancher Grobheit sehr feinfühlig sein konnte, mir keine weitere Zeit für Julia stehlen wollte.

Julia empfing mich wie sonst mit einer herzlichen Umarmung und Küssen auf Mund und Wangen, dann aber schob sie mich mit Nachdruck von sich weg.

»Setz dich, wir haben etwas zu bereden.«

Ich war sofort beunruhigt.

»Hat deine Familie …?«

»Nein, nein, das ist es nicht.«

Draußen war einer jener Frühsommertage angebrochen, die mit strahlendem Sonnenschein beginnen und einen wunderschönen Tag verheißen, es sich dann aber gegen Mittag anders überlegen. Die Sonne hüllt sich in Dunstschleier, der Wind erstirbt und vom Westen her braut sich etwas zusammen, das zuerst mit ein paar harmlosen hellgrauen Wolken an nichts Böses denken läßt; diese verwandeln sich jedoch schnell in schwärzliche Ungetüme, und am frühen Nachmittag ist der Himmel so schwarz wie eine verrußte Küchendecke.

So war es auch jetzt, und als ein Wind aufkam, wehte es so kühl vom Garten herein, daß Julia die schweren Vorhänge bis auf einen zuzog. Da sie hierzu keine Sklavin rief, schloß ich, daß wir ungestört bleiben sollten. Von ferne begann es bedrohlich zu grollen, und es klang, als verrückten die Himmlischen ihre gewiß sehr gewaltigen Truhen und Schränke.

Wir setzten uns. Julia blickte mich seltsam an.

»Wir sind keine jungen Eltern mehr, Heros, aber das ist nicht unser größtes Problem.«

Das kam so schnell, daß mein Verstand hinterherhinkte.

»Von wem sprichst du? Wir sind doch keine ...«

Sie lächelte.

»Aber wir werden es. Ich bin im fünften Monat und kann nun gewiß sein.«

»Julia! Das ist ja wunderbar, aber warum sagst du mir das erst jetzt?«

Sie wiegte bedachtsam ihren Juno-Kopf.

»Ich war mir nicht ganz sicher ... zudem hege ich den Verdacht, daß der männliche Verstand, zumindest bei gewissen Dingen, dem weiblichen doch unterlegen ist. Du magst es wunderbar finden, aber bist du denn der Vater?«

Das gewittrige Grollen und Poltern kam näher. Wie in einem schlechten Theaterstück, dachte ich, in dem die Bühnenarbeiter hinter den Kulissen auf das Donnerblech schlagen, wenn die Handlung eine dramatische Wendung nimmt.

»Wer soll es sonst sein?« fragte ich und muß dabei ein sehr dummes Gesicht gemacht haben.

»Cornelius Livius natürlich – nach römischem Recht und nach dem Brauch wohl aller Völker. Ein innerhalb einer gesetzlichen Ehe geborenes Kind kann nur einen Vater haben, nämlich den gesetzlichen Ehemann.«

»Ach so, das meinst du ... Aber wir wissen es besser, nicht wahr?«

»Wir beide sind nicht das Gesetz. Juristisch gesehen, wird dem Stamm der Cornelier ein neuer Sproß zuwachsen. Wenn du dich jetzt als Vater bekennst, beschuldigst du mich des Ehebruchs. Da kann Cornelius sich formlos scheiden lassen, und mir wird der Prozeß gemacht. Das mildeste Urteil bei so etwas lautet Verbannung auf Lebenszeit, es kann aber auch auf die Todesstrafe erkannt werden.«

»Daran habe ich nicht gedacht ...«

»Ich schon, denn in solchen Fällen ist immer die Frau die Leidtragende. Oder kennst du einen Fall, daß jemals ein Mann wegen Ehebruchs verurteilt wurde?«

»Nun, ich bin da nicht so bewandert ...«

»Wir müssen eine Lösung finden, und sie ist nur möglich, wenn Cornelius Livius Bescheid weiß. Er, und nur er kann der gesetzliche Vater sein.«

»Obwohl alle Welt weiß, daß er ... daß er ...«

Meine Juno schüttelte ihr schönes Haupt.

»Warum soll ein *paedicator* keine Kinder zeugen können? In Rom gibt es eine ganze Reihe von Ehen, wo der Mann mit seinen *pueri* zusammenlebt und dennoch mit seiner Frau ein Dutzend Kinder gezeugt hat.«

»Natürlich weiß ich das, Cornelius ist jedoch nicht gerade dafür bekannt, daß ... aber du hast recht, er muß Bescheid wissen. Wie, glaubst du, wird er es aufnehmen?«

»Das ist bei ihm schwer zu sagen, aber in allem, was nicht seine *delicati* betrifft, neigt er eher zur Vernunft.«

Sie fügte noch etwas hinzu, das ich nicht verstand, weil ein dröhnender Donnerschlag ihre Worte übertönte. Mit einem gewaltigen Rauschen setzte der Regen ein, so dicht, daß man von den Büschen und Bäumen des Gartens nur noch undeutliche Umrisse wahrnahm.

Julias Leibsklavin Phryne kam herein.

»Soll ich die Läden schließen?«

»Das mache ich selber. Lauf zum Herrn und bitte ihn zu mir.«

»Und wenn er schläft?«

»Dann wecke ihn – es ist wichtig.«

Wir redeten nicht mehr, sondern betrachteten stumm

das Naturschauspiel. Den Garten begrenzten nach Osten eine Reihe von mächtigen Pinien, und wir konnten sehen – und hören! – wie der Wind kurz hintereinander einige morsche Äste von den alten Bäumen riß.

»Da wirkt die Natur wie ein *chirurgus:* Sie reinigt die Bäume von allem Faulen und Schädlichen.«

Julia sagte nichts, sondern wandte sich um, als Cornelius eintrat. Er schien guter Laune und rief:

»Na, ihr Turteltäubchen! Schreckt euch das Gewitter, und ihr ruft den alten Papa zu Hilfe?«

Julia lächelte.

»Es freut mich, dich so wohlgestimmt zu finden, Cornelius Livius. Wir können nur hoffen, daß diese Stimmung anhält, bei dem, was wir dir zu sagen haben.«

Er ließ sich in einen *lectulus* plumpsen.

»Es wird schon nichts Weltbewegendes sein, oder?«

»Wie man's nimmt«, sagte ich, »uns bewegt es schon.«

»Dann heraus damit!«

»Du wirst bald Vater, Cornelius Livius«, sagte Julia ruhig.

Mühsam richtete er sich auf.

»Vater – ich? So haben die Götter doch noch ein Wunder getan ...«

»Nicht die Götter. Herophilos hat es bewirkt, doch nach dem Gesetz bist du der Vater.«

»So viel verstehe auch ich vom römischen Recht.« Schnaufend und ächzend brachte er seine Körperfülle zum Stehen und ging auf uns zu, die wir nebeneinander auf einem *lectulus* saßen. Er tätschelte Julia die Wange, berührte mich freundschaftlich an der Schulter.

»Da kann ich euch nur beglückwünschen, und mich

dazu! Du, mein Lieber, hast mir eine Arbeit abgenommen, die mir schwer – ja, unmöglich gewesen wäre. Andererseits erwartet alle Welt, daß eine Ehe nicht unfruchtbar bleibt. So haben wir alle unsere Pflicht erfüllt, wenn auch du, Herophilos, dabei etwas zu kurz kommen wirst. Aber so ist die Lage nun einmal. Ich werde mir etwas ausdenken müssen, das uns allen gerecht wird. Bei deinem nächsten Besuch, lieber Freund, werde ich dir meine Pläne offenbaren.«

Er winkte uns zu und ging hinaus. Ich schüttelte den Kopf.

»Er ist ein Wüstling, selbstsüchtig, verfressen, versoffen, verhurt, ein wahrer Meister von Unzucht und Völlerei, aber manchmal doch ein großartiger Mensch.«

»Da kann ich dir nur beipflichten, mein Heros.«

Dann begann wieder mein ärztlicher Alltag, und manchmal streifte mich doch der Gedanke an Lucretia und ihr von Carnifex gezeichnetes Bild. Ich begann behutsam nachzuforschen, wer von meinen Patienten durch einen Einbruch geschädigt war, und stieß dabei auf sechs Fälle. War das überdurchschnittlich viel? Mir fehlte der Vergleich, aber bei etwa drei Dutzend Häusern, die ich als Arzt regelmäßig besuchte, erschien es mir eher wenig.

Eines Tages wurde ich ins Haus des früheren Senators Gaius Asconius gerufen, dessen uralter Vater schwer an Harnruhr litt. Jeder Arzt weiß, daß man da wenig machen kann; nur der zeitliche Ablauf dieser tödlichen Krankheit läßt sich durch strenge Diät etwas verzögern. Nebenher erfuhr ich, daß die erstgeborene Tochter des Asconius schon seit vielen Jahren als Vestalin wirkte, was einer

Familie besondere Bedeutung verleiht. Da entschloß ich mich, auf den Busch zu klopfen.

»Da kannst du dich glücklich schätzen, Asconius, das ist eine hohe Ehre. Bekanntlich muß ja sogar ein Konsul den Weg freimachen, wenn ihm eine Vestalin entgegenkommt.«

»Ja, das schon, aber die Frauen und Mädchen sind in einen Kreis strenger Pflichten eingebunden – ich möchte nicht mit ihnen tauschen.«

»Vor einiger Zeit leistete ich im Hause einer Lucretia – sie ist Witwe eines adeligen Grundbesitzers – ärztliche Hilfe und erfuhr, daß sie den ›Freundeskreis der Vestalinnen‹ regelmäßig unterstützt. Vielleicht kennst du diese Dame?«

Er nickte.

»Sie ist als öffentliche Wohltäterin hoch angesehen – ich glaube, ihr Haus liegt unweit des *mons Aventinus.* Persönlich bin ich ihr allerdings noch nicht begegnet.«

Und so erging es mir noch einige Male. Man kannte ihren Namen, hatte sie jedoch nie kennengelernt oder auch nur von ferne gesehen.

Ich schob die Sache vor mir her und beschloß, nichts zu unternehmen, bis mein Kind geboren war.

Cornelius hatte uns entgegen seinem Versprechen nicht in seine Pläne eingeweiht, aber mit erhobener Schwurhand versichert, er werde dies unmittelbar nach der Geburt tun.

Schon seit längerem weilten zwei tüchtige und weithin bekannte *obstetricis* im Haus des Cornelius Livius, und mit ihrer Hilfe brachte meine Julia am vorletzten Tag des Oktober einen Jungen zur Welt. Am nächsten Tag lud mich Cornelius ins Haus.

Meine Julia bot einen wunderschönen Anblick, als sie lächelnd und mit gelöstem Haar im Bett lag, das gewickelte Kind an ihrer Seite. Sie legte einen Finger auf die Lippen.

»Seid leise, er schläft.«

Cornelius lächelte entschuldigend.

»Bei dem, was kommt, wird er wohl aufwachen.«

Er gab dem Diener einen Wink, und drei Zeugen kamen herein, ehrenwerte Männer, dem Cornelius durch gleiche Neigung und Vorliebe verbunden. Die Amme hatte den Kleinen inzwischen auf den Boden gelegt, wo er gleich heftig zu greinen begann. Cornelius hob seinen Sohn hoch und zeigte den Zeugen das Geschlecht des Kindes.

»Das ist der von mir und meiner Gemahlin Julia gezeugte Sohn, den ich nach bestem Wissen und nach altrömischer Art hegen, pflegen und erziehen werde. Er soll Cornelius Gratus heißen. Ich danke den Herren.«

Dann mußten auch Amme und Dienerinnen den Raum verlassen. Cornelius lächelte mich an und legte mir den Kleinen behutsam in die Arme.

»Dein Sohn, Herophilos.«

Als ich ihm danken wollte, hob er unwirsch die Hand.

»Sag jetzt nichts, ich bitte dich. Ich mag Julia, ich mag dich, ich mag euer Kind. Wenn ihr unglücklich seid, bin ich es auch. Es ist also purer Egoismus ... ach, ich rede Blödsinn, bin euch übrigens auch keine Erklärung schuldig. Aber ein Versprechen muß ich noch erfüllen: es geht um mein Vermächtnis. Nicht, daß ich mich sterbenskrank fühle, doch hin und wieder ahne ich, daß mein Leben bald zu Ende geht. Nicht daß ich es mir wünsche! Bei Castor und Pollux – nein! Ich könnte mit meinen *pueri* noch eine ganze Ewigkeit so dahinleben.«

Er grinste.

»Ist auch wieder gelogen, eine Ewigkeit ist mir zu lang. Aber noch habe ich nicht genug, noch lange nicht! Bei Cicero, ich rede heute wieder zuviel, und ihn hat das ja bekanntlich den Kopf gekostet. Also, meine Freunde, bei einem unserer nächsten Treffen werdet ihr sehen, was ich mir ausgedacht habe.«

Inzwischen war der November zu Ende gegangen, der sich – neben häufigem schlechtem Wetter – vor allem dadurch auszeichnet, daß er nur einen einzigen Staatsfeiertag aufweist, die *feriae Jovi* am 13. des Monats.

Im Dezember ist das anders, da gibt es eine ganze Reihe von Festtagen, die in der Nacht vom dritten auf den vierten mit dem *damium*, dem Hauptfest der Bona Dea, beginnen. Diese gilt als Tochter des Faunus, der sich ihr einmal, getrieben von seiner sprichwörtlichen Geilheit, mit unzüchtigen Absichten näherte. Als sie sich sträubte, versuchte er es als Schlange – wieder vergeblich. So hatte es sich ergeben, daß ihr Tempeldienst nur von Frauen versehen wurde. Männer durften weder ihren Tempel betreten, noch an ihren Festen zugegen sein. Und auch ihr wirklicher Name, denn Bona Dea bedeutet ja nichts weiter als ›gute Göttin‹, ist seitdem so geheim, daß nur ihre Priesterinnen ihn kennen.

Zu diesen auserwählten Frauen gehörte nun die angebliche Witwe Lucretia, die ich von nun an die ›weiße‹ nannte. Und die ›schwarze‹ Lucretia, die notorische Übeltäterin, sollte mit ihr identisch sein?

Es fiel mir schwer, dies zu glauben.

9

Es war bekannt, daß das nächtliche Fest der Bona Dea im Haus eines der Konsuln gefeiert wurde, unter der Leitung von dessen Gemahlin und einigen älteren Vestalinnen. Dabei wurde eine Sau geopfert, danach gab es einen von Saiten- und Flötenspiel begleiteten rituellen Tanz, der – wie man munkelte – sich nicht selten zu ekstatischer Ausgelassenheit steigerte.

Ich hegte da so meine Zweifel, denn weder Frauen von Konsuln noch ältere Vestalinnen oder die als Priesterinnen fungierenden Matronen des römischen Patriats schienen mir zu solchen Regungen tauglich. Solche *fama* haben wohl mißgünstige Männer in die Welt gesetzt, aus Ärger darüber, daß ihnen dieser Bereich verschlossen blieb.

Eine kleine Rolle war unserem Geschlecht allerdings auch gestattet: Wir durften als Zaungäste den Auszug der Priesterinnen verfolgen, wenn sie das Haus des Konsuls verließen.

Nicht sehr ergiebig und eher etwas für notorische Müßiggänger, mag man einwenden. Dennoch hatte sich eine gewisse Tradition herausgebildet, vor allem wohl deshalb, weil auch einige Vestalinnen darunter waren, die mit Sänften von Tempeldienern abgeholt wurden. Wenn es nämlich einem bereits verurteilten Verbrecher gelang, sich ihnen zu nähern, so konnte er auf ihre Fürbitte hin begnadigt werden. Das war es wohl, was die Müßiggänger in Scharen herbeilockte: Zeuge dieser Sensation zu sein, die im Gegensatz zu den Spielen in der Arena nichts kostete.

Ich aber ging hin, um Lucretia zu sehen – die ›weiße‹ Lucretia.

Nach ihrer nächtlichen Kultfeier pflegten die Damen zu ruhen und würden dann erfahrungsgemäß zwischen der dritten und fünften Tagesstunde das Haus des Konsuls verlassen.

Zuerst erschienen die pflichtgetreuen Vestalinnen, angetan mit ihren langen weißen Gewändern, um den Kopf die *infula*, das Gesicht sittsam mit einem Schleier verhüllt. Ohne nach rechts oder links zu blicken, bestiegen sie schnell ihre Sänften und verschwanden. Offenbar war es keinem verurteilten Übeltäter gelungen, die Gunst der Stunde zu nutzen, und so verschwanden die Sensationslüsternen nach und nach. Ich blieb mit einigen Unentwegten im Schatten einer zerzausten Pinie stehen, die aus rätselhaften Gründen nicht der römischen Bauwut zum Opfer gefallen war.

Vier weitere Tragsessel erwarteten die noch im Haus verbliebenen Damen. Sie erschienen gemeinsam, verabschiedeten sich kurz und kletterten in die Sänften.

Ich weiß nicht, was mich dazu trieb, doch ich trat einige Schritte vor und rief:

»Heil der Wohltäterin Lucretia, heil dir, der Hüterin der altrömischen Tugenden!«

Eine der Damen – sie war gerade dabei, nach dem Haltegriff zu fassen – richtete sich wieder auf und wandte sich in meine Richtung. Sie trug über dem knöchellangen, gefältelten Untergewand eine breite, hellbraune Stola, die sie kunstvoll um Leib, Schultern und Kopf geschlungen hatte. Ich trat schnell in den Schatten zurück, damit sie mein Gesicht nicht erkennen konnte, doch sah ich das ihre aus einer Entfernung von etwa dreißig Ellen recht deutlich. Das ovale Gesicht schien alterslos und war beherrscht durch große Augen von einer fast beklemmenden Schwärze, die dem Antlitz eine maskenhafte Starre verlieh.

Sie wandte sich schnell ab und sprach zu einem gutgekleideten älteren Mann, der neben ihrer Sänfte wartete. Der nickte und ging dann entschlossen auf mich zu. Sollte ich die Flucht ergreifen? Meine Neugier überwog die Bedenken, und ich ging ihm sogar einige Schritte entgegen. Er verneigte sich leicht.

»Wer bist du? Meine Herrin liebt es nicht, auf offener Straße behelligt zu werden.«

»Mein Name ist Herophilos, ich bin Arzt. Lucretia hat meinen Lobruf verdient! Er ist als Huldigung eines römischen Bürgers an eine weithin bekannte Wohltäterin zu verstehen.«

»Man kann einem Konsul, einem Senator, einem Feldherrn auf offener Straße zujubeln, bei einer Dame verbietet sich das. Was hast du indes mit ihren Wohltaten zu schaffen? Hat sie Patienten deiner Kunst empfohlen oder dich sonstwie verpflichtet?«

Was sollte ich da antworten?

»Nein, nein, das ist nur in einem höherem Sinn zu verstehen. Ihr Name wird da und dort genannt; der Vater einer Vestalin gehört zu meinen Patienten, und da war die Rede von ihrem Einsatz für die Heiligtümer des heiligen Feuers ...«

Ich schien ihn zu langweilen. Er schüttelte leicht den Kopf.

»Dies alles scheint mir nicht schwerwiegend genug, für dein – nun, etwas seltsames Verhalten. Im übrigen bleibt es dir unbenommen, dem Freundeskreis der Vestalinnen beizutreten und dich selber mit *donationis* zu beteiligen. Am ersten Freitag jeden Monats von der dritten Tagesstunde an empfängt meine Herrin ihre Klientel, da kannst du dich anschließen und wirst Näheres erfahren. Deine Kundgebungen auf offener Straße aber unterlasse künftig.«

Ich bedankte mich und machte mich auf den Heimweg.

Der milde, ruhige Spätherbsttag hatte sich in einen windigen verwandelt und brachte mit seiner kalten Luft aus den Sabiner Bergen die ganze Stadt zum Erschauern.

Für Ärzte gestalten sich die Wintermonate sehr arbeitsreich, denn neben den üblichen Erkältungen melden sich gerade bei älteren Menschen allerlei Übel, die sich in der wärmeren Zeit kaum bemerkbar machen. Da beginnen alte Narben zu schmerzen, *arthritis* und *podagra* quälen Rükken und Gelenke, ganz zu schweigen von der Schwindsucht, die bei Kälte und Feuchtigkeit aufblüht wie eine Giftblume. Die viele Arbeit lohnt natürlich die Mühen mit einem höheren Einkommen, und es ist kein Geheimnis, wenn ich sage, daß ein Arzt allein im Winter mehr verdient als in den anderen Jahreszeiten zusammengenommen. Da waren wir am Abend meist so erschöpft, daß wir nach einem kurzen Imbiß todmüde ins Bett fielen.

Dann kamen die Saturnalia, ein fröhliches Fest, an dem nach altem Brauch der Herr seine Sklaven bedienen muß. Ich entzog mich dem nicht und schlug meinem Gehilfen vor, den Abend bei erlesenem Schmaus in einem guten Wirtshaus zu verbringen, natürlich nach einem ausgiebigen Besuch der Thermen. Doch dieses Mal sollte es am Ende kein so fröhlicher Tag werden …

Aber zuvor muß ich vom Vermächtnis des Cornelius Livius berichten, denn – auch wenn ich bis heute nicht sicher sein kann – es steht vielleicht doch im Zusammenhang mit den späteren Ereignissen.

Der Ehemann meiner Geliebten empfing mich mit der gewohnten Herzlichkeit, schien mir aber darüber hinaus besonders guter Laune. Sein feistes Gesicht drückte tiefste Zufriedenheit aus, er tätschelte meinen Arm und sagte mehrmals:

»Du wirst schon sehen, mein Lieber, du wirst schon sehen …«

Nachdem ich Julia begrüßt, meinen Sohn bewundert und abgeküßt hatte, zogen wir uns in das ›Arbeitszimmer‹ des Hausherrn zurück. Cornelius nannte es hartnäckig so, obwohl dieser Raum gewiß noch niemals etwas wie ernsthafte Arbeit gesehen hatte.

Umständlich öffnete er eine Truhe und holte eine Schriftrolle hervor, die er auf den Tisch lege.

»Das ist mein Vermächtnis, und sollte ich morgen in den *orcus* fahren, ist für euch alles bestens geregelt – so hoffe ich wenigstens. Also hört!«

Noch ehe er beginnen konnte, wurde die Tür aufgerissen, und ein vielleicht zehnjähriger Knabe stürmte herein, das pausbäckige Gesicht weinerlich verzogen.

»Warum darf ich nicht am Unterricht von Eumenes teilnehmen? Ich möchte auch Griechisch lernen! Alle dürfen es, nur ich nicht ...«

Cornelius richtete einen flehenden Blick zur Decke, als wolle er um den Beistand der Götter bitten.

»Lerne erst einmal richtig schreiben und lesen, ehe du dich ans Griechische wagst. Im übrigen ist das ein Unterricht für die besonders Begabten und nicht für alle, wie du behauptet hast. Jetzt verschwinde und sag auch den anderen, daß ich eine Stunde lang nicht gestört werden will, hörst du? Wer es dennoch wagt, der kriegt was hinten drauf! Hinaus jetzt!«

Der Junge sah, daß es ernst gemeint war, und verschwand, nicht ohne uns Störenfriede einen vernichtenden Blick zugeworfen zu haben.

Cornelius seufzte.

»Immer diese Eifersüchteleien! Ich will, daß die Jungen hier etwas lernen, aber Griechisch ist nun mal nicht jedermanns Sache, vor allem, wenn man seine Muttersprache noch nicht richtig beherrscht. Entschuldigt die Störung, also ...«

Er rollte das Schriftstück auf und beschwerte das Ende mit einer zierlichen Bronzegruppe, die den Gott Faunus darstellte, wie er eine Nymphe von hinten lüstern bedrängt, ausgestattet mit einem übergroßen erigierten Phallus.

Cornelius räusperte sich, blickte uns nacheinander an und begann zu lesen.

»Ich, Cornelius Livius, Sohn des Cornelius Calvus, bestimme und verfüge hiermit über meinen Nachlaß. Falls nach meinem Tod die folgenden Personen noch am Leben sind, soll mein gesamter fester und beweglicher

Besitz (ausgenommen meine Villa in Rom) zu je einem Viertel unter meiner Ehefrau Julia, meinem Sohn Cornelius Gratus und meinem verdienten Leibarzt Herophilos aufgeteilt werden. Letzteren setze ich zum Vormund für meinen Sohn ein, bis dieser die Volljährigkeit erreicht hat. Das vierte Viertel vermache ich der von dem erhabenen Augustus gestifteten Palatinischen Bibliothek, und zwar der lateinischen Abteilung. Stirbt einer der genannten Erben vor mir, so fällt sein Anteil den Überlebenden zu.

Alle von mir zuvor getroffenen Abmachungen mein Vermögen betreffend, werden dadurch gegenstandslos. Meine Villa in Rom soll verkauft und das Geld auf meine Freigelassenen (laut beiliegender Liste) aufgeteilt werden.

Gegeben in Rom im vierunddreißigsten Amtsjahr unseres Princeps Imperator Caesar Augustus.«

Cornelius hob dann den Papyrus hoch und wies auf das Ende des Schriftstücks.

»Hier haben die vorgeschriebenen sieben Zeugen mein Testament bestätigt. Ihr beide werdet je eine Abschrift erhalten, eine weitere ist im Tempel der Vesta hinterlegt, eine vierte hütet mein treuer Sekretär Felix, der auch für den Verkauf der Villa und die Aufteilung des Erlöses zuständig sein wird.«

Da Julia schwieg, bedankte ich mich und gab zu bedenken:

»Ich weiß nicht, ob diese Nachlaßregelung in allem den römischen Gesetzen entspricht. Außerdem hast du früher verfügt, daß dein Vermögen zwischen Julia und deinen Verwandten aufgeteilt werden soll.«

Cornelius lachte und rieb sich die Hände.

»Diese Verfügung wird durch mein Testament gegenstandslos. Und was die römischen Gesetze betrifft, so mag es schon sein, daß manches mit ihnen kollidiert...«

Wieder lachte er.

»Aber da ist diese Verfügung, die Palatinische Bibliothek betreffend. Dazu hat mir mein *advocatus* geraten, weil es erfahrungsgemäß kein Gericht wagt, ein Testament anzufechten, bei dem unser Princeps oder eine seiner Stiftungen bedacht ist. Ja, meine Lieben, so geht das, und ihr könnt euch darauf verlassen, daß es gutgehen wird. Was ich nicht ins Testament aufnehmen konnte, das ist mein Wunsch, euch ehelich verbunden zu sehen. Dem wird sich Julias Familie entgegenstellen, und auch die Cornelier werden protestieren. Damit müßt ihr dann selber fertig werden...«

Ächzend und schnaufend stand er auf, gähnte und streckte sich.

»Ich danke dir, mein Gemahl«, sagte Julia leise.

Zum ersten Mal hörte ich sie dieses Wort benutzen, denn sonst hatte sie ihn stets mit vollem Namen genannt. Er grinste.

»Das ist ja das Schöne an den Nachlässen. Man kümmert sich zu Lebzeiten darum, muß nichts entbehren und stirbt in dem Bewußtsein, alles richtig gemacht zu haben. Wenigstens hoffe ich das.«

Er gähnte nochmals und nahm wieder auf dem *lectulus* Platz.

»Entschuldigt mich jetzt...«

Ich begleitete Julia in ihre Gemächer, und wir setzten uns auf die Gartenterrasse. Schnell wurde es meiner Juno zu kühl, und so gingen wir wieder ins Haus.

»Er will sich *post mortem* an seinen Verwandten rächen. Aber das ist wohl nicht der Hauptgrund für sein Testament. Er hat uns liebgewonnen, dich und mich, weil wir ihm seine Lebensweise nicht vorgeworfen, ihn niemals kritisiert oder verachtet haben. Auf diese Weise zeigt er uns seine Dankbarkeit ...«

Ich nickte.

»Da magst du recht haben. Das mit der Palatinischen Bibliothek ist sehr geschickt ausgedacht. Sein *advocatus* wird dementsprechende Erfahrungen haben. Dann wünscht er sich, daß wir nach seinem Tod heiraten ...«

»Und, wie denkst du darüber?«

Dabei setzte sie jenen seltsamen Blick auf, den Frauen immer dann aufsetzen, wenn sie Fragen stellen, die man nur falsch beantworten kann – so oder so.

»Ich habe nie etwas anderes gewollt; die Frage ist nur, ob man es dir erlaubt oder mich auf irgendeine Weise daran hindert ...«

»Die Schwierigkeiten werden schon damit beginnen, daß die cornelische Sippe deine Einsetzung als Vormund anfechten wird – als Vormund eines Kindes, als dessen Vater Livius gilt und das somit in ihren Familienverband gehört. Vielleicht wird das der Preis sein? Sie erheben Anspruch auf die Erziehung des Kindes und nehmen es mir weg, wenn ich dich heirate.«

»Dieser Preis wäre dir zu hoch?«

»Ja.«

»Mir auch, meine Liebe. Da wäre mir ein Weg schon lieber, den alten Zustand auf irgendeine Weise fortzusetzen. Du könntest die Villa erwerben, die Freigelassenen auszahlen und hier als kränkelnde Witwe leben, die auf ihren Leibarzt angewiesen ist ...«

Sie mußte lachen, wurde aber gleich wieder ernst.

»Wir reden, als sei Livius schon nicht mehr am Leben. Ich halte das für sehr ungehörig, um so mehr als er mich – und auch dich! – immer mit Verständnis und Rücksicht behandelt hat.«

»Du hast recht, verzeih mir. Aber manchmal führt das Herz seine eigene Sprache, und der Verstand schweigt.«

10

Nun zurück zu jenem Tag der *ferialia,* an dem ich mir vornahm, meinen Diener nicht selber zu bewirten – da hätte er wenig Freude gehabt –, sondern ihm eine noble Bewirtung angedeihen zu lassen.

Zuerst stellte sich die Frage, welche Thermen wir besuchen wollten. Wie jeder weiß, hängt das von den Ansprüchen ab, die man stellt. Diese Frage ist für die meisten Römer gegenstandslos geworden, seit der große Agrippa eine gewaltige Thermenanlage auf dem Campus Martius errichten ließ. Da der Eintritt kostenlos ist, kann man sich denken, welchen Ansturm diese Bäder täglich erleben. Freilich hat man den Vorteil, daß hier alles zu finden ist: Läden, Garküchen, Kneipen, Bordelle, letztere freilich gebaut als Schönheitssalons, wo der Kunde sich rasieren, massieren, enthaaren und salben lassen kann. Doch die dort tätigen Damen sind auch zu anderen Diensten bereit.

Das ist aber nicht nach jedemanns Geschmack. Mich widert ein solcher Massenauftrieb an, und ich wollte doch meinem Pernix etwas Besonderes bieten.

Da fiel mir ein früherer Schulfreund ein, dessen Motto es seit jeher gewesen war, schnell viel Geld zu verdienen. Er hatte mit seinem väterlichen Erbe eine kleine, feine Therme südlich des *mons Caelius* erbaut, wo solche Bäder eher selten sind.

»Wer hier im Süden wohnt und sich eine Sänfte zum Marsfeld mietet, der bezahlt dafür schon fast soviel, wie bei mir der Eintritt kostet.«

Nun, so ganz stimmte das nicht, aber die *administratio* der Therme war hervorragend, und im Eintrittsgeld waren Körperreinigung, Salböle, Massagen, und was sonst noch anfiel, bereits enthalten. Auch Mädchen wurden auf Wunsch besorgt, und zwar keine Straßenhuren, sondern junge, hübsche und kenntnisreiche *concubinae*, die als Freie oder Freigelassene auf eigene Rechnung arbeiteten und nur um ein weniges teurer waren als die Sklavenhuren in den Bordellen, wo der Wirt das meiste einsteckt.

So ließen wir uns am frühen Nachmittag in unserer Doppelsänfte gemächlich durch Rom tragen, vorbei am Forum Boarum und entlang der endlosen Mauer des Circus Maximus, bis wir auf den Vicus Honoris stießen, der geradewegs zu unserer Therme führte.

Mein Schulfreund empfing uns mit lärmender Fröhlichkeit.

»Aha, mußt du heute deinen Sklaven ausführen? Nun, anderen geht es auch nicht besser, und dieser fatale Tag geht auch vorbei.« Er redete und redete, ohne etwas zu sagen, ein unverbesserlicher Schwätzer eben. Dann lachte er plötzlich meckernd.

»Du und ich, wir haben es schon richtig gemacht, weil wir beide Berufe erwählt haben, wo man mit wenig Arbeit das meiste Geld verdient, ha-ha-ha ... nämlich Badewirt und Arzt. Da brauchen wir uns nicht viel abzustrampeln, die Leute kommen zu uns! So ist es doch, Herophilos, wir rufen sie nicht, und sie kommen dennoch!«

Ich konnte seine peinlichen Tiraden nur mit dem Hinweis beenden, daß mich in zwei Stunden ein Patient erwarte.

Aber die Bäder waren köstlich! *Caldarium, tepidarium* und *frigidarium* hatten genau die richtige Temperatur; die Badesklaven erwiesen sich als tüchtig und geschickt, das Salböl war vorzüglich und keineswegs dieser billigen, in den öffentlichen Bädern verabreichten, scharf riechenden Pampe vergleichbar.

Danach spazierten wir zu Fuß zum Circus Maximus, in dessen Umgebung es einige sehr gute Wirtshäuser gibt. Als wir ankamen, dämmerte es schon, und die Luft war merklich kühler geworden. Aber die *saturnalia* fallen nun einmal in die zweite Dezemberhälfte, da dehnen sich die Nächte weitaus länger als die Tage, und der Winter klopft an die Tür.

Der Gastraum, den wir schließlich betraten, war rund angelegt, so daß sich die Tische um eine Feuerstelle gruppierten, deren Abzug ein Loch in der Decke war. Das hatte den Wirt veranlaßt, seine Kneipe ›Zum Pantheon‹ zu nennen, dessen Bauverhältnisse hier auf primitive Weise nachgeahmt waren.

Auf einer Schiefertafel an der Wand waren in großen ungelenken Buchstaben die verfügbaren Gerichte angeschrieben:

Perna apruna ita impletur Terentina
Gruem ex rapis
Lucustas assas.

Wir nahmen an der Wand Platz, um nicht dem Funkenflug des Feuers ausgesetzt zu sein. Ich bestellte einen Krug Caecuber und als Vorspeise eine appetitanregende Suppe. Dann deutete ich auf die Tafel.

»Wir können unter drei Speisen wählen: Gefüllte Wildschweinkeule, Kranich mit Rüben oder gegrillte Langusten.«

Pernix wiegte nachdenklich den Kopf.

»In meiner Kindheit und Jugend habe ich nur den einfachen Sklavenfraß kennengelernt, da bin ich nicht sehr anspruchsvoll. Erst seit ich dir diene, weiß ich, was es heißt, anständig zu essen. Also, dem Kranich und den Langusten traue ich nicht. Aber die Wildschweinkeule wäre mir schon recht.«

Heute wollte ich mich nach ihm richten.

»Da geht es mir wie dir, auch mich gelüstet es danach. Ich werde einmal fragen, womit dieser Terentinus sie gefüllt hat.«

Der Wirt beugte sich diensteifrig vor und schnalzte genüßlich mit der Zunge.

»Die Grundstoffe sind Pfeffer, Lorbeer und Raute, dazu etwas *laserpicium*, am Ende dann mit *garum* abgeschmeckt und mit feinstem Olivenöl geschmeidig gemacht. Die Keule wird übrigens nicht gebraten, sondern in mit Lorbeerschößlingen und Dill gewürztem Meerwasser gekocht. Ganz am Ende wird sie noch kurz über das Feuer gehalten.«

»Damit sie eine Kruste bekommt?« fragte Pernix.

Der Wirt hob warnend den Zeigefinger.

»Aber keine zu harte! Die meisten Menschen haben schlechte Zähne, und ich würde es mir niemals verzeihen, wenn ein Gast in meinem Haus ... Entschuldigt!«

Mit tänzerischen Bewegungen lief er davon, weil ihn irgendein Ruf erreicht hatte.

Der Braten war ganz vorzüglich, und ich freute mich, wie sehr Pernix in meinem Dienst sich an bessere Tischsitten gewöhnt hatte. Anfangs war es ganz schlimm mit ihm gewesen, denn nach Art der ewig hungrigen Arbeitssklaven hatte er gefressen wie ein Schwein, hastig, gierig und sich dabei Hände und Gesicht verschmierend. Ich war es nicht müde geworden, ihm vorzuhalten, daß man von ihm als künftigen Freigelassenen doch ein gewisses Benehmen erwarten durfte. Er hatte meine Mahnungen beherzigt, wie sich jetzt zeigte. Nicht häufiger als nötig benutzte er seine Finger und wenn, dann tauchte er sie gleich wieder in das Handwaschbecken und wischte sie sorgfältig am *mantele* ab. Den zu zwei Dritteln verdünnten Wein trank er in kleinen Schlucken, ohne etwas zu verschütten, und trocknete den Mund mit einem Tuch ab.

Das ist mehr wert, lieber Pernix, als ein hoher Lohn, glaube mir ... Ich sprach nicht aus, was ich dachte, sondern lächelte ihm nur aufmunternd zu.

»Ich könnte fast noch einen Nachtisch vertragen. Wie ist es mit dir, Pernix?«

»Du hast schon recht, Herr, ein Festmahl ist nur vollständig, wenn man am Ende etwas Süßes draufsetzt. Aber für mich nur eine kleine Portion.«

Wieder schnalzte der Wirt mit der Zunge.

»Da kann ich den Herren etwas ganz Köstliches empfehlen – unsere *dulcia domestica* nach einem Rezept des Apicius: Pinienkerne, Honig, Raute und etwas Pfeffer werden im Mörser zerstampft und mit *passum* zu einem Brei verrührt, den man in mit Mehl verdickter Milch kocht. Zuletzt rührt man ein paar Eier darunter und läßt es noch einmal aufkochen. Vor dem Servieren mit Honig übergießen und mit Pfeffer bestreuen.«

Er küßte emphatisch seine Fingerspitzen.

»Da tanzt der Magen einen Jubelreigen, das dürfen mir die Herren glauben.«

Ganz so war es dann nicht, denn der Koch hatte die *dulcia* zu sehr gepfeffert, ein auch in guten Gasthäusern üblicher Dreh, um der Trinkfreudigkeit nachzuhelfen.

Dabei fiel mir Gallus ein, der einmal bei einer solchen Gelegenheit einen nicht enden wollenden Hustenanfall bekommen hatte und auf die Frage des Wirtes, ob er ihm helfen könne, auf mich gedeutet und japsend gesagt hatte, er habe stets seinen Arzt dabei. Gallus ging mir dann nicht mehr aus dem Kopf, immer wieder mußte ich an ihn denken.

Nach dem Festmahl tranken wir den Wein unvermischt, und ich konnte einfach nicht anders, ich mußte auf Gallus anstoßen.

»Gerne«, sagte Pernix, »ich weiß ja, wie gut er dir gedient hat und wie sehr du ihn vermißt.«

Ich hatte ihm in groben Zügen vom Tod meines Gallus berichtet, ohne dabei auf die möglichen Hintergründe einzugehen. Jetzt aber drängte es mich, davon zu reden.

»Das ist nun über ein Jahr her, nein, es werden schon zwei, daß man ihn ermordet hat, aber die Frage nach dem Warum läßt mich nicht los. Der Mörder hat ihn von hinten erstochen, vermutlich also sein Gesicht nicht gesehen. Hätte ich das Opfer sein sollen? Es gibt da Dinge, die es nicht unmöglich erscheinen lassen. Um so mehr wäre es meine Pflicht, den Mörder aufzuspüren und Gallus zu rächen. Meinst du nicht?«

Pernix schüttelte langsam den Kopf.

»Ich weiß nicht recht... Dafür sind doch die Behörden zuständig, oder nicht?«

»Da hast du freilich recht, aber Gallus war nur ein besitzloser Freigelassener, und da rührt sich kein Finger. In letzter Zeit habe ich allerdings Anlaß zu glauben, daß doch er gemeint war. Da ist eine Frau im Spiel – Eifersucht, wer weiß...«

Ich wollte meinem Gehilfen keine genaueren Hinweise geben, auf die Gefahr hin, er könnte sich einmal im unrechten Augenblick verplaudern. Ich hatte etwas zu hastig getrunken, und meine Zunge wurde allmählich schwer.

»Aber auch dann... auch dann müßte ich dafür sorgen, daß der Mörder zur Verantwortung gezogen wird... Doch bei unserem Beruf, Pernix – woher die Zeit nehmen?«

Pernix seufzte, aber es klang nicht unzufrieden.

»Es steht mir nicht zu, dir einen Rat zu geben, Herr, aber da du mir diese Dinge schon anvertraut hast... Also, ich an deiner Stelle würde den Fall ruhen lassen. Vertrau einfach auf die strafende Hand der Götter, die den Mörder gewiß einmal in eine Falle tappen lassen. Laß Gallus in Frieden ruhen, denn ihn kümmert es nicht mehr, ob sein Mörder bestraft wird oder nicht. Außerdem, hätte der Dolchstoß dir gelten sollen, dann wäre der Mörder oder sein Auftraggeber noch einmal tätig geworden, weil es ihm nicht entgangen sein konnte, daß er den Falschen um die Ecke gebracht hat. Das ist doch logisch, nicht wahr?«

Ich grinste trunken.

»Ja, das... das ist schon folge... folgerichtig gedacht...«

Ich hatte das Bedürfnis, meine Besoffenheit noch zu steigern, und winkte dem Wirt, doch Pernix wehrte ab.

»Da dies heute mein Tag ist, so erlaube mir auch, ihn zu beschließen. Ich glaube, wir beide haben dem Bacchus schon genügend gehuldigt ...«

Mir war es auch recht, und auf meine etwas undeutliche Anweisung ließ der Wirt eine teure Doppelsänfte kommen, mit zwei Fackelträgern, die vorausliefen.

»Wenn schon, denn schon!« meinte ich und ließ mich lachend auf den Sitz fallen. Ich hatte den Pons Fabricius als Ziel angegeben, weil es von da nur noch einige Schritte zu meiner *taberna* waren.

Pernix half mir aus der Sänfte und stützte mich fürsorglich. Er hatte dem einen Träger die Fackel gegen ein kleines Trinkgeld abgenommen, und so wankten und schwankten wir unserer Heimstätte entgegen.

Sie müssen im Schatten einer der öffentlichen Brunnenanlagen auf uns gewartet haben, tief hinter die Einfassungsmauer geduckt: zwei hünenhafte Gestalten, die plötzlich in großen Sprüngen, die Köpfe aggressiv nach vorne gereckt, auf uns zuliefen.

Zum Glück hatte Pernix nur sehr mäßig getrunken und reagierte schnell. Der ihn anfiel, schwang eine lange Keule mit dem eindeutigen Ziel, ihm den Schädel einzuschlagen. Pernix wich dem Schlag geschickt aus, sprang herum wie ein Kobold und brachte den etwas ungelenken Riesen ziemlich aus der Fassung.

Der andere hatte ein Kurzschwert gezogen, offenbar bereit, mich ohne Umschweife abzustechen. Auch im nüchternen Zustand wäre ich ihm nicht gewachsen gewesen, und so tat ich das wohl einzig Richtige: Ich ließ mich nach seitwärts zu Boden fallen und rollte mich weg, so schnell es ging.

Pernix gelang es, den Keulenschwinger durch geschicktes Herumhüpfen so zu verunsichern, daß er Gelegenheit fand, ihm die brennende Fackel ins Gesicht zu schlagen. Da ließ der andere seine Keule fallen, schlug sich heulend beide Hände vors Gesicht und lief zu dem Brunnen, um dort sein Gesicht abzukühlen.

Unterdessen war sein Kumpan im Begriff, mich am Boden mit seinem Schwert zu durchbohren – mit Erfolg. Seine Waffe streifte meine Schulter und meinen Hals und drang schließlich in meine linke Hüfte. Der Stich wäre sehr tief geworden, wäre ich nicht so besonnen gewesen, mich wegzurollen. Dabei hörte ich, wie er jeden seiner Angriffe mit den gezischten, aber deutlich hörbaren Worten begleitete: »Ein Gruß von Lucretia!«

Ein Liegender muß sich am Ende demjenigen ergeben, der stehend mit einem *gladius* hantiert und damit gut umgehen kann. Doch bevor der Riese seine Kunst weiter an mir erproben konnte, war Pernix herbeigeeilt und schlug ihm die Keule des anderen, die er sofort aufgehoben hatte, mit voller Wucht auf den Schädel.

Ich segnete im stillen den Tag, da ich mich entschlossen hatte, Pernix seine Übungen in der Gladiatorenschule weiterführen zu lassen.

Der Mann stürzte zu Boden wie eine gefällte Eiche und regte sich nicht mehr.

»Keine Angst, Herr, die beiden sind erledigt. Kannst ruhig wieder aufstehen, ich muß mich nur schnell um den anderen kümmern.«

Doch der hatte sich in aller Stille verdrückt.

»Ich hoffe nur, ich habe ihm seine Fratze so verbrannt, daß er nicht mehr auf die Straße gehen kann. Was machen wir mit dem anderen? Ist er tot?«

Ich kniete nieder und befühlte mit dem Zeigefinger seine Halsader. Sie pochte schwach, aber regelmäßig.

»Wir tragen den Mann ins Haus. Vielleicht erwacht er wieder, und wir können etwas über seine Aufraggeber erfahren.«

»Während er auf dich einschlug, habe ich ihn etwas flüstern hören. Hast du es verstanden?«

»Er hat wohl vor sich hin geflucht«, sagte ich schnell.

Pernix packte seine Schultern und ich seine Beine. Erst jetzt merkte ich, daß ich verletzt war, spürte brennende Schmerzen an Schulter und Hals und ein dumpfes Pochen an der linken Hüfte, von der es klebrig feucht herablief.

Nicht sehr sanft ließen wir den Mann kurz darauf auf den Boden des Behandlungszimmers gleiten.

»Ich brauche mehr Licht, entzünde drei oder vier Lampen.«

»Schon dabei«, sagte Pernix, während ich den Schädel des Mannes abtastete. Da, da war es. Ich spürte trotz der blutverklebten Haare die Einbuchtung am hinteren Schädelknochen, etwa von der Größe eines Sesterzen.

Pernix kam mit einer Lampe herbei.

»Den hast du ganz schön getroffen! Das geht ziemlich tief...«, bemerkte ich.

»Ja, die Keule war mit Nägeln gespickt, ich nehme an, daß einige der Spitzen ihm ins Gehirn gedrungen sind.«

Ich nickte.

»Lassen wir ihn einfach so liegen, du mußt dich jetzt um meine Verletzungen kümmern.«

Pernix riß erschreckt die Augen auf.

»Was? Du bist verletzt, Herr? Aber warum hast du nicht gleich...«

»Es gab Wichtigeres zu tun.«

Die Wunden an Hals und Schulter waren im Grunde nur tiefe Hautrisse, die mein Gehilfe geschickt mit Pechpflastern versorgte. Die Hüftwunde aber ging ziemlich tief, und Pernix wusch sie auf meine Anordnung hin mit starkem Wein, tupfte dann die immer schwächer werdende Blutung ab und strich eine klebrige Heilsalbe auf, die nach einiger Zeit erstarrt und die Wunde wie einen Verband schützt.

»Noch ein paar Monate, und du kannst dich als *medicus* selbständig machen«, scherzte ich.

»Ich bleibe lieber bei dir, Herr.«

»Du hast mir heute das Leben gerettet, Pernix. Ohne dich hätte mich der Kerl abgestochen wie ein Opfertier.«

»Dafür hast du mich ja gekauft, als Leibwächter.«

»Ja, gekauft ... das bringt mich auf einen naheliegenden Gedanken. Warum sollst du warten, bis ich tot bin, oder dich noch einige Jahre bewähren müssen? Du hast dich heute vorbildlich verhalten, und darum werden wir morgen oder übermorgen zum Prätor gehen. Wir sind so etwas wie Freunde geworden, und ich möchte mit keinem Sklaven befreundet sein. Sag jetzt nichts, Pernix, morgen reden wir weiter darüber.«

Meinen Gallus kannst du mir zwar nicht ersetzen, dachte ich, aber du hast dein Bestes getan.

Plötzlich begann der Verletzte zu röcheln, seine Beine zuckten, sein Kopf ging hin und her. Wir beugten uns über ihn.

»Ob er zu Bewußtsein kommt?« fragte Pernix.

»Das kann man bei Schädelverletzungen schwer sagen. Manche erwachen langsam wieder und leben, meist behindert, noch eine Zeitlang, bei anderen ist das Erwachen der Weg zum Tod. Für ihn wäre das der bessere Weg.«

Pernix blickte mich erstaunt an.

»Der Tod?«

»Ja, wenn er nämlich zu sich kommt, werden wir ihn befragen müssen.«

»Aber das willst du doch?«

»Ich will es und will es nicht – da streiten sich in mir Arzt und Privatmann. Als Arzt weiß ich, daß es für ihn ein schwieriges und sehr eingeschränktes Leben werden wird, mit etwas Glück vielleicht sogar ein halbwegs normales. Als der einem tödlichen Anschlag entgangene Privatmann habe ich Angst vor dem, was dieser Mensch zu sagen hat. Wahrheiten, die mich möglicherweise verwirren, entsetzen, verunsichern – jedenfalls keine angenehmen.«

Pernix schüttelte heftig seinen runden Schädel.

»Nein, Herr, das glaube ich nicht. Das ist ein kleiner, billiger Mordbube, der für ein paar Sesterzen jeden aus dem Weg räumt, ohne den Grund dafür zu kennen oder auch nur kennen zu wollen. Wird er gesund, werden wir ihn den Behörden ausliefern müssen, und die finden zumindest heraus, wieviel er weiß.«

»Glaubst du?«

»Jeder Sklave, und nur solche dürfen nur auf Verdacht hin gefoltert werden, kennt die Methoden, mit denen das geschieht.«

Der Verletzte hatte inzwischen seine unruhigen Bewegungen eingestellt; nur seine linke Hand zuckte noch etwas. Er atmete unregelmäßig, und seine Lider zitterten. Plötzlich schlug er die Augen auf, doch sie sahen uns nicht, blickten ins Leere. Pernix kniete sofort nieder und rüttelte ihn am Arm.

»Kannst du reden? Rede schon! Wer hat dich beauftragt, uns umzubringen? Sag schon – wer?«

Wir hörten nur ein mattes Stöhnen, doch dann schienen seine dicken Lippen Worte formen zu wollen. Er öffnete den Mund, schloß ihn wieder ... flüsterte er etwas?

Ich beugte mich über ihn, roch den faden Todesschweiß, hörte in wirrer Reihenfolge Vokale, Konsonanten ...

Pernix schüttelte den Kopf.

»Das klingt wie eine dieser Barbarensprachen. Vielleicht spricht er nicht einmal Latein, oder ...«

»... oder sein Zustand läßt ihn zur vertrauten Muttersprache zurückfinden.«

Ich holte scharfe Essenzen, tränkte ein kleines Tuch und hielt es ihm vor die Nase. Er verzog sein grobes Gesicht, schien sich aber zu beleben.

»Wer bist du, wer ist dein Auftraggeber?« rief ich ihm ins Ohr.

»Bin ... bin Teuto ... habe ... habe ... nein ... nein ...«

Er schloß die Augen, tat einige tiefe, röchelnde Atemzüge, dann streckten sich seine Glieder.

Ich stand auf. Das war nicht viel. Er hieß Teuto, war vermutlich ein germanischer Sklave und wurde zu Henkersdiensten gebraucht. Wohin mit dem Toten? Wir mußten den Vorfall bei der Stadtmiliz melden.

Pernix schien das nicht zu gefallen.

»Ob die dann nicht aufmerksam werden? Zuerst wurde dein Gehilfe Gallus ermordet, dann deine *taberna* in Brand gesteckt und jetzt dieser Mordanschlag. Ob sie dir noch glauben werden?«

»Immerhin gibt es ja meine Verletzungen! Die werde ich mir doch nicht selber zugefügt haben!«

»Ja, aber da ist noch etwas. Wenn im Haus eines römischen Bürgers ein Verbrechen geschieht, dann werden zuerst einmal die Sklaven gefoltert, ob ihr Herr einverstanden ist oder nicht. Du kannst dir ja denken, wie diese erpreßten Geständnisse dann aussehen. Ich jedenfalls kann nicht dafür garantieren, daß ich, wenn sie mir erstmal die glühenden Eisenplatten auf den Leib legen, mich nicht zur Mittäterschaft mit dem da bekenne. Die Gründe sind ja offensichtlich: Ich weiß, daß ich nach deinem Tod freigelassen werde.«

»Du hast recht, so wird es leider gehandhabt, und ich will dich dieser Gefahr nicht aussetzen. Wir werden dem Leichenträger sagen, dies sei ein Sklave, den sein Herr zur Behandlung hergebracht habe, der aber nicht mehr zu retten gewesen sei. Als deutlichen Nachweis werden wir ihm einen Kopfverband anlegen.«

Pernix atmete auf, und ich konnte seine Erleichterung bestens verstehen.

Der uns seit langem bekannte Leichenträger stellte keine Fragen, steckte seine zwei Sesterzen ein, schleppte mit Pernix den Leichnam hinaus und warf ihn auf seinen Karren. Dort lagen schon einige Körper, deren Konturen sich unter den Lumpen, die sie bedeckten, undeutlich abzeichneten.

Am selben Tag ließ ich mich beim zuständigen Prätorium zur Freilassung eines Sklaven anmelden und bekam für den nächsten Morgen einen Termin.

Dann war ich allein mit meinen bohrenden Gedanken und hörte immer wieder den zischend herausgestoßenen Satz: ›Ein Gruß von Lucretia!‹ Diese Worte waren so deutlich gesprochen und mehrmals wiederholt worden, daß ein Mißverständnis ausgeschlossen war. Und daraus ergab sich nun eine Vielzahl von Möglichkeiten.

Dieser Teuto hatte sie befehlsgemäß hergesagt, ohne auch nur zu ahnen, was sie bedeuteten. In wessen Auftrag? Daß es Lucretias Anweisung war, konnte ich mir kaum denken. Wer einem anderen einen Mordauftrag erteilt, muß damit rechnen, daß der Anschlag mißlingt und das überlebende Opfer dann den eigentlichen Täter kennt.

Eine weitere Möglichkeit war, daß jemand ganz bewußt Lucretia in diesen Verdacht bringen wollte. Da käme Carnifex in Frage, doch er wartete ja darauf, daß ich meine Rache vollzog. Vielleicht hatte es ihm zu lange gedauert und er versuchte auf diese Weise, mich daran zu erinnern?

Nein, das gäbe keinen Sinn. Teuto war nicht beauftragt, mich zu verprügeln, sondern zu töten, denn er stach blindlings auf mich ein.

War der Anschlag ein Wink von Julias Familie? Oder waren es die Cornelier, die – auf welche Weise auch immer – vom Inhalt des Testaments erfahren hatten und sich dafür rächen wollten? Rächen und zugleich einen Gewinn machen, denn mein Anteil würde an Julia fallen und sie konnten sich zugleich die Vormundschaft für unseren Sohn sichern. Nach römischen Recht war Julia durch ihre Ehe mit Cornelius Livius, dem sie in gesetzlicher Ehe einen Sohn geboren hatte, ein Teil der *gens Cornelia* geworden und mußte sich deren Entscheidungen unterordnen.

Das machte schon eher einen Sinn ...

Ich war die Sache so leid, daß ich lieber heute als morgen die Stadt verlassen und anderswo neu angefangen hätte. Natürlich nicht ohne Julia, nicht ohne meinen Sohn. Da würde ich mich der Entführung eines Corneliers strafbar machen, denn mein Sohn Gratus gehörte ja dieser mächtigen Sippe an. Wer sich mit denen anlegte, den fanden sie im ganzen römischen Reich einschließlich der entferntesten Provinzen.

Am Ende war man ihnen doch immer ausgeliefert, diesen mächtigen Patriziern, deren Einfluß das ganze Imperium umspannte. Zwar stand mein Name in der Liste der freien römischen Bürger, doch ich gehörte der einfachen *plebs* an. Freilich besaß ich ein Wahlrecht, konnte bestimmte Staatsämter bekleiden und bei Gerichtsurteilen an die Volksversammlung appellieren, doch die Praxis hatte gezeigt, daß der Rückhalt einer patrizischen Familie immer noch ungleich wertvoller war. Den aber hatte ich nicht, und so hieß es, mich zu fügen und abzuwarten.

Zwei Dinge aber wollte ich sofort in Angriff nehmen, und nichts und niemand würde mich davon abbringen können.

11

Der Mordanschlag hatte mich so aufgeschreckt, daß ich mein tatenloses Abwarten leid wurde. Zwar hing alles in der Luft, ich wußte nichts Sicheres und konnte meinen Verdacht beliebig verteilen, aber es blieb die unbestreitbare Tatsache, daß man Gallus ermordet hatte und mit mir dasselbe plante.

Mag ich auch, wie übrigens die meisten Menschen, dazu neigen, unangenehme Dinge vor mir her zu schieben und den Alltagsgeschäften den ihnen gewiß auch zukommenden Vorrang zu geben, so gab es doch eine Grenze. Diese war nun erreicht, denn ich konnte nicht immer darauf zählen, daß Pernix die Mörder überwältigte. Vielleicht stellten sie es beim nächsten Mal schlauer an und gingen subtiler zu Werk. Gegen einen vergifteten Wein war auch Pernix machtlos, und alles sträubte sich in mir, ihm auch noch die unwürdige Rolle eines *degustators* zuzumuten.

Als erstes nahm ich den Termin beim Prätor wahr, unterschrieb das Dokument der *manumissio*, berührte das Haupt meines Sklaven mit der *vindicta* und machte ihn damit zum Freigelassenen. Pernix war so gerührt, daß ihm Tränen in die Augen traten. Draußen küßte er mir beide Hände, was ich jedoch verlegen abwehrte.

»Jetzt stell dich nicht so an! Als harter Bursche, der schon Gladiatorenkämpfe bestanden hat, wirst du das doch verkraften können!«

»Das ist etwas ganz anderes! Als Sklave ist man kein Mensch, sondern eine Sache, und du hast mich jetzt wieder zum Menschen gemacht.«

»Habe ich dich jemals anders behandelt?«

»Nein, das nicht, aber vor dem Gesetz war ich nicht besser als ein Stück Käse, ein Stuhl, ein Vieh...«

Ich tätschelte ihm die Schulter.

»Du wirst dich schnell an deinen neuen Stand gewöhnen, mein Lieber. Und eines verspreche ich dir: Ich werde niemals mehr allein ausgehen, wohin auch immer. Diese Kerle sollen wissen, daß sie es mit dir, einem Mann aus der Gladiatorenschule, zu tun haben. Der, dem du seine Fratze verbrannt hast, wird es wohl künftig bleiben lassen...«

»Rechnest du mit weiteren Anschlägen, Herr?«

»Im Leben muß man mit allem rechnen, und wenn die es ernst mit meinem Tod meinen und es beim ersten Mal mißlungen ist, so werden sie es ein zweites Mal versuchen.«

»Mit ›sie‹ kann doch nur dieser Carnifex gemeint sein, der dich damals entführen ließ. Aber du hast mir doch erzählt, daß diese Lucretia dahintersteckt und den Gallus töten ließ, weil...«

»Ja, Pernix, ich weiß, was ich dir damals erzählt habe.

Aber inzwischen hat sich einiges verändert, und ich bin mir nicht mehr sicher, ob nicht jemand anderes dahintersteckt... Laß mir ein wenig Zeit, vielleicht klärt sich in den nächsten Tagen einiges auf, dann reden wir weiter darüber.«

Es waren noch gut ein Dutzend Tage bis zum ersten Freitag im Januar, an dem ich Lucretias Angebot annehmen und in ihrem Haus erscheinen wollte. Zusammen mit ihrer Klientel... Früher wäre das nicht sehr ehrenvoll gewesen, als die Klienten nur Halbfreie waren und dem Patronus in jeder Lage zur Seite stehen mußten, in guten wie in schlechten Zeiten. Das hatte sich inzwischen dahingehend geändert, daß es sich jetzt durchwegs um freie Menschen handelt, die meist wenig Besitz und nichts zu tun hatten, als für den Patronus Aufträge zu erledigen, ihn überallhin zu begleiten und, wenn er ein politisches Amt anstrebte, ihm ihre Stimme zu geben und für ihn Stimmung zu machen.

Pernix erklärte ich den bevorstehenden Besuch so:

»Ich habe schon angedeutet, daß der Kreis der Verdächtigen sich erweitert hat, und ich will nun ganz systematisch vorgehen. Du mußt dir das vorstellen wie die Sage vom Labyrinth. Wer in einem solchen Irrgarten gefangen sitzt, wird niemals herausfinden, solange er kopflos hin- und herrennt. Auf solche Weise wird er immer wieder vor Mauern landen und es am Ende aufgeben müssen.

Der klügere Weg ist, das Labyrinth Stück für Stück zu erkunden und so eines Tages die Lösung, das heißt den Ausgang zu finden. So möchte ich es nun halten, und ich beginne mit dem Besuch bei der hochgeachteten Matrona

Lucretia, Priesterin der Bona Dea und weithin bekannte Wohltäterin. Wenn ich meinem Informanten trauen darf, dann gibt es bei dieser Dame noch eine Schattenseite. Aber darf ich ihm trauen? Hat es je eine ›schwarze Lucretia‹ gegeben?

Du wirst mich zu ihrem Haus begleiten und dort warten, bis ich wieder erscheine. Aber sieh dich vor! Wenn es Lucretia gefällt, ihre Schattenseite zu zeigen, dann besteht auch die Gefahr, daß sie uns beide um die Ecke bringt.«

Pernix legte seine Stirn in Falten, wie immer, wenn er etwas nicht ganz verstanden hatte.

»Ist das jetzt ein Scherz, Herr, oder eine Möglichkeit, mit der du tatsächlich rechnest?«

Ich grinste.

»Du hast mich wieder einmal durchschaut, aber ein Stück Ernst ist schon dabei, immer vorausgesetzt, daß meine Informationen stimmen.«

Sollte ich mich bewaffnen? Wenn man als Gast das Haus eines Römers betritt, dann gehört es zum guten Ton, dies ohne Waffen zu tun. Was hätte mir ein Dolch im Gürtel auch schon viel nützen können?

Dieser Freitag war ein kühler, sonniger Tag, und wir beschlossen, zu Fuß zu gehen, schon weil es einem dabei richtig warm wird. Zudem war die Strecke nicht allzu weit und recht kurzweilig, denn der Weg führte an einer Reihe schöner Tempel und Paläste vorbei, unter anderem an dem der *Venus obsequens*, Patronin der Huren und Ehebrecher. Ob es eine solch nachsichtige Gottheit bei anderen Völkern auch gibt?

Pernix war die Sorge um mich anzusehen.

»Hast du auch wirklich alles bedacht, Herr? Es wird doch keine Falle sein?«

»Aber nein! Halb Rom weiß, daß Lucretia an jedem ersten Freitag im Monat empfängt, und das sind keine geheimen Treffen, sondern ein Brauch, den sie für Freunde und Klienten eingeführt hat. Nein, das macht mir wirklich keine Sorgen. Andererseits ...«

Ich versank in nachdenkliches Schweigen, aus dem mich mein Gehilfe nicht hervorlocken konnte.

Die Villa der Lucretia am Südosthang des Mons Aventinus wirkte von außen eher bescheiden und nicht sehr groß. Ein typisches Patrizierhaus aus den kargen Zeiten der Republik, da ein echter Römer alles vermeiden mußte, was wie ›orientalischer Prunk‹ aussah. Es begann bei der Lebenshaltung mit Kleidung, Schmuck, Nahrung und endete beim Haus, das nüchtern und zweckmäßig gestaltet und nur aus einheimischen Materialien errichtet werden durfte. Wer da etwa eine Säule aus ägyptischem Rosengranit verwendete, begab sich schon an den Rand des Hochverrats ...

Nun, diese kargen Zeiten waren jetzt vorbei, und unser erhabener Augustus hatte ein Rom aus Ziegeln in eine Stadt aus Marmor verwandelt, was freilich nicht heißen soll, daß er die republikanischen Tugenden verachtete. Da möchte ich nur an seine strengen Moralgesetze erinnern, die er ohne Familienrücksichten auch auf seine Tochter und Enkelin anwandte, die wegen ihres unsittlichen Lebenswandels in der Verbannung büßen müssen.

Der Türsteher trat uns entgegen und fragte mit zeremonieller Höflichkeit nach unserem Begehr. Ich stellte mich und Pernix, der nun als freier Mann ein Anrecht darauf hatte, vor und bezog mich auf die von Lucretias Sekretär ausgesprochene Einladung. Er bat uns zu warten und holte den Majordomus. Der schon ältere Mann trug einen Philosophenbart und war offenbar griechischer Abstammung. Er musterte mich genau, ohne an Pernix auch nur einen Blick zu verschwenden.

»Du bist kein neuer Klient?«

»Nein, nur ein Verehrer der Patrona und vielleicht willens, an den Unterstützungen teilzunehmen, für die deine Herrin in ganz Rom bekannt ist.«

Der Bärtige blickte mich ein wenig zweifelnd an, schien meinen Absichten nicht recht zu trauen. Dennoch machte er eine einladende Bewegung und führte uns ins Innere des Hauses.

»Dein Diener kann hier warten!«

Er wies auf den Sklaventrakt des Hauses, wo sich den Gerüchen nach auch die Küche befand.

Wie vorher abgesprochen, sagte Pernix: »Vergiß nicht den Termin bei Sextus, etwa zur achten Tagesstunde. Dem ist die Arznei ausgegangen, außerdem ...«

»Gut, Pernix, ich kenne den Fall. Laß mich holen, wenn es später werden sollte.«

Der Majordomus lächelte dünn.

»Das glaube ich nicht, denn unsere Herrin dehnt ihre Empfänge nur selten über eine Stunde aus. Die meisten sind ohnehin schon versammelt ...«

Klang das nach einem Vorwurf? Ich schwieg, und der Bärtige führte mich ins *tablinum* der Hausherrin. Dieses Arbeitszimmer war sehr karg ausgestattet; da fand sich kein einziger bequemer *lectus*, sondern nur einige grobe Hocker vor einem langen, niedrigen Schreibtisch, hinter dem ein schmuckloser Sessel stand. Die fensterlosen Seitenwände waren mit Regalen verstellt, in denen sich Schriftrollen türmten, zusammen mit Holzkassetten, die wohl Einzelblätter enthielten.

Die meisten der Anwesenden standen, nur einige ältere Herren hatten sich gesetzt. Als ich eintrat, verstummten die Gespräche, und alle Gesichter wandten sich mir zu.

»Der Arzt Herophilos!« verkündete der Majordomus, verneigte sich leicht und entschwand ins Atrium, das den fensterlosen Raum dürftig erhellte.

Sie scheint das Tageslicht zu scheuen, dachte ich, was aber verschiedene Gründe haben kann. Der naheliegendste wäre, daß dieses Arbeitszimmer von vorneherein so angelegt wurde, denn der Hausherr in Zeiten der Republik befaßte sich nicht viel mit den als unmännlich geltenden Schreibarbeiten; dafür waren gebildete, meist griechische Sklaven da.

Ein weiterer Grund könnte sein, daß die alternde Lucretia ihr Gesicht nicht deutlich zeigen wollte und diesen Raum bewußt gewählt hatte. Oder sie scheute tatsächlich deswegen das Tageslicht, weil es noch ihre dunkle Seite gab und sie kein Risiko eingehen wollte.

Kurz nach mir erschien noch ein atemloser junger Mann, der sich wortreich entschuldigte, weil ein Kunde ihn aufgehalten hatte.

Ein Kunde? überlegte ich mißtrauisch. Vielleicht war es aber ganz harmlos, und der Mann führte für die Patrona einen Laden.

Zuerst kam jener gutgekleidete ältere Herr, der sie damals mit der Sänfte begleitet hatte und den ich von unserem kurzen Gespräch her kannte, allem Anschein nach der Privatsekretär. Er stellte sich neben den Sessel. Plötzlich stand sie da, grüßte ihre Klienten mit einer knappen Handbewegung und mit einem leisen »Salvete!«. Dann nahm sie Platz und ließ ihre Augen über die Versammlung gleiten, als suche sie etwas, bis ihr Blick an mir hängenblieb.

Schaute sie mich tatsächlich an? Ihre dunklen, scheinbar pupillenlosen Augen waren mir zugewandt, doch diese schwarzen ausdruckslosen Höhlen waren so blicklos wie die Masken in einem Mysterienspiel.

Schnell richtete sie ihren Kopf wieder gerade, rückte die Stola zurecht und forderte die Versammlung mit einer Handbewegung zum Sprechen auf.

Als sei es schon so eingespielt oder vorher abgesprochen, gab es kein Durcheinanderreden oder einen Streit um die Reihenfolge. Nacheinander traten sie vor, nannten ihren Namen, schilderten in aller Kürze ihre Probleme oder trugen einfach nur ein *factum* vor.

Für mich, den es nichts anging, waren diese Berichte eintönig und ohne jedes Interesse. Der eine hatte so und soviel Scheffel Korn verkauft, der andere zwei Landgüter mit Salz, Essig und Öl beliefert, ein Schuster beklagte sich über mangelnde Kundschaft.

Lucretia nickte nur dazu und äußerte sich nicht, während ihr Sekretär ständig auf einer Wachstafel Notizen machte.

Nach kaum einer Stunde war alles erledigt. Der Abschied war nicht weniger knapp als die Begrüßung, und die Männer trotteten hinaus, wobei sie sich – das war deutlich zu merken – so leise wie möglich verhielten. Ich wollte mich gerade anschließen, als die Stimme des Sekretärs ertönte.

»Die Patrona bittet dich, noch ein wenig zu bleiben, Herophilos.«

Eine harmlose Bitte? Ich konnte unter einem Vorwand Pernix rufen lassen und ihm einen Auftrag erteilen.

Ich tat es nicht. Wäre sie wirklich jene Lucretia mit den zwei Seiten, so mußte sie mein Mißtrauen spüren und konnte selber mißtrauisch werden. Wenn sie es nicht schon war... Mit einem etwas gequälten Lächeln hob ich meine Hände und trat näher an den Schreibtisch heran.

Schnell wandte sie ihr Gesicht ab, während der Sekretär eilig den Vorhang zum Atrium zur Hälfte zuzog. Sogleich herrschte ein Dämmerlicht, und von Lucretia waren nur noch die Konturen zu erkennen.

Wie sehr sich doch die Methoden gleichen, dachte ich, denn Carnifex hatte es damals ähnlich gehalten. Lichtscheues Gesindel eben... Vielleicht tat ich ihr unrecht, und sie wollte tatsächlich nur ihr Alter verbergen. Aber hatte das eine weithin bekannte Wohltäterin nötig?

»Wolltest du nicht um meine Hilfe bei einer Stiftung bitten? Mein Sekretär hat da etwas angedeutet...«

»So ist es, Patrona. Du dienst mir da, wie bereits erwähnt, als nachahmenswertes Vorbild, und weil ich als vielbeschäftigter Arzt einfach keine Zeit dazu finde...«

Sie unterbrach mich schroff.

»Ich fürchte, du sprichst nicht die Wahrheit, Herophilos. Sage, was du tatsächlich willst!«

Bei Mercurius, dem Erfindungsreichen, was sollte ich darauf antworten?

»Es drängt mich, weiterzusprechen, aber ohne Zeugen, wenn du gestattest.«

Wider Erwarten gab sie dem Sekretär sogleich einen Wink.

»Warte draußen, Hermes.«

Nun hieß der Bursche auch noch Hermes, was ja nur die

griechische Bezeichnung für unseren Mercurius ist. Oder hatte ich vielleicht ihre leise Stimme mißverstanden, und sein Name lautete Hermeias oder Herminos?

»Nun?«

Das klang scharf und fordernd.

Spontan hatte ich beschlossen, das Pferd von hinten aufzuzäumen.

»Du hast recht Patrona, ich will keine Wohltätigkeit üben, sondern erbitte einen Rat von dir, weil du das mir verborgene Rom der obersten Kreise des Adels und der Patrizier wohl besser kennst als mancher andere. Ich gebe zu, ich bin ein wenig ratlos geworden, bei dem, was mir in letzter Zeit zugestoßen ist.«

»Ratlos – du?«

»Ja, Patrona. Es fing damit an, daß ich vor nicht ganz zwei Jahren meine *taberna* in Schutt und Asche vorfand, als ich von einer längeren Reise zurückkehrte. Nachbarn berichteten mir, sie hätten die Täter weglaufen sehen. Nur ihnen und meinem treuen und tüchtigen Gehilfen Gallus hatte ich es zu verdanken, daß das Feuer nicht auf meine Wohnung und die Nachbargebäude übergriff.«

»Wurde etwas gestohlen?«

»Nein, Patrona, nichts.«

»Das werden wohl neidische Konkurrenten gewesen sein, denn Ärzte gibt es hier leider wie Sand am Meer. Da spielt Brotneid mit Sicherheit eine Rolle.«

»Das kann ich mir nicht denken. Ich kenne alle Kollegen in der näheren Umgebung und komme mit jedem gut aus. Hätte sich da ein Neuer dazwischendrängen wollen, warum hat es dann nur bei mir gebrannt?«

»Das weiß ich nicht, und ich glaube nicht, daß es mich interessiert. Noch etwas?«

»Ja, danach geschah etwas viel Schlimmeres. Etwa zehn Tage später wurde mein Freund und Gehilfe Gallus ermordet.«

Ich machte eine Pause und hätte viel darum gegeben, jetzt ihr Gesicht sehen zu dürfen.

Da ich nicht weitersprach, warf sie ein:

»Was soll das? Täglich werden in Rom Menschen getötet bei Raufereien, Streitigkeiten, während sie Straftaten begehen ...«

»Gewiß, aber man hat ihn erstochen, während er sich in meiner *taberna* über einen Mörser beugte, so daß ich annehmen muß, daß der Täter sein Gesicht nicht gesehen hat. Vielleicht war ich gemeint ...«

»Warum hast du dich nicht an die Stadtmiliz gewandt? Die sind dafür zuständig!«

»Das habe ich, Patrona, aber dort waren sie der Meinung, daß ein Freigelassener einen solchen Aufwand nicht rechtfertigt.

Vor einigen Tagen nun wurden mein neuer Gehilfe Pernix und ich vor meinem Haus nachts überfallen, mit der eindeutigen Absicht, uns zu töten. Das war keine Warnung, wie sie gelegentlich aus erpresserischen Gründen vorkommt. Der eine der beiden stach mit seinem Kurzschwert mehrmals heftig auf mich ein und er hätte sein Ziel wohl auch erreicht, hätte nicht Pernix, ein ausgebildeter Gladiator, den Angreifer mit einer Keule erschlagen, die der andere fallen ließ. Der Überlebende konnte fliehen, schwerverletzt ...«

Sie erhob sich, und ihre Umrisse zeichneten das Bild einer schlanken, aufrechten Gestalt.

»Gut, Herophilos, du hast dich nun ausgesprochen, aber ich glaube nicht, daß ich dir helfen kann. Vielleicht gelingt es dir, die Behörden für deinen Fall zu interessieren. Hegst du irgendeinen Verdacht?«

»Nein, Patrona, zuerst nicht, denn ich kenne niemand, der mir feind ist. Aber dann... Ich möchte es so sagen: Jemand hat mir einen Verdacht aufgedrängt, fast schon mit Gewalt. Einen, der nicht von der Hand zu weisen ist. Er nannte mir den Mörder meines Gallus und seinen Auftraggeber.«

»Aber warum hast du dein Wissen nicht sofort an die Miliz weitergegeben? Das ist nicht nur dein Recht, es wäre deine Pflicht gewesen!«

Nachdruck lag in ihrer Stimme.

»Der mir den Mörder nannte, bezichtigte sich selbst, schob aber alle Schuld der Auftraggeberin zu.«

Lucretia nahm wieder Platz, ganz, ganz langsam.

»Also eine Frau hat den Auftrag erteilt, diesen Gallus umbringen zu lassen. Aber gemeint warst du?«

Ich begann zu schwitzen, mitten im Winter und in einem recht kühlen Haus. Du redest dich um deinen Kopf, flüsterte ein guter Geist mir zu, aber das war wie bei einer schmerzhaften Operation: Ich mußte sie zu Ende führen, um Schlimmeres zu verhindern.

»Nein, Patrona. Nach Auskunft meines Informanten war es Gallus, der sterben sollte. Er hatte sich bei dieser Frau durch sein anmaßendes Verhalten unbeliebt gemacht und war ihr aus mancherlei Gründen gefährlich geworden. Deshalb ließ sie ihn beseitigen.«

Hörte ich Lucretia jetzt schneller atmen, oder war es ein ähnliches Geräusch, das irgendwoher aus dem Haus kam – etwa aus der Küche, wenn man dort Meerrettich oder Muskatnuß reibt? Dann verstummte das Geräusch, und ich vernahm ihre leise, scharfe Stimme.

»Du bezeichnest diese Personen stets als ›Informanten‹ und ›Auftraggeberin‹. Willst du mir ihre Namen nicht nennen, oder kannst du es nicht?«

»Vielleicht wäre es klug, sie nicht zu nennen, nicht zu kennen, aber bei dir weiß ich sie in guter Hut. Mein Informant, zugleich der Mörder meines Freundes Gallus, heißt Carnifex. Unter diesem Namen ist er in gewissen Kreisen bekannt, wie er tatsächlich heißt, weiß vermutlich nur er selber. Als seine Auftraggeberin bezeichnete er eine gewisse Lucretia, geheimes und nicht zu fassendes Haupt einer Verbrecherbande, die, wie er sagte, seit einiger Zeit nicht nur von Raub und Einbrüchen lebt, sondern auch auf Bestellung Morde ausführt.

Seltsam ist auch, daß bei dem Überfall auf mich und meinen Diener Pernix dieser Name fiel. Der mit dem Schwert auf mich eindrang, rief bei jedem Stoß: ›Ein Gruß von Lucretia‹. Ich hörte dies dreimal, kann es also nicht mißverstanden haben.«

Sie ging nicht darauf ein, sondern fragte nur:

»Diese ... diese Frau soll denselben Namen tragen wie ich?«

»Ja, Patrona, leider! Ein seltsamer Zufall, aber dieser Name ist in Rom ja nicht gerade selten. Hunderte von Frauen werden ihn tragen, und Tausende haben ihn getragen, begonnen bei jener heldenhaften Gattin des Tarquinius Collatinus, die, von König Superbus entehrt, Selbstmord beging und so den Sturz der alten römischen Monarchie einleitete.«

»Du brauchst mir keinen Geschichtsunterricht zu erteilen, Herophilos! Im übrigen klingen deine Geschichten wenig wahrscheinlich. Gut, dieser Gallus ist ermordet worden – ich nehme an, dafür gibt es Zeugen. Aber das ganze Drumherum! Er wird als dein Arztgehilfe kaum Zeit gehabt haben, sich mit Weibergeschichten zu befassen, schließlich lebte er ja mit dir im selben Haus. Du hättest von seinen Umtrieben etwas mitkriegen müssen, oder?«

Das war der Augenblick, da ich mißtrauisch wurde. Oder nein, schon etwas früher, als sie aufstand und weggehen wollte, sich aber wieder setzte, als ich vom Informanten und seiner Auftraggeberin zu sprechen begann. Nun aber verstärkte sich mein Argwohn, denn Lucretia, die sich bisher so gewählt ausgedrückt hatte, verfiel jetzt in die Gassensprache. Worte wie ›Drumherum‹, ›Weibergeschichten‹ und ›mitkriegen‹ entsprachen nicht dem Stil ihrer bisherigen Rede. Als Witwe eines vornehmen Patriziers hätte sie solche Ausdrücke höchstens bei den Sklaven hören können, aber doch nicht selber gebraucht. Natürlich wußte ich nicht, aus welcher Familie sie stammte, ehe sie den Patrizier geheiratet hatte ... falls dies überhaupt der Wahrheit entsprach und nicht nur eine geschickt inszenierte Legende war.

»Warum antwortest du nicht? Hat es dir die Rede verschlagen?«

»Nein, Patrona, ich habe mir nur die Antwort genau überlegt. Gallus war zwar mein Gehilfe, aber sonst ein freier Mann, der nach Belieben über seine Zeit verfügen konnte. Es ist mir freilich aufgefallen, daß er nächtelang fortblieb, aber einen Freund fragt man nicht nach seinem Privatleben, es sei denn, er gibt freiwillig etwas davon preis.«

»Und das tat er nicht?«

»Nein, Patrona, und ich bereue es heute, mich nicht genügend darum gekümmert zu haben. Vielleicht befand er sich in Schwierigkeiten, und ich hätte ihm helfen können ...«

»Du weißt nicht, ob er sich helfen lassen wollte.«

»Nein, das weiß ich nicht, Patrona.«

Sollte ich noch einen Schritt weitergehen, den gefährlichsten in dieser seltsamen Unterredung? Sollte ich ihr sagen, daß Carnifex mich über beide Seiten dieser Lucretia aufgeklärt hatte? Vielleicht wartete sie nur darauf, daß ich sie danach fragte?

Das war wie ein Gang über eine alte, schmale Holzbrücke, die über einen Abgrund führt. Soll man umkehren, wenn neun Zehntel des Weges zurückgelegt sind, ohne daß man auf ein morsches Brett getreten ist? Freilich, der Rest des Weges könnte gefährlich sein, bestand vielleicht nur noch aus morschen Brettern ... Ich dachte an Gallus und wußte auch, daß ich es mir zeitlebens nicht verzeihen würde, wenn ich diese Möglichkeit nicht genutzt hätte.

»Da ist noch etwas, Patrona, und es ist der eigentliche Grund meines Kommens. Du hast mich eingangs bezichtigt, nicht die Wahrheit zu sprechen, und das mag stimmen, bis ich dir die beiden Namen nannte.

Und was ich jetzt zu sagen habe, gibt sinngemäß wieder, was Carnifex mir anvertraute. Zudem sollst du wissen, daß nicht ich ihn aufspürte, sondern er mich gewaltsam entführen ließ. Carnifex sprach davon, daß du, die weithin bekannte Wohltäterin, die ehrenwerte römische Matrona, identisch bist mit jener anderen Lucretia, die von Raub und Mord lebt. Sie soll sich meinen Gallus zum Geliebten erkoren und als Zuträger gebraucht haben. Angeblich hat er ihr die Häuser reicher Patienten genannt, die er mit mir als mein Gehilfe besucht hat. Laut

Carnifex hat ihn das anmaßend werden und Forderungen stellen lassen, die Lucretia empört ablehnte. Als er sie dann damit zu erpressen versuchte, den Behörden ihre Schlupfwinkel zu verraten, gab sie Carnifex den Auftrag, ihn umzubringen. Dieser, der eine Bande von Berufsmördern unterhält, klagte darüber, daß Lucretia nun auch dieses Geschäft übernommen und ihn quasi brotlos gemacht habe.«

Ich hörte ihr leises Lachen.

»Und du hast das alles geglaubt?«

»Nein, nicht unbedingt. Zuerst erschien mir alles so phantastisch wie die Fabeln eines Satirendichters. Am Ende aber gewann ich den Eindruck, daß Carnifex nicht der Mensch sei, so etwas einfach zu erfinden. Andererseits aber muß er mit meiner Entführung und dem Auftischen seiner Geschichte ein bestimmtes Ziel verfolgt haben. Und nun bin ich dabei, die volle Wahrheit herauszufinden.«

Wieder lachte sie leise.

»*Obsequium amicos, veritas odium parit* – Gehorsam schafft Freunde, die Wahrheit aber Haß. Diesen Spruch des Dichters Terentius hat mein verstorbener Gemahl gerne gebraucht. Wenn ich für ›Gehorsam‹ Begriffe wie Schönrednerei oder Halbwahrheiten gebrauche, dann gewinnt man mit einer solchen Haltung Freunde, während die Wahrheit Haß erzeugt. Gut, Herophilos, du sollst sie zur rechten Zeit kennenlernen, die volle Wahrheit, auch auf die Gefahr hin, daß sie in dir Haß erzeugt. *Valere te iubeo*!«

Noch ehe ich etwas sagen konnte, war sie verschwunden.

Das runde Gesicht meines Pernix war so von Angst und Sorge geprägt, daß es mich anrührte.

»Da bist du ja!« rief er erleichtert. »Gerade wollte ich dich an unseren Termin erinnern.«

Ich schlug ihm auf seine muskulöse Schulter, während der Majordomus voll Ungeduld auf unseren Abgang wartete. Doch den Gefallen wollte ich seiner Aufgeblasenheit nicht tun. Ich blieb mit Pernix im *vestibulum* stehen.

»Die Matrona hat mich sehr freundlich empfangen, und wir hatten ein langes Gespräch unter vier Augen. Sogar ihren persönlichen Sekretär hat sie hinausgeschickt.«

»Das ist ja großartig, Herr! So war dein Besuch hier doch nicht umsonst.«

»In keinem Fall! Vielleicht ergibt es sich, daß die Patrona gelegentlich eines ärztlichen Rates bedarf. Da würde ich mich sehr geehrt fühlen.«

Ich wandte mich lächelnd an den zähneknirschenden Majordomus.

»Würdest du das deiner Herrin ausrichten? Sage ihr, wenn sie oder jemand in ihrem Haushalt einen Arzt benötigt, dann bin ich gerne zur Stelle.«

Der Mann murmelte etwas, das auch eine Verwünschung hätte sein können.

Pernix, durchaus mit einem Sinn für besondere Situationen ausgestattet, fragte mich nachher:

»War es nur um den Mann zu ärgern, oder steckt da noch etwas anderes dahinter?«

»Du bist ein schlaues Köpfchen«, lobte ich ihn. »Es war, um ihn von etwaigen falschen Gedanken abzulenken. Vielleicht hat er gelauscht, wer weiß? Mir ist lieber, es entsteht der Eindruck, ich wolle mich bei der Patrona als Klient einschmeicheln...«

»Was habt ihr nun wirklich gesprochen?«

»Die Sache ist ziemlich kompliziert, und ich müßte weiter ausholen. Laß dir Zeit, bis wir am Abend ein ruhiges Stündchen finden, und ich werde dich über die etwas verwickelten Zusammenhänge aufklären – jedenfalls so weit ich es vermag, denn mir selber ist noch manches unklar.«

12

Als ich Julia das nächste Mal besuchte, ließ Cornelius Livius sich durch seinen Majordomus entschuldigen. Dieser liebenswerte Hüter des Hauses hatte nun gar nichts Hochnäsiges an sich und unterschied sich darin vorteilhaft von seinen Berufsgenossen. Er war noch als Kind in den Schwulenhaushalt des Livius gekommen, war eine Zeitlang sein Liebling gewesen und hatte sich danach durch Klugheit und ausgleichendes Wesen eine Stellung verschafft, die ihn quasi zum Sprecher der *delicati* machte, die ihn auch in Streitfragen, mit denen sich der Herr nicht befassen wollte, zum anerkannten Schiedsrichter machten. So war ihm fast von selber das Amt des Majordomus zugewachsen, und Livius vertraute ihm blind. Er war der geborene Optimist, nur wenig konnte seine fröhliche und zuversichtliche Stimmung trüben.

Doch diesmal fand ich ihn besorgt und aufgeregt. In dem lebhaften Haus war kaum ein Winkel zu finden, wo nicht Knaben jeden Alters herumsprangen, doch der Majordomus hatte sich zum Garten hin eine Schlafkammer ausbauen lassen, wo niemand ihn stören durfte, und alle hielten sich daran.

Dorthin gingen wir nun, und er bat mich, auf seinem Ruhebett Platz zu nehmen, blieb selber aber stehen. Aus seinem hübschen, noch jungen Gesicht war jede Fröhlichkeit gewichen.

»Der Herr ist krank, Herophilos, und er will sich nicht helfen lassen. Er verträgt nur noch ganz leichte Speisen, schläft ein, sobald er zwei Becher Wein getrunken hat, und seine Lieblinge bestätigen mir, daß er als *amator* kaum noch zu gebrauchen ist, obwohl sie alles tun, um ihn anzureizen. Bringe ich die Rede auf dich, der du ja Arzt bist und hier regelmäßig verkehrst, so wehrt Livius ab. Herophilos sei ein Freund, und das müsse man von seinem Beruf trennen. Meine dringliche Bitte, einen anderen Arzt hinzuzuziehen, wehrt er unwirsch ab. Ihm fehle nichts, und seine derzeitige Unpäßlichkeit sei vorübergehend, er habe dies schon öfter gehabt und weigere sich, solche Lappalien ernst zu nehmen. Auf diesem Ohr hört er einfach nicht. Aber das war schon immer so: Er will nichts von Krankheiten wissen, und für Ärzte – verzeih, wenn ich es erwähne – hat er nur den spöttischen Spruch *male habet medicus, nemo si male habuerit* übrig.«

Wider Willen mußte ich lachen.

»Schlecht geht es dem Arzt, wenn es keinem schlecht geht – ja, da steckt mehr als ein Körnchen Wahrheit drin. Übrigens, hast du schon versucht, über seine Gemahlin auf ihn einzuwirken? Wenn Julia ihn bittet, sich untersuchen zu lassen, vielleicht . . .«

»Nein, Herr, das habe ich nicht, weil ich dich bitten wollte, daß du es tust.«

»Gut, ich werde es versuchen.«

»Ich danke dir, Herr!«

Julia hatte zwar auf Umwegen erfahren, daß ihr Gemahl unpäßlich sei, aber in diesem Haus gab es so viel Gerede, daß sie meinen Besuch abwarten wollte, um gleich meinen ärztlichen Befund zu hören.

»Dazu ist es leider nicht gekommen, er hat sich entschuldigen lassen – übrigens das erste Mal, seit ich ihn kenne.«

»Da muß es ihm wohl besonders schlecht gehen«, meinte Julia, aber sie schien nicht wirklich besorgt.

»Ich mache dir einen Vorschlag. Du gehst einfach zu ihm und sagst, du wolltest dem Gerede von seiner Unpäßlichkeit auf den Grund gehen. Im übrigen sei Herophilos gerade im Haus, da treffe es sich gut, wenn er als Arzt seine Meinung äußere. Laß dich von seinen Protesten nicht beeinflussen – ich bin gleich draußen vor der Tür, und du brauchst mich nur hereinzurufen. Ich weiß, das hört sich wie ein Überfall an, aber wenn es nicht anders geht ...«

Es klingt seltsam, und im nachhinein erscheint es mir fast unsinnig, doch war mir, als ich von Livius' Erkrankung hörte, sofort der Verdacht gekommen, er könnte von ›ihnen‹ vergiftet worden sein. Um wen zu treffen? Mein ganzes Leben war mittlerweile von Argwohn und Mißtrauen bestimmt, aber wer konnte mir das verübeln? Brandanschläge, Mordanschläge, die sich wiederholen konnten und von denen ich nicht wußte, aus welcher Richtung sie kamen.

Julia kümmerte sich nicht um die Bedenken des Majordomus, sondern betrat entschlossen das *cubiculum* ihres Gemahls. Sie ließ die Tür einen Spalt offen, so daß ich den leisen, aber heftigen Streit verfolgen konnte.

»Ich habe dich nicht gerufen!« hörte ich seinen schwachen Protest, worauf Julia entgegnete:

»Es gibt Kranke aller Art: eingebildete, furchtsame, wehleidige, geduldige, du aber gehörst zu den störrischen. In diesem Fall muß man auch einmal gegen ihren Willen handeln, zu ihrem Wohl. Deshalb steht Herophilos an der Tür, und wenn du dich schon nicht von ihm als Arzt untersuchen läßt, so begrüße ihn wenigstens als Freund.«

Noch ehe er antworten konnte, trat ich ein, während der Majordomus hinter mir in stummem Entsetzen die Hände rang. Ich glaube, er tat es nicht aus Angst vor Bestrafung, sondern aus ehrlicher Sorge um seinen Herrn.

Jeder Arzt wünscht sich im stillen, in den Menschen hineinschauen zu können, vor allem, wenn die äußerlichen Merkmale keine sichere Diagnose zulassen. Zudem spielte bei mir immer noch der Verdacht eine Rolle, Livius könnte vergiftet worden sein, worauf einige Anzeichen tatsächlich hinwiesen. Sein Gesicht war blaß, aufgedunsen, die Augen trüb, der Mund schlaff, die Stirn – obwohl es sehr kühl war – von ungesundem Schweiß bedeckt.

Ich wappnete mich schon gegen seine Vorwürfe, doch er grinste angestrengt.

»Ich weiß schon, daß ich dir auf die Dauer nicht entgehen kann, aber ich hätte dich heute ohnehin rufen lassen. So bist du mir zuvorgekommen ...«

Ohne auf seine Einwände zu achten, tastete ich Magen und Leber ab, prüfte Pupille, Atem und Urin, fand aber nichts, das eindeutig eine Vergiftung bewiesen hätte. Dabei muß ich gestehen, daß die ärztliche Wissenschaft in bezug auf Gifte noch ziemlich im dunkeln tappt, was daran liegt, daß es so unendlich viele Formen davon gibt. Bis auf ganz wenige – zum Beispiel die Schlangengifte – sind sie alle pflanzlichen Ursprungs, und das am häufigsten bei Giftanschlägen benutzte ist, soweit ich weiß, in den Kernen von Mandeln, Kirschen, Aprikosen, Pfirsichen und Pflaumen enthalten. Ein Arzt, den ich nicht nennen möchte, hat mit zum Tode Verurteilten einige Versuche durchgeführt und dabei festgestellt, daß das aus fünfzig bis sechzig Mandelkernen gepreßte Öl zur schnellen Tötung eines Erwachsenen ausreicht. Der Vergiftete bricht unter Krämpfen zusammen, sein Atem wird flach und unregelmäßig und nach maximal zwei Minuten tritt der Tod ein. Ganz anders wirkt sich wiederum eine Vergiftung durch die Wolfskirsche aus. Das Gesicht rötet sich, der Atem wird schneller, der Puls rast, die Pupillen erweitern sich, Sehstörungen treten ein und der Vergiftete beginnt zu delirieren, fällt dann in Bewußtlosigkeit und stirbt, was aber bis zu einer Stunde dauern kann.

Wieder anders treten diese Gifte in Erscheinung, wenn sie in kleinen, regelmäßigen Dosen verabreicht werden. Da ähnelt die Vergiftung dann meist einem natürlichen Verfall, wie wir ihn auch bei Leber- und Magenerkrankungen oder bei Harnruhr beobachten können.

Zu meiner Überraschung kam Livius, ohne daß ich einen dahingehenden Verdacht äußerte, von sich aus auf das Thema zu sprechen.

»Zuerst habe ich an eine Vergiftung gedacht, kann mir aber nicht denken, wer dahintersteckt und was mit meinem Tod erreicht werden soll – nun, da ich mein euch bekanntes Testament gemacht habe. Ein Verdacht drängt sich freilich auf: Die Cornelier wollen durch meinen Tod schneller an ihren Vermögensanteil kommen, gemäß meiner ersten Verfügung, die den Nachlaß zwischen ihnen und der *gens Julia* aufteilt. Aber diese Vermutung ist dadurch entkräftet, daß ich zwei meiner vertrautesten Sklaven auf entfernte Märkte schicke, um Lebensmittel einzukaufen, die unter Aufsicht meines Majordomus zubereitet werden. Den Wein lasse ich mir von meinem langjährigen Händler in versiegelten Krügen persönlich aushändigen. Zudem haben sich einige meiner *pueri* bereit erklärt, alle Speisen und Getränke vorzukosten. Nichts! Es wird also so sein, wie du schon mehrmals angedeutet hast: Ich bin es selber, der sich allmählich vergiftet durch zu üppige Speisen, zu reichlichen Weingenuß, durch Faulheit und Laster – ganz einfach durch ein ungesundes, wenn auch lustvolles Leben. Stimmst du mir zu?«

»So wird es wohl sein, Livius, und ich fürchte, du wirst weder dich noch deine Lebensweise ändern.«

Julia schwieg und blickte ihren Gemahl mit einer Mischung aus Mitleid und Ekel an ... oder bildete ich mir das nur ein?

»So ist es, mein Medicus. Wieviel Zeit gibst du mir noch?«

»Da solltest du die *parcae* fragen, nicht mich. Wir Ärzte sind nicht allwissend, auch wenn manche von uns es vorgeben. Vor der Tür des *orcus* stehst du noch nicht, bist ihr aber näher als Julia und ich – nach menschlichem Ermessen. Wenn es den Götter jedoch gefällt, kannst du uns beide überleben.«

Das schien ihn sichtlich zu erheitern.

»Das erinnert mich an einen alten Schulfreund, der schon in seiner Kindheit so zart und schwächlich war, daß die Eltern für ihn keinerlei Berufs- oder Heiratspläne schmiedeten, weil niemand glaubte, daß er jemals die *toga virilis* tragen würde. Wenn die Lehrer uns wegen

Faulheit und Ungehorsam verprügelten, so nahmen sie ihn davon aus, da sie fürchteten, er würde schon den ersten Hieb nicht überleben. Er hatte noch zwei kerngesunde Brüder und drei muntere Schwestern. Tja, was soll ich sagen: Der Kerl lebt heute noch als reicher Müßiggänger, hat alle seine Geschwister, dazu drei Ehefrauen überlebt, und...«, Livius lachte meckernd, »... ein Dutzend Ärzte dazu!«

Wir stimmten in sein Lachen ein, doch er wurde schnell wieder ernst.

»Wir drei haben noch etwas Wichtiges zu besprechen. Mein *advocatus* hat inzwischen das Testament gründlich geprüft und Präzedenzfälle herangezogen. Er meint nun, es sei nicht immer der Fall, daß Stiftungen an augusteische Einrichtungen andere Nachlaßverfügungen zwangsläufig für gültig erklären. Da der erhabene Augustus nur die ganz großen Fälle selber prüft und entscheidet, hängt alles von seinen Sekretären ab, deren Urteil letztlich den Ausschlag gibt. Mit Bestechung ist da leider nichts zu machen, denn niemand hat den armen Thallus vergessen, der für fünfhundert Denare den Inhalt eines Briefes verriet und dem der Princeps durch den Henker beide Beine brechen ließ.

Diesem Unsicherheitsfaktor möchte ich wenigstens damit zuvorkommen, daß ich dir, Julia, schon zu Lebzeiten einen wertvollen Besitz überschreiben lasse, nämlich unser Landgut auf Sicilia. Vielleicht hast du schon davon gehört; jedenfalls hat es sich wider Erwarten als unsere ertragreichste Geldquelle erwiesen. Mein Großvater konnte es seinerzeit erwerben, als die Betrügereien des Statthalters Verres aufgedeckt und er zur Strafe enteignet und verbannt wurde. Ich werde es meinem Sohn Cornelius Gratus übereignen und dich, Julia, zeitlebens als Nutznießerin einsetzen.

Für dich, mein Herophilos, könnte es eine Zuflucht werden, sollte dir hier einmal der Boden zu heiß werden...«

»Woran denkst du dabei?« fragte ich unbehaglich.

»Nun, es kann sein, daß die Cornelier mein Testament anfechten – weniger wegen des vierten Teiles, den ich dir vermache, als wegen der Vormundschaft. Vielleicht werden auch die Julier protestieren, aber die sind mittlerweile so reich geworden, daß ihnen dieses armselige Viertel nicht viel bedeutet, ganz abgesehen davon, daß meine Bestiftung der Palatinischen Bibliothek indirekt an sie gerichtet ist, denn der erhabene Augustus gehört schließlich auch der *gens Julia* an.«

Julia beugte sich über ihren Gemahl und küßte ihn auf die Stirn.

»Ich danke dir, Cornelius Livius. Du bist sehr fürsorglich und hast gewiß alles recht bedacht.«

»Ja, das habe ich. Eine wirksame Arznei gibt es für mich wohl nicht mehr, Medicus?«

»Natürlich! Das beste wäre, dein Leben zu ändern. Da dies aber nicht zu erwarten ist, werde ich dir einen Stärkungstrank brauen und ihn noch heute überbringen lassen. Den sollst du nach einem leichten Abendessen zu dir nehmen.«

Er deutete im Liegen eine Verbeugung an.

»Gut, mein Freund. Wenn ihr mich jetzt entschuldigt...«

Wir gingen in Julias Gemächer. Wie gewohnt, lud sie mich ein, neben ihr auf dem *lectus* Platz zu nehmen, doch ich schüttelte den Kopf.

»Laß uns lieber warme Decken bringen. Ich habe dir etwas sehr Wichtiges zu erzählen, und das kann ich nur, wenn ich dir gegenübersitze.«

Als die Diener wieder draußen waren, trank ich einen Schluck von dem heißen Würzgetränk und spürte in meinem Inneren eine angenehme Wärme aufsteigen.

»Du weißt von der Ermordung meines Gehilfen Gallus, auch vom Brand meiner *taberna.* Ich werde dir jetzt von Dingen erzählen, die ich dir zunächst aus wohlerwogenen Gründen verschwiegen habe, es nun aber für notwendig erachte, dich einzuweihen – auch wenn sie dich in Sorge und Unruhe versetzen werden.«

»Aha, der Herr hat Geheimnisse«, versuchte sie zu scherzen.

Ich ging nicht darauf ein.

»Leider, Julia, und ich wollte, ich hätte sie nicht. Aber dich weiter im ungewissen zu lassen, könnte ich nicht mehr verantworten. Du bist ein wichtiger Teil in meinem Leben und hast ein Anrecht darauf, Bescheid zu wissen.«

Dann berichtete ich ihr von den Ereignissen und verschwieg auch nicht meine Unsicherheit in bezug auf die Täter.

»Es ist alles möglich, weißt du, und ich versuche nun, die Fäden zu entwirren, weiß aber nicht, ob es mir gelingt. Außerdem muß ich täglich mit einem neuen Anschlag rechnen und könnte ohne weiteres sterben, ehe es mir gelingt, der Wahrheit auch nur auf die Spur zu kommen.

Seit dem Besuch bei Lucretia bin ich mir nicht mehr so sicher, ob Carnifex die Wahrheit gesagt hat. Daß Lucretia von diesen Dingen weiß, entnehme ich daraus, daß sie sich wieder hinsetzte und mir weiter zuhörte. Aber warum hat sie nicht protestiert, als ich ihr von Carnifex' Behauptung erzählte, sie und eine berüchtigte Bandenführerin seien ein und dieselbe Person? Da lachte sie nur und fragte, ob ich das alles geglaubt hätte. Sie verabschiedete mich mit den Worten, ich werde die Wahrheit schon zur rechten Zeit erfahren. Damit kann ich nichts anfangen! Die Wahrheit kann sein, daß sie mir einen Mörder schickt, der mir mitteilt, es sei alles richtig, was mir über Lucretia berichtet wurde, und mir dann den Schädel einschlägt. So kann ich nicht weiterleben! Ich muß dem zuvorkommen, muß herausfinden, wer meinen Tod will und warum. Und bei Lucretia werde ich anfangen ...«

Julia schaute mich mitfühlend an.

»Was willst du tun?«

»Wenn ich das nur wüßte! Wer sich mit dieser Frau anlegt, braucht einen langen Atem, mit unlauteren Mitteln ist da gar nichts zu erreichen – ich meine, mit Gewalt, mit Drohung, mit Bestechung ... Es gibt nichts Schwierigeres, als den Umgang mit Menschen – ich als Arzt kann ein Lied davon singen. Sie belügen dich dreist und sehen dabei aus wie ein unschuldiger Säugling. Sie zerren Unschuldige vor Gericht um eines kleinen Vorteils willen, verraten den besten Freund, um sich bei den Oberen einzuschmeicheln, und haben nicht einmal ein schlechtes Gewissen dabei. Manchmal frage ich mich, ob selbst die Götter imstande sind, den Menschen ins Herz zu blicken. Da ist es geradezu eine Erholung, sich mit exakten Wissenschaften zu befassen. Zwei und zwei ist vier – das gilt auf der ganzen Welt, und nicht einmal Jupiter ist imstande, dieses Ergebnis zu ändern.«

Julia lächelte.

»Er könnte den Sinn der Menschen verwirren und ihnen einreden, zwei und zwei sei fünf. Was dann?«

»Vielleicht könnte er das, aber dennoch bleibt das richtige Ergebnis vier. Aber leider habe ich es mit Menschen zu tun ... Wo soll ich bei Lucretia ansetzen, was rätst du mir?«

Sie runzelte ihre schöne, hohe Stirn, und ihre dunklen Juno-Augen richteten sich nach oben. Ich kannte diese Miene und duckte mich sicherheitshalber.

»Bei Venus und Diana! Ihr Männer könnt in vielem klar und folgerichtig denken, aber wenn es um das weibliche Gemüt geht, dann versagt ihr jämmerlich. Hast du nicht in deinem Bericht einen Justus erwähnt?«

»Justus – wer soll das sein?«

»Du selber hast doch ...«

»Ah, entschuldige! Carnifex hat diesen Mann in einem Nebensatz genannt. Er soll meinen Gallus als Liebhaber bei Lucretia abgelöst haben. Ich frage mich allerdings, wer eine solche Frau lieben könnte. Das Gesicht wie eine Totenmaske, jung wird sie auch nicht mehr sein, dann ihr seltsamer Ruf ...«

»Lenke nicht ab! Hat Carnifex sonst noch etwas über diesen Justus gesagt?«

»Nur, daß er ihr Geld verpraßt und sich nicht um ihre Geschäfte kümmert. Er soll sich viel in teuren Kneipen herumtreiben; vermutlich ist er auch auf der Rennbahn und im Theater zu finden – typisch für solche Nichtstuer.«

»Suche seine Bekanntschaft! Nur über ihn kannst du etwas über sie erfahren. Du brauchst nur an dich selber zu denken, wer wüßte mehr über mich, als du, mein Herzensfreund?«

»Schon, aber ich würde nichts davon ausplaudern, und wenn dieser Justus nur einen Funken Verstand hat, wird er es genauso wenig tun.«

»Das kommt darauf an, ob er sie liebt oder nur die unerschöpfliche Geldquelle an ihr schätzt. Letzteres, so glaube ich, wird eher zutreffen. Vielleicht hat er Gallus gekannt, und du kannst wenigstens einen Teil der Wahrheit erfahren.«

»Wenn er überhaupt redet, wird er nur neue Lügen erzählen. Außerdem streiten wir um Jupiters Bart, denn weder weiß ich, wie er aussieht, noch wo er sich herumtreibt.«

Julia schwieg und schaute mich lange an. Dann legte sie ihre schöne, kräftige Hand auf mein Knie und sagte mit fester Stimme:

»Heros, du mußt dir darüber klar sein, daß es für dich nur zwei Möglichkeiten gibt: Entweder du läßt die Dinge auf sich beruhen und wartest, bis etwas geschieht, oder du bemühst dich, der Sache auf den Grund zu gehen. Dann aber mußt du deine *taberna* für eine Weile schließen, weil du sehr viel Zeit brauchst. Du kannst nur noch deine Stammpatienten betreuen und mußt versuchen, in die Welt dieses Justus einzudringen und einen reichen Nichtstuer zu spielen, der in Kneipen, im Theater und auf der Rennbahn Anschluß an seinesgleichen sucht. Eine andere Möglichkeit sehe ich nicht.«

»Das wird mich viel Geld kosten.«

»Du wirst es aufbringen müssen!«

»Du redest mit mir, als sei ich dein Feind!«

Sie beugte sich vor und schaute mich liebevoll an.

»Daran glaubst du wohl selber nicht. Gerade weil ich dich liebe, will ich dir nichts vormachen. Wie es aussieht, bist du in dieser Sache von allen Seiten belogen oder mit Halbwahrheiten abgespeist worden. Von mir kannst und darfst du das nicht erwarten.«

Da hatte sie freilich recht, meine schöne Juno. Von diesem Gespräch erholten wir uns dann beim Anblick unseres Sohnes. Der Kleine lächelte uns auf seine ganz eigene bezaubernde Art an, als wolle er sagen: Ich sehe schon, ich gefalle euch und ihr mögt mich, und das ist recht so.

13

Zwei Menschen – das hatte ich mir fest vorgenommen – mußten über meinen Fall Bescheid wissen, nämlich Julia und Pernix.

Ich konnte von meinem Gehilfen und Leibwächter nicht Treue und Einsatz verlangen, ohne ihn über alles aufgeklärt zu haben, eine Tat, die ich ohnehin seit langem vor mir herschob.

Ohne daß ich mir dessen bewußt gewesen wäre, stellte ich ihm, dem Leibwächter und Freigelassenen, den Fall etwas anders dar als Julia, der ich meine Angst, meine Bedenken keineswegs verschwiegen – ja, sie vielleicht sogar etwas düsterer gezeichnet hatte, als ich sie wirklich empfand. Bei ihm, dem Mann und Gladiator, gebrauchte ich die Version eines unschuldig Bedrohten, dessen Zorn einen solchen Grad erreicht hat, daß er »diese Halunken fassen und vernichten will«. Genauso habe ich mich ausgedrückt und zeigte mich dabei sehr optimistisch, daß mir, oder besser, daß uns dies schnell gelingen würde.

Pernix mochte wenig gebildet sein, aber er war keineswegs dumm und stellte recht kluge Zwischenfragen. Als ich geendet hatte, meinte er:

»Wenn ich dich recht verstanden habe, Herr, dann willst du zunächst herausfinden, wer uns kürzlich überfallen hat. Wer Gallus getötet hat, wissen wir jetzt: Er hat es dir freiwillig gestanden, doch mit der Einschränkung, die eigentliche Schuld treffe Lucretia als seine Auftraggeberin. Du willst nun wissen, ob die Matrona, in deren Haus du warst, eins ist mit der Verbrecherin gleichen Namens. Wenn du mich fragst, glaube ich das nicht. Entweder dieser Carnifex hat dir etwas vorgeflunkert und Gallus aus ganz anderen Gründen umgebracht, oder die Verbrecherin Lucretia ist eine andere Person – oder es gibt sie gar nicht, auch das kann sein. Vielleicht hat er mit der Matrona aus uns unbekannten Gründen eine alte Rechnung zu begleichen und will sich dazu deiner bedienen. Eine bekannte römische Patrizierin umzubringen, ist eine gefährliche Sache. Es kann aber auch sein, daß ...«

»Pernix, Pernix, so kommen wir nicht weiter! Der Fall ist zu verfahren und führt von einer Mutmaßung zur anderen. Wenn die Matrona Lucretia tatsächlich mit der anderen nichts zu tun hat, warum dann ihre plötzliche Bereitschaft, sich alles in Ruhe anzuhören? Das Naheliegende wäre doch gewesen, mich hinauszuwerfen, meinst du nicht? Warum dann ihre Bemerkung, mich die Wahrheit zur rechten Zeit, wie sie sagte, wissen zu lassen? Das weist doch eindeutig darauf hin, daß sie in den Fall verwickelt ist. Aber auf welche Weise – *das* will ich als nächstes herausfinden, und du wirst mir dabei helfen!«

Pernix grinste.

»Wenn ich kann, Herr ...«

Aber er schien sehr skeptisch und gab mir auf seine höflich-umständliche Art zu verstehen, daß die Nadel im Heuhaufen zu finden leichter sei, als in jene geschlossenen Kreise einzudringen. Im stillen gab ich ihm recht und nahm mir vor, die Sache aufzugeben, wenn sich nicht binnen einer angemessenen Frist der erste Erfolg einstellte. Zudem konnte ich mir das Nichtstun nicht allzu lange leisten. Ich lebte nicht von einem ererbten Vermögen, sondern quasi von der Hand in den Mund. Mein Erspartes würde vielleicht einen Monat reichen, aber dann wurde es kritisch. Ich hatte nicht nur Pernix zu bezahlen, sondern war mit anderen Hauseigentümern an allerlei Kosten für Straßensäuberung, Leeren der Latrinen und ähnlichem beteiligt.

Als erstes besuchte ich Olympos, einen zu Ansehen und Reichtum gekommenen Kollegen, der seine *taberna* am Porticus Metellus führte und von sich behauptete, einer der Leibärzte der Königin Kleopatra von Ägypten gewesen zu sein. Von ihm wurde gemunkelt, er sei es gewesen, der ihr die Giftschlange in den Palast geschmuggelt hatte, wo sie unter Hausarrest lebte. Augustus, von dem man damals annahm, er wolle die Königin in seinem bevorstehenden Triumphzug mitführen, soll es stillschweigend geduldet haben, weil er Kleopatra wegen ihres Stolzes achtete und ihr so den Freitod ermöglichte. Dazu paßt es, daß Olympos nicht nur begnadigt wurde, sondern in Rom die Protektion des Princeps genoß und seine Patienten aus dementsprechenden Kreisen stammten.

Vor seinem Haus war der Boden mit Marmor gepflastert, und ein farbiges Mosaik verkündete

OLYMPOS MEDICUS CLEOPATRAE.

Dabei versäumte er es niemals, sich für diese auffällige

und ungewöhnliche Werbung zu entschuldigen, aber es sei auf höheren Wunsch geschehen und eine Ablehnung wäre da nicht zu empfehlen gewesen.

Warum ich jetzt diesen Olympos aufsuchte? Er genoß den Ruf eines ausgesprochenen Lebemannes, der seine Geliebten häufiger wechselte als seine Tunika und zusammen mit Freunden gerne in noblen Gaststätten die Nächte durchfeierte.

Um ihn mit Sicherheit anzutreffen, erschien ich zusammen mit Pernix schon gegen die dritte Tagesstunde, nannte dem Türhüter Namen und Beruf und wurde ins *vestibulum* geführt. Dort erfuhr ich vom Majordomus, daß der Herr noch schlafe.

Es sei sehr wichtig, sagte ich, und wenn es gestattet sei, würde ich gerne warten. Ich nannte noch einmal Namen und Beruf, wobei letzteres wohl den Ausschlag gab.

Nach einer knappen Stunde trat Olympos ein. Obwohl er unausgeschlafen und etwas angeschlagen aussah, gab er sich herzlich und kollegial.

»Um diese Zeit hätte ich nicht einmal Patienten empfangen, aber ein Kollege – das ist etwas anderes!«

Ich entschuldigte und bedankte mich, hatte aber schon zuvor beschlossen, meine Probleme zu verschweigen und meinen Wunsch anders zu begründen.

Olympos war klein und dick, aber keineswegs träge, obwohl er schon das sechzigste Lebensjahr überschritten haben mußte. Sein rundes Gesicht wies noch keine Falten auf, seine dunklen Augen blickten klug und wachsam.

Er bot mir Platz an, blieb selbst aber stehen. Als ich zu reden anfing, ging er langsam auf und ab.

»Das ist eine mir selbst verschriebene Therapie«, erklärte er. »Durch mein etwas üppiges Leben neige ich zur Fettsucht und kann mir damit einen Ausgleich schaffen, daß ich ständig in Bewegung bleibe. Jetzt aber zu dir – was hat dich hergeführt?«

»Ein Patient, dessen Namen ich dir aus verständlichen Gründen nicht nennen kann. Ich habe seine Eltern jahrelang bis zu ihrem Tod ärztlich betreut, und er hat mir auf mein Honorar immer nur Vorschüsse bezahlt. Sein Vater war ein bekannter Geizhals, der ohnehin für seinen Arzt niemals Geld ausgegeben hätte. Nun hat er ihn beerbt und behauptet, ich hätte mein mir zukommendes Honorar längst erhalten. Er schuldet mir aber nach sehr wohlwollender Berechnung noch immer an die vierhundert Sesterzen. In seinem Haus empfängt er mich nicht mehr, genießt aber den Ruf, sein Vermögen in Thermen, Bordellen und teuren Kneipen zu verprassen – Orte, an denen wiederum ich niemals zu finden bin. Du aber, verehrter Olympos, bist da weit besser bewandert und kannst mir vielleicht raten...«

Er blieb stehen und lachte behaglich.

»Ah, ist das schon stadtbekannt? Nun, mich stört das nicht. Mein Privatleben mag man gutheißen oder kritisieren – bitte sehr, jeder nach seinem Geschmack! Etwas anderes wäre, wenn man meine ärztliche Sachkunde in Zweifel zöge, da wird der gemütliche Olympos zum reißenden Löwen und wäre notfalls in der Arena zu verwenden. Also, der Reihe nach. Wo wohnt dieser Patient?«

Das wußte ich freilich nicht, doch ich nahm an, daß Justus im Haus seiner Freundin lebte.

»In der Gegend des Mons Aventinus.«

Er schüttelte den Kopf.

»Da ist nicht viel los. Zahllose Tempel und dazwischen nur die Villen der Patrizier. Nichts für einen Lebemann. Im Grunde kommt nur der Campus Martius in Frage. Da gibt es Thermen, Theater, Musikhallen, teure Speisehäuser, dazu eine Menge freischaffender Huren von einer Qualität, wie du sie in den *lupanaris* kaum noch findest. Trotz der Sittengesetze unseres Princeps treiben sich da verschleierte Frauen herum – harmlose Müßiggängerinnen, wie es scheint –, die nichts anderes im Sinn haben, als die weichen, aber toten Ehebetten ihrer greisenhaften Gatten dann und wann gegen die schmalen, harten, aber sehr lebendigen Lotterbetten potenter junger Männer einzutauschen.«

»Du scheinst ja gut Bescheid zu wissen...«

Er seufzte.

»Ja, unser Rom ist eine sehr lebhafte, sehr kurzweilige Stadt. Was dein Schuldner nicht in teuren Speisehäusern – es gibt dort auch die vorzüglichsten und seltensten Weine – verprassen kann, das wird er im Circus Flaminius bei den Pferderennen verwetten. Da ist er überall in der Gesellschaft von seinesgleichen, denn während sich andere tagsüber mit ihren Berufen abmühen, schlagen diese Herren dort ihre reichlich vorhandene Zeit tot. Begehe aber nur nicht den Fehler, dort zu früh zu erscheinen! In diesen Kreisen gilt es als unfein, ja fast als Sakrileg, sich vor der zehnten oder elften Tagesstunde zu zeigen, es sei denn, ein wichtiges Fest ist angesagt, oder es findet ein Pferderennen oder eine Theateraufführung statt.«

»Ich nehme an, diese reichen Tagediebe kennen einander?«

»Aber ja, das sind Kreise, wo jeder jeden kennt. Weißt du, ich gehöre ja nicht direkt dazu, rieche nur etwas hinein, erhole mich dann und wann dort. Am Campus Martius ist einfach alles geboten, was du sonst in der Stadt nur mit beträchtlichem Zeitaufwand finden kannst.«

Ich bedankte mich, konnte mir aber doch eine letzte Frage nicht verkneifen.

»Halte mich bitte nicht für allzu aufdringlich, aber da du nun in *persona* vor mir stehst – warst du tatsächlich einer von Kleopatras Leibärzten?«

Wieder blieb er stehen.

»Laß mich dir kurz antworten und dieses Thema damit erledigen. Ja, ich diente der Monarchin bis zuletzt als Leibarzt und half ihr dabei, auf würdige Weise aus einem für sie nicht mehr lebenswerten Dasein zu scheiden.«

Da wehte der Atem großer Geschichte über mich hin, aber genau betrachtet war es nur ein kurzer Luftzug, denn kaum war ich draußen, packte ich Pernix am Arm und rief:

»Jetzt geht es los!«

Heute, aus zeitlichem Abstand betrachtet, komme ich mir ein wenig lächerlich vor. Etwa als einer, der das Goldschmiedehandwerk gelernt hat, nun frech eine Schusterwerkstatt betritt, nach Leder, Zwirn und Schneidemesser verlangt und behauptet, damit in kürzester Zeit ein Paar Schuhe zu fertigen. Ein weit hergeholter Vergleich? Keineswegs! Ich hatte bisher mein Leben zwischen Bibliotheken, bei *pharmacopolae*, in meiner *taberna* und bei Patientenbesuchen verbracht. Einen Furunkel aufzustechen, ein Klistier zu verabreichen und eine Wunde auszubrennen, das konnte ich im Schlaf. Aber in Nichtstuerkreisen einen bestimmten Menschen aufzuspüren, dafür wären Carnifex und seine Helfer weitaus geeigneter gewesen.

Von der Praxis des Olympos am Porticus Metellus bis zur Südgrenze des Campus Martius waren es nur wenige Schritte. Da fiel mir ein, was der dicke Arzt gesagt hatte.

»Wir sind viel zu früh dran, Pernix. Dieser Justus bewegt sich in Kreisen von Menschen, die bis in die Mittagsstunden zu ruhen pflegen und erst am frühen Abend hier auftauchen – es sei denn, ein besonderes Ereignis lockt sie aus ihren Lotterbetten. Ein Pferderennen vielleicht, oder eine Theateraufführung …«

Pernix starrte mich entgeistert an.

»Woher weißt du das, Herr? Wir haben doch noch nie – also, ich meine, du bist doch nicht ein Mensch, der sich unter denen herumtreibt, wenigstens nicht solange ich dich kenne.«

Ja, mein Pernix zog meist die richtigen Schlüsse.

»Warum glaubst du, bin ich zu Olympos gegangen? Weil der sich da auskennt! Aber nun sind wir einmal hier und werden uns ein wenig umsehen.«

Um mich nicht dem Vorwurf auszusetzen, das Marsfeld sei für mich eine *terra incognita* gewesen, sei angemerkt, daß ich wie jeder römische Bürger wußte, was hier geschah und was es hier gab. Wer eine Schule besucht hat, wird nicht umhin gekommen sein, vom Lehrer zu hören, der Campus Martius sei schon in der Königszeit Versammlungsplatz der wehrfähigen Bürger gewesen und trage deshalb den Namen des Kriegsgottes Mars.

Nun, Militärübungen finden dort immer noch statt, aber gleichzeitig dient dieses riesige Gelände heute auch anderen Zwecken, und daran trug unser Princeps Augustus ein Beträchtliches bei.

Ich war kein Augenzeuge dieser Wandlung, denn ich bin ja schon hineingeboren worden in die segensreiche Pax Augusta – in eine befriedete Welt, die das provinzielle Rom in die Metropole eines Weltreichs verwandelte. Auf dem Marsfeld wird dies deshalb so augenfällig, weil es hier nahezu kein Bauwerk gibt, das nicht unter Augustus errichtet, erneuert, erweitert oder umgebaut wurde. Was allein Agrippa, der geniale Feldherr und enge Freund des Augustus, hier geschaffen hat, bedürfte einer langen Erläuterung, die aber nicht hierhergehört. Es genügt, wenn ich seine Thermenanlage erwähne, heute ein Hauptzentrum des geselligen Lebens auf dem Marsfeld. Um diese Stätte des Müßigganges und des Genusses gruppierten sich – typisch für unser Rom – gleichermaßen zahllose Tempel und unzählige Schenken, Garküchen, Gasthäuser, kleine Schmierentheater, auch vornehme, verschwiegene Bäder mit ungewöhnlich hohen Eintrittsgebühren.

Warum dies, so fragte ich mich, wo doch gleich um die Ecke die kostenlosen Thermen des Agrippa dasselbe in weit größerem Ausmaß boten? Meine Frage konnte ich schnell selbst beantworten, denn es galt als offenes Geheimnis, daß sich hinter der ehrbaren Fassade luxuriöse Freudenhäuser verbargen, die keinen, auch nicht den ausgefallensten Wunsch offenließen. Und baden konnte man dort auch . . .

Wir hatten das Gelände noch nicht zur Hälfte durchwandert, da war es schon Mittag und wir recht hungrig. Vom Luxusleben reicher Müßiggänger hatten wir noch nichts bemerkt. Hauptsächlich die Jugend schien die Vormittage für ihre Spiele zu nutzen. Ganze Schulklassen strömten in die Schwimmanlagen entlang des Tiber, nutzten die Sportplätze für Wettkämpfe der unterschiedlichsten Art, während gleich daneben auf einem Militärgelände ein Prätorianer-Centurio seine Männer erbarmungslos drillte.

Um die achte Tagesstunde setzten wir uns erschöpft in

den winzigen Garten einer Garküche, wo sich ein halbes Dutzend Tische eng aneinanderreihten. Ende Februar hatte die Sonne schon genug Kraft, um es im Freien auszuhalten, zudem war der Tag windstill und wolkenlos. Hier lag man nicht bequem auf den gepolsterten *lectuli*, sondern saß auf schweren, harten Hockern. Doch ich muß zugeben, man speiste einfach, aber vorzüglich. Es gab keine Auswahl, sondern nur ein warmes Hauptgericht mit einigen Zutaten. Hier war es eine pralle Wurst, gestopft mit Innereien, dazu gab es frisches Brot, Rettich und Zwiebeln. Die halbverbrannte Wurst triefte vor Fett, war aber so gut gewürzt, daß wir beide sie mit großem Vergnügen verschlangen. Dazu tranken wir stark verdünnten Honigwein, den der Wirt so lange wortlos nachschenkte, bis man den Becher umgestürzt auf den Tisch stellte – so sahen wir es bei den anderen Gästen.

Ich sprach den Wirt an und erkundigte mich vorsichtig nach Gaststätten, wo – wie ich scherzhaft sagte – auch Senatoren verkehrten.

Der kleine, hurtige Mann in seiner kurzen, fettfleckigen Tunika zeigte sich keineswegs beleidigt.

»Damit können wir hier nicht dienen. Unser Hauptgeschäft läuft vom frühen Morgen bis etwa in die Mittagsstunden. Meist schließen wir schon vor Sonnenuntergang.«

Er grinste und entblößte einige Zahnlücken.

»Dann erst öffnen die noblen Gaststätten der Senatoren – von denen du übrigens kaum einen finden wirst, aber ich weiß natürlich, wie es gemeint war. Was du suchst, findest du in den Straßen um die Agrippa-Thermen. Die machen nicht viele Umstände, da steht kein Name über der Tür, aber du siehst es an den teuren Sänften und den gutgekleideten Sklaven, die draußen warten.«

Er blickte Pernix abschätzend an.

»Deinen Diener läßt du da besser draußen ... Bei mir hingegen zählt nur, ob einer zahlen kann, und wem es nicht paßt, daß hier auch Sklaven speisen, der kann anderswo hingehen!«

Er sagte es feixend, aber es klang ein wenig aggressiv.

Mich belustigte das nur.

»Ich habe jahrelang mit einem Sklaven am selben Tisch gespeist – nicht wahr, Pernix?«

Er nickte.

»Aber dann ist es dir zuviel geworden, Herr, und du hast mich freigelassen.«

Da mußten wir alle lachen, und ich lud den Wirt auf einen Becher Wein.

Dann wurde es kühl, und wir machten uns auf den Heimweg.

»Für heute reicht es mir! Morgen treiben wir uns dann auf der Spielwiese der reichen Nichtstuer herum – im übrigen haben wir vormittags einige Patienten zu besuchen.«

Pernix gähnte ausgiebig.

»Auf die Dauer würde ich dieses Nichtstuerleben auch nicht aushalten. Das macht mich so müde, als hätten wir heute schon drei Dutzend Patienten abgefertigt. Ich glaube, dazu muß man geboren sein.«

»Da magst du schon recht haben, aber eine Sache, die man begonnen hat, sollte man auch zu Ende führen.«

Auf diese Binsenweisheit fiel Pernix keine Entgegnung mehr ein. Er gähnte noch einmal.

»Jetzt stell dich nicht so an, als hätte ich dir Wunder was zugemutet. Richte für morgen alles her und dann verschwinde meinetwegen in deinem Bett!«

Wieder kamen mir Zweifel an meinem Vorhaben und das zweite Ich, mit dem wir alle bisweilen zu kämpfen haben, flüsterte mir zu:

Wenn du nur einen Funken Verstand hättest, Herophilos, dann würdest du deine taberna *schon morgen meistbietend verkaufen und dich irgendwo anders niederlassen – weit weg von Rom. Daß Julia bald Witwe wird, ist abzusehen; dann winkt dir ein schönes Erbe, und du kannst mit ihr und deinem Sohn ein neues Leben beginnen. Vergiß endlich diesen Gallus! Vergiß ihn!*

Genau das aber vermochte ich nicht, auch weil ich immer noch nicht glauben konnte, daß er mich als Zuträger für die ›schwarze Lucretia‹ verraten und hintergangen hatte. Ehe dies und manches andere nicht geklärt war, konnte ich kein neues Leben beginnen.

Am nächsten Tag zeigte es sich, daß es doch nicht so leicht war, den vielbeschäftigten Arzt Herophilos einfach abzustellen wie ein Mühlrad, das man mit einem Hebeldruck dem fließenden Wasser entziehen kann. Aus den gedachten zwei Patienten wurden fünf, weil bei dem einen auch noch die Frau erkrankt war und beim anderen die beiden Kinder sich eine böse Erkältung zugezogen hatten.

Es wurde später Nachmittag, als wir endlich zu Hause waren. Pernix tat sehr erschöpft und fragte, ob er sich ein Stündchen hinlegen dürfe.

»Nein, mein Lieber, ich habe einen besseren Vorschlag. Wir besuchen die Agrippa-Thermen, baden dort und ruhen ein wenig, um uns dann auf die Suche zu machen.«

Pernix seufzte.

»Wie du willst, Herr. Ein ausgiebiges Bad wird uns beiden guttun.«

Wir schlenderten auf dem von jungen Eichen gesäumten Vicus Aesculeti nach Norden, vorbei an den nebeneinanderstehenden Tempeln von Vulcanus, Mercurius und Mars, bogen bei der Halle des Pompeius nach rechts ab und sahen schon von weitem die ausgedehnte Thermenanlage, gebettet in Gärten, die ein schilfumsäumter *stagnum*, ein künstlicher See, schmückte.

Es ist bekannte römische Stadtgeschichte, daß Agrippa dort ursprünglich nur ein Schwitzbad errichtet hatte, es aber nach Vollendung der *aqua virgo* – ein gewaltiger *aquaeductus* – in einer generösen Geste zur heutigen Thermenanlage erweiterte.

Schon das säulengeschmückte Eingangsportal schien eher zu einem Tempel als zu Bädern zu passen. So ganz abwegig ist das nicht, denn was die Menschen hier tun, ist im Grunde eine Huldigung an die Göttin Hygia.

Sklaven war der Eintritt untersagt, aber da er kostenlos war und die Stadt nicht auch noch Badeknechte unterhalten wollte, durften die Besucher bis zu zwei eigene Diener mitbringen. In meinem Fall war das Pernix, denn ich mußte von nun an die Rolle eines reichen und verwöhnten Herrn spielen.

So betraten wir gemeinsam das *apodyterium*, wo Pernix mich bis auf ein Lendentuch auskleidete. Hier gab es getrennte Räume für Frauen und Männer, so daß manch einer auch nackt den Auskleideraum verließ, und seltsamerweise waren es gerade die Unansehnlichen, die dies taten – die Dicken, zu klein Geratenen oder die Älteren, denen die Haut in traurigen Falten um den Körper hing.

Vielleicht war dies eine Art von Protest, der ausdrücken wollte: Ich weiß ja, daß ich dick, alt oder häßlich bin, aber ich schäme mich dessen nicht und will euch daran erinnern, daß dies auch anderen nicht erspart bleibt.

Nun, jeder kennt das Ritual: Man begibt sich ins *tepidarium*, um den Körper anzuwärmen, geht dann entweder ins *laconicum*, wo man schwitzt, um sich dann im kalten *frigidarium* abzukühlen; oder man wählt den sanfteren Weg und macht die Runde durch die Becken mit kaltem, lauwarmem und heißem Wasser, wobei – aus ärztlicher Sicht – das kalte Bad immer am Ende stehen sollte.

Im *unctorium* rieb mir Pernix den Körper mit duftender Salbe ein, denn – so dachte ich – ein vornehmer Müßiggänger muß auch am richtigen Geruch zu erkennen sein.

Der arme Pernix fand gerade noch Zeit, ein paarmal unterzutauchen, dann kleideten wir uns wieder an und schritten durch all die Pracht aus Rosengranit, schwarzem Basalt und rötlichem Porphyr zum Gartenausgang, wo ich meinen noch erhitzten Körper in der frischen Abendluft abkühlte.

Am Eingang gab es einige wichtig aussehende *ostiarii*, die darauf zu achten hatten, daß kein mit Hautkrankheiten Behafteter die Thermen betrat, aber auch Leute abwiesen, die durch Trunkenheit oder aufreizendes Benehmen Anstoß erregen konnten.

Einen dieser Türhüter fragte ich nach Gasthäusern, die große Auswahl boten und für erlesene Speisen und Weine bekannt waren. Der Mann feixte und schwieg, bis ich ihm zwei Sesterzen in die Hand drückte.

»Da müßte ich dir acht oder zehn Namen nennen, aber die Mode wechselt schnell. Die beliebtesten und zur Zeit auch meistbesuchten sind ...«

Als sei es ein Geheimnis, flüsterte er mir drei Namen ins Ohr: »›Zur Sonne‹, ›Zum Tiger‹ und ›Zur Feuchten Spalte‹.«

Diese Lokalitäten seien alle in nächster Umgebung, versicherte er mir und wies in die ungefähre Richtung.

»Merke es dir gut, Pernix!« sagte ich streng, und dann machten wir uns auf den Weg.

Er schüttelte den Kopf.

»Hast du dich da nicht verhört? ›Zur Feuchten Spalte‹, das klingt wie ... also, da kann man sich so allerlei vorstellen ...«

»Stell dir vor, was du willst! Jetzt geht es um würdiges Auftreten. Du begleitest mich als mein Diener und Leibwächter überallhin, und wenn ich speise, stehst du wachsam in meiner Nähe, am besten hinter mir. Kommst du mit anderen Dienern ins Gespräch, dann flechte den Namen Justus ein und tue so, als hätte dein Herr ihm etwas Wichtiges auszurichten. Beantworte keine Fragen, ausgenommen die nach meinem Namen. Ich werde mir keinen falschen zulegen, weil ich immer damit rechnen muß, hier einem Patienten oder Kollegen zu begegnen. Diesem Olympos werden wir sicher einmal in die Hände laufen ...«

Als erstes erreichten wir das Gasthaus ›Zur Sonne‹, wo ich gleich den Türsteher fragte, ob Justus schon hier sei. Er hob die Brauen. Ich drückte ihm eine Münze in die Hand.

»Sagtest du Justinus oder Justus?«

»Justus!«

»Da kenne ich drei: Justus Fabius, Justus Cordus und Justus Brutus. Welchen davon suchst du?«

Da war guter Rat teuer. Carnifex hatte keinen zweiten Namen genannt, und so konnte ich nur improvisieren.

»Ich kenne ihn nur flüchtig unter seinem ersten Namen. Ist einer von den dreien gekommen?«

Da hielt er sich bedeckt.

»Sieh selber nach, Herr. Es sind noch nicht so viele Gäste da.«

Wir betraten das Lokal, das mehr als düster war.

Ärgerlich flüsterte ich Pernix zu:

»Das ist, als betrete man den Orakelraum der Sibylle von Cumae. Da sehen ja alle Gesichter gleich aus!«

Der Wirt hatte die Fenster verhängt und auf den Tischen schwach flackernde Öllämpchen verteilt. Vermutlich hielt er das für einen raffinierten Effekt, und seinen Gästen schien es zu gefallen. Um einen Ecktisch räkelte sich eine Gesellschaft von acht bis zehn Männern und Frauen – alle lachten und redeten durcheinander und waren so laut, als hätten sie das Lokal für sich gepachtet.

»Erwartest du noch jemanden, Herr?« fragte der Bediente.

»Ja«, sagte ich unbestimmt, »Justus wollte noch kommen, mein Name ist Herophilos ...«

»Gut, ich werde ihm dann sagen, wo du bist.«

Er war also noch nicht da oder saß in der ›Feuchten Spalte‹ oder im ›Tiger‹ oder anderswo. Wie lange konnte ich das durchhalten? Ich nahm Platz, und sofort kam der Wirt heran, stellte sich vor und betete mir seine Gerichte herunter, als handle es sich um einen religiösen Text.

»Du könntest mit einer Patina von kleinen Fischen beginnen, mit Wein, Pfeffer, Liebstöckel und Oreganum gewürzt, was deinen Appetit erst richtig anregt. Als zweiten Gang würde ich dir Pullum Parthicum empfehlen – das wird unter anderem mit Kümmel zubereitet und belastet den Magen nicht. Dazwischen würde ich ein Dutzend Austern nehmen, da ist jetzt die Jahreszeit dafür, und wir reichen dazu eine Tunke, die es nur hier gibt.«

Er warf mir einen prüfenden Blick zu.

»Stattdessen – sollte dein Hunger noch größer sein – könntest du auch zwei oder drei Langusten verspeisen, auf Wunsch mit einer köstlichen Tunke aus Petersilie, Minze, Pfeffer, Kümmel, Honig und Essig, leicht mit *garum* abgerundet. Als Abschluß zur endgültigen Sättigung kann ich dir heute – weil frisch geschlachtet – zu unserem Zicklein am Spieß raten, so jung und zart, daß es auf der Zunge zergeht. Wenn du als Nachtisch etwas Süßes schätzst, dann servieren wir dir guten Gewissens unsere *dulcia domestica* aus mit Nüssen und Pinienkernen gefüllten Datteln, in Salz gewälzt, in Honig gekocht und mit grobem Pfeffer bestreut. Zufrieden?«

Nein, das durfte ich nicht sein, denn reiche Nichtstuer pflegen ganz eigene Vorlieben.

»Schweineeuter vom Grill hast du nicht?«

»Selbstverständlich, aber leider von gestern ...«

»Nun gut, dann lassen wir es. Als Vorspeise hätte ich lieber eine Sala Cattabia Apiciana ...«

Zum Glück fiel mir diese ausgefallene Speise noch ein, die einmal ein reicher Patient bei seinem Gastmahl aufgetischt und ausführlich erläutert hatte.

»Das weist dich als Feinschmecker aus, Herr!« rief der Wirt begeistert. »Natürlich kochen wir auch nach den Rezepten des Apicius; ich werde mich gleich versichern, ob wir alle Zutaten im Hause haben. Festus! Festus!«

Ein dicker, halbkahler Mann kam herbeigewatschelt.

»Mein wandelndes Kochbuch!« stellte ihn der Wirt vor.

»Festus, haben wir für eine Sala Cattabia Apiciana alles im Haus?«

Der Dicke blickte zur Decke und begann aufzuzählen:

»Selleriesamen, Flohkraut, Minze, Koriander, Ingwer, Rosinen, Honig, Essig, Öl und Wein. Dann picentinisches Brot, Hühnerbrüstchen, Bries von Ziege oder Kalb, vestinischer Käse ...«

»Herr, Herr!« Der Bediente von vorhin lief herbei.

»Entschuldige, wenn ich störe, aber Justus ist gekommen, und wie es aussieht, will er gleich wieder gehen.«

Ich stand auf, ließ den Wirt mit seinem wandelnden Kochbuch stehen und ging auf den Mann zu, den der Diener mir wies.

Pernix – mißtrauisch wie stets – hielt sich dicht bei mir und tastete nach seinem Dolch im Gürtel. Ich berührte ihn am Arm.

»Nicht so auffällig!« flüsterte ich ihm zu.

Justus hatte sich vorgebeugt, stützte sich mit beiden Händen auf einen *lectus* und sprach leise auf ein sitzendes Paar ein. Ich konnte nur sein Profil erkennen – die Nase sprang weit vor, während das Kinn ein wenig zu klein geraten war.

Justus beugte sich zurück, lachte verhalten und schlug leicht die Hände zusammen. Als ich ihn am Arm berührte, drehte er sich erschreckt um.

»Es ist unverzeihlich, daß ich dein Gespräch störe, aber als ich hörte, du wolltest gleich wieder gehen ...«

»Wer bist du?«

»Herophilos, ein Arzt von der Pons Fabricius. Wenn du nachher ein wenig Zeit für mich übrig hättest ...«

Er nickte ungeduldig.

»Ja, ja, ich werde einen Augenblick an deinen Tisch kommen.«

Dort warteten noch immer der Wirt und sein Kochbuch.

»Das gewünschte Gericht können wir dir anbieten, aber leider wird es einige Zeit dauern, bis ...«

»Soviel Zeit habe ich nicht! Ich werde mich an deinen ersten Vorschlag halten, aber die Langusten und das parthische Huhn läßt du weg, verstanden?«

Er verbeugte sich und verschwand, dicht gefolgt von seinem Küchenchef. Es dauerte nicht lange, dann trat Justus heran.

»Willst du dich setzen?«

»Nein, nein, meine Zeit ist knapp.«

»Es geht um die Patrona Lucretia. Sie war so freundlich, mich ...«

»Um wen geht es?«

»Um Lucretia, die Wohltäterin! Ihre Villa steht beim Mons Aventinus ...«

»Kenne ich nicht! Wer soll das sein? Ich bin Justus Fabius, vielleicht verwechselst du mich?«

Dann schlug er sich mit einer zierlichen Geste leicht an die Stirn.

»Halt, da fällt mir ein, es gibt einen Justus Lucretius, aber der zählt nicht zu meinem Freundeskreis. Sein Zweitname weist darauf hin, daß er ihrer Familie angehören könnte.«

»Ja, gewiß, aber weißt du, wo er zu finden ist?«

»Nein – ja, jedenfalls verkehrt er hier in der Gegend, bin ihm vor zwei oder drei Tagen begegnet. Kennst du ihn näher?«

»Nein, nein, aber für mich wäre es sehr wichtig, wenn ...«

»Da kann ich dir leider nicht helfen. Übrigens habe ich ihn aus der Gaststätte ›Zur Feuchten Spalte‹ kommen sehen. Wenn die weiterhin einen solchen Fraß auftischen, wird der Laden bald eingehen, das kannst du mir glauben! Das Weinangebot ist allerdings beachtlich, wenn auch überteuert. Aber was ist hier nicht überteuert? Wenn allerdings der Preis mit der Qualität des Gebotenen in Übereinstimmung steht, dann ...«

Er hielt inne, als habe ihn seine eigene Geschwätzigkeit erschreckt.

»Warum erzähle ich dir das alles?«

Er blickte mich verwirrt und ratsuchend an.

Ich gab mich verbindlich.

»Für mich sind das wertvolle Neuigkeiten, die mich keineswegs langweilen, da ich mich hier noch nicht so auskenne ...«

Nachdenklich rieb er seine lange Nase.

»Manchmal ist es besser, sich nicht allzu gut auszukennen ...«, sagte er orakelhaft, nickte mir zu und ging hinaus.

Pernix beugte sich über meine Schulter.

»War wohl nicht der Richtige?«

»Nein, aber es war die Bestätigung, daß dieser Mensch existiert.«

14

Ursprünglich hatte ich geplant, meine Suche gleich am nächsten Tag fortzusetzen, aber dann holte mich mal wieder mein Beruf ein. Der Hinweis an meiner Tür, die *taberna* sei vorübergehend geschlossen, verfehlte jede Wirkung. Manch einer mag wohl umgekehrt sein, viele aber klopften dennoch an, was durchaus zu verstehen war, da es sich meist um Sklaven handelte, die ein Donnerwetter zu erwarten hatten, wenn ihr Auftrag unerfüllt blieb.

Gut, ich hätte nicht öffnen müssen, aber – ich muß es eingestehen – mein ärztliches Gewissen regte sich, weil ja immer die Möglichkeit eines Notfalls bestand. Zum Glück ist das meistens nicht der Fall, weil viele der wohlhabenden Leute eher hypochondrisch veranlagt sind und jedes Bauchgrimmen für eine tödliche Vergiftung, jedes Herzstechen für einen nahenden Schlaganfall halten.

An diesem Tag wurde mir wieder einmal bewußt, daß ich meinen alten Fehler nicht loswurde, nämlich meinen Vorrat an Arzneimitteln bis zur Neige aufzubrauchen, um dann meinen Diener eilig und überstürzt zum *pharmacopola* schicken zu müssen. Es fehlte beinahe an allem: Kamille, Mohn, Lorbeer, Minze, Aloe, Myrrhe, Zimt, Eichenrinde, Schafgarbe, Mandragora, Nieswurz, Pinienharz, Mastix und Silphium, was die Heilpflanzen betraf, dazu Alaun, Salz, Tonerde, tierische Kohle, Ochsengalle, Fischgalle und Erdpech aus tierischer und mineralischer Herkunft.

Ich überreichte Pernix den Zettel, doch er zögerte.

»Solltest du nicht besser mitkommen, Herr. Der Händler stellt mir vielleicht Fragen, die ich nicht beantworten kann, oder ich bringe das Verkehrte mit ...«

»Nein, nein, ich bin ein alter Kunde bei ihm, und er kennt meine Bestellungen auswendig. Ich muß noch eine schwierige Salbe bereiten, außerdem erwarte ich heute den Diener meines langjährigen Patienten Tillius, der jeden zweiten Dienstag das Abführmittel für seinen Herrn holt. Was soll denn schon sein?«

»Du hast recht, Herr, was soll schon sein.«

Er verschwand, und ich ging zu meinem Salbentopf zurück. Wenig später klopfte es. Ich nahm das Abführmittel und ging zur Tür.

Draußen aber stand nicht der Diener des Tillius, sondern der hagere Macer, die rechte Hand des Carnifex. Er grinste hohlwangig.

»Darf ich hereinkommen?«

Ich blickte die Straße auf und ab.

»Bist du alleine gekommen?«

»Natürlich.«

»Ich erwarte jeden Augenblick meinen Diener zurück ...«

»Der stört uns nicht.«

Noch ehe ich reagieren konnte, drängte er sich an mir vorbei ins Haus. Was hätte ich tun sollen? Ich wies ihn in mein Behandlungszimmer, wo an der Wand einige einfache Hocker standen und meine ärztlichen Geräte deutlich sichtbar auf einem Bord aufgereiht lagen – übrigens durchaus gewollt, um dem Patienten Respekt einzuflößen. An dem fehlte es häufig, weil die Menschen durch die auf Märkten und Straßen lautstark und wie billige Gaukler auftretenden Quacksalber eine völlig falsche Vorstellung von der Tätigkeit seriöser Ärzte bekamen.

Das Unbehagen war ihm anzusehen, als er die Brenneisen, Sonden, Anal- und Vaginal-Speculi, die Schröpfköpfe, Trepaniereisen und die verschiedenen Messer entdeckte.

Ich deutete darauf.

»Hast du damit schon Bekanntschaft gemacht?«

Er schüttelte nur den Kopf und richtete seine fieberglänzenden, etwas trüben Augen auf mich.

»Ist deine Schwindsucht schon behandelt worden?«

»Nein, ich will von Ärzten nichts wissen! Da wirst du für viel Geld eine Weile gequält und fährst dann doch in die Grube.«

Seine Stimme klang heiser und kraftlos – das war typisch für Lungenkranke, die viel husten müssen.

»Warum bist du dann gekommen?«

»Carnifex schickt mich. Er läßt fragen, ob du die Abmachung vergessen hast?«

»Abmachung? Ich habe mich zu nichts verpflichtet, da muß es sich wohl um ein Mißverständnis handeln.«

»Wir sehen das anders. Es berührt dich wohl nicht weiter, daß Lucretia deinen Freund Gallus töten und deine *taberna* in Brand stecken ließ und kürzlich sogar versucht hat, dich und Pernix umzubringen?«

»Davon wißt ihr? Das ist aber seltsam, denn es gab keine Zeugen, und der Überlebende ... ah, jetzt verstehe ich! Er muß euch davon erzählt haben, also kam er in eurem Auftrag.«

»Das soll wohl ein Witz sein? Welchen Nutzen brächte uns dein Tod?«

»Welchen Nutzen bringt er Lucretia?«

»Sie schafft sich einen Feind vom Hals.«

»Bin ich denn ihr Feind?«

»Du solltest es sein, Medicus, und damit sind wir beim Kern der Sache. Carnifex geht dir gerne zur Hand, wenn du dich an dieser Frau rächen willst, aber du mußt die Initiative ergreifen – hast ja allen Grund dazu. Beim nächsten Mal wird sie klüger sein und keinen Fehlschlag mehr riskieren.«

»Und wie soll ich das anfangen, ich, ein bekannter Arzt? Ihr könnt aus dem Untergrund handeln, habt eine Anzahl von Schlupfwinkeln, wo euch keiner findet. Ich aber sitze in meiner *taberna* wie auf einer Tribüne, jeder im Stadtviertel kennt mich und meinen Gehilfen. Carnifex macht sich da falsche Vorstellungen!«

Macer setzte zu einer Entgegnung an, doch dann begann ihn ein qualvoller Husten zu schütteln, er stand auf, lehnte sich gegen die Wand, rang nach Luft, sein sonst ungesund graues Gesicht färbte sich rot, und Schweiß erschien auf seiner Stirn.

Ich habe immer ein schon fertig gemischtes Hustenmittel bereitstehen. Dies verdünnte ich nun mit Wasser und reichte ihm einen Becher voll. Er ließ sich auf den Hocker fallen und schüttelte den Kopf. Seine Stimme klang schwach.

»Nein, Medicus ... Wissen die Götter, was du mir da reichst? Ich weiß es nicht ...«

Er wischte sich die Stirn mit einem fleckigen Lappen, den er unter dem Mantel hervorzog.

»Carnifex erwartet ja keineswegs, daß du hingehst und sie erwürgst oder totschlägst. Nein, wir meinen ...«

»Halt! Wohin gehen? Woher soll ich wissen, wo sie sich verbirgt?«

Macer lachte, und es klang wie das Krächzen einer alten Krähe.

»Du hältst uns wohl für sehr dämlich, was? Glaubst du, wir wissen nicht, daß du vor etwa zehn Tagen in ihrem Haus am Aventin warst? Und ich muß dir sagen, Carnifex war sehr enttäuscht, als dann nichts geschehen ist.«

»Woher wißt ihr, daß nichts geschehen ist? Ich habe meine eigenen Pläne, und die werden zur Zeit behutsam in Gang gesetzt.«

»Und dazu brauchst du uns nicht?«

»Nein, denn das würde nur ...«

In diesem Augenblick klopfte es draußen, und wie durch Zauberei hatte Macer plötzlich ein Messer in der Hand, hielt mich mit der anderen am Hals fest und setzte mir seine Waffe an die Kehle.

»Du wirst doch nicht durch irgendein Zeichen die Miliz verständigt haben? Dann gehen wir gemeinsam in den *orcus*!«

Ich roch seinen fauligen Atem und wich zurück.

»Das ist der Sklave eines Patienten – ich erwarte ihn um diese Zeit.«

»Gut, öffne! Aber ich werde dich begleiten.«

Er stellte sich in den dunklen Winkel neben die Tür und drückte mir die Spitze des Dolches schmerzhaft in den Rücken. Es war der Diener des Tillius, dem ich schnell das Päckchen mit dem Abführmittel übergab.

»Dein Herr kennt ja die Dosierung, und laß ihn von mir grüßen.«

Die Tür fiel zu, und Macer steckte die Waffe wieder ein. Jetzt erst flammte in mir die Empörung auf.

»Ich weiß, daß du auf Befehl des Carnifex gekommen bist, aber sage ihm, daß ich mir solche Besuche künftig verbiete. Es ist anmaßend und frech, mich in meinem eigenen Haus mit einer Waffe zu bedrohen. Pernix hatte recht, ich sollte hier niemals allein bleiben, und das wird künftig nicht wieder der Fall sein.«

Er grinste unsicher.

»Auf einen Diener würde ich mich da nicht verlassen ... Ein Lebenslicht ist schnell ausgeblasen.«

»Ja, das haben die beiden Totschläger auch gedacht. Das hat den einen das Leben gekostet, und der andere läuft zeitlebens mit einer verbrannten Fratze herum.«

»Woher willst du wissen, daß sie euch ... daß sie dich töten wollten?«

»Aber das muß ich doch annehmen, nachdem der eine jeden Dolchstich mit den Worten ›ein Gruß von Lucretia!‹ begleitet hat. Du selber hast ja gesagt, ich sei ihr Feind, den sie beseitigen wolle.«

Ich sah ihm an, daß er sich in die Enge getrieben fühlte, dazu aber nichts sagen konnte – oder durfte.

»Nun gut, du hast gesagt, daß du Lucretia auf der Spur bist. Wenn du unsere Hilfe brauchst, dann laß es uns wissen; ich oder andere Freunde des Carnifex sind stets im ›Equus niger‹ zu finden. Wenn sich nach zehn Tagen nichts getan hat, dann werden wir uns wieder melden.«

Ich sagte nichts, öffnete nur die Tür.

»Verschwinde!«

Er beeilte sich nicht, zwinkerte mir nur verschwörerisch zu, vermutlich um mich zu ärgern, aber ich setzte dagegen:

»Bist ein armer Hund, Macer, und bald werden sie deine von Krankheit zerfressenen Reste auf den Schindanger werfen. Ich hätte dir das Leben noch ein wenig verlängern können . . .«

Er drehte sich um und fragte höhnisch:

»So, und was kostet das?«

»Nichts – weil ich es nicht tun werde!«

Noch ehe er etwas entgegnen konnte, warf ich die Tür zu.

Wenig später kam Pernix zurück, und ich erzählte ihm von dem Besuch.

»Was? Er hat dir ein Messer an die Kehle gesetzt? In deinem eigenen Haus? Da hätte ich nicht zugegen sein dürfen, denn dann hätte er dieses Haus mit den Füßen voran verlassen.«

»In deiner Gegenwart hätte er seinen Dolch vermutlich stecken lassen. Aber ich vermute, daß sie uns schon tagelang beobachtet und genau diesen Augenblick abgepaßt haben, als du weggingst. Die riskieren nichts, gehen immer auf Nummer Sicher und das muß sich bewährt haben, weil sonst von diesen Halunken keiner mehr am Leben wäre.«

Er nickte, schien aber über etwas anderes nachzudenken.

»Also, wenn ich die Situation recht verstehe, dann erwartet Carnifex von dir, daß du Lucretia aus dem Weg räumst?«

»Ja, Pernix, und da hast du genau das rechte Wort gebraucht, denn ich gewinne immer mehr den Eindruck, daß diese Frau *ihm* im Weg ist. Ich denke natürlich nicht daran, der Matrona Lucretia etwas anzutun, denn dann hätte ich halb Rom gegen mich.«

»Nur, wenn es herauskommt...«

Ich winkte ab.

»Dafür würde die Stadtmiliz mit allen Kräften sorgen. Ein toter Gallus, der nur ein Freigelassener und der Diener eines kleinen Arztes war, setzt die Behörden nicht in Bewegung. Da müßtest du schon ein Freigelassener des Augustus sein, zumindest aber der eines Senators oder Konsuls. Das römische Recht mag ja im Grunde schon tauglich und geeignet sein, das Zusammenleben zivilisierter Menschen in eine gewisse Ordnung zu bringen, aber – und davon kannst du ja ein Lied singen – Mensch ist nicht gleich Mensch. Zwar rechnet man auch die Sklaven zu dieser Gattung, denn ein solcher ißt, schläft und verdaut wie ein Senator, aber laut Gesetz ist er eine Sache, über die der Besitzer nach Belieben verfügen kann. Hätte ich dich zum Beispiel – als du noch Sklave warst – totgeprügelt, so hätte ich nur gewärtig sein müssen, daß die Nachbarn sich über dein Geschrei empören. Geschähe dies bei einem Freigelassenen, so müßte ich damit rechnen, von der Miliz befragt zu werden. Da hätte dann eine Ausrede genügt, um straffrei davonzukommen. Erschlage ich einen römischen Bürger, komme ich vor Gericht, ermorde ich einen Senator oder Konsul, dann ist mein Leben in jedem Fall verwirkt.

Du weißt, was ich damit sagen will? Lucretia vom Aventinus, die Priesterin der Bona Dea, Freundin der Vestalinnen und anerkannte Wohltäterin ist sakrosankt, ein Heiligtum, das man besser nicht anrührt. Die ›schwarze Lucretia‹ aber – wenn es sie gibt – dürfte ich ungestraft aus ihrer Höhle zerren und erschlagen, obwohl es nicht weniger gefährlich wäre. Sie steht zwar nicht unter dem Schutz von Recht und Gesetz, aber sie wird mehr als einen Leibwächter beschäftigen, und diese Leute schlagen schneller zu, als der Staat es vermag. Da braucht es keinen *advocatus*, keinen Richter, keine öffentliche Verhandlung auf dem Forum und auch keinen Henker. Das erledigt die ›schwarze Lucretia‹ im Handumdrehen. Damit will ich sagen, daß es nicht mein Ziel ist, Rache um jeden Preis zu üben, sondern ich will zuerst einige Dinge klären, Zusammenhänge aufdecken und das von verschiedenen Seiten um mich gesponnene Lügengespinst zerreißen.«

»Da hast du dir aber viel vorgenommen, Herr.«

Er sagte es ganz ruhig, ohne jeden Vorwurf, und ich wußte, auf ihn war in jedem Fall Verlaß.

Mich aber traf diese Erkenntnis, die ich vor meinem Diener so einfach ausgesprochen hatte, mir selbst gegenüber aber nicht eingestehen wollte: nämlich nicht Rache um jeden Preis zu üben. Um keinen Preis, nahm ich mir nun vor, auch wenn er ganz niedrig sein sollte.

Gallus sollte Recht geschehen! Ich durfte nicht handeln wie irgendein Barbar in den finsteren und feuchten Wäldern Germaniens, wo es – wie ich denke – kein geschriebenes Recht gibt, sondern es jedem selber überlassen ist, ein an ihm oder seiner Familie begangenes Verbrechen zu sühnen – nein, zu rächen! Da kamen mir nun auch Zweifel, ob der bisher eingeschlagene Weg der richtige war. Ich hatte ja fast schon die Denkweise eines Carnifex übernommen, wenn ich seine angebliche Auftraggeberin als die wahre Schuldige ansah. Ihn, der für Geld die Ermordung ausgeführt hatte, mußte doch zumindest die gleiche Strafe treffen! Ihn und seine Helfer hätte ich vor Gericht bringen müssen, und dort wäre mit Hilfe erfahrener *tortoris* die Wahrheit schon ans Licht gekommen. Leider dachte ich damals nicht so weit, sondern wischte meine Zweifel mit dem Argument beiseite, daß Lucretia zumindest in irgendeiner Weise an dem Fall beteiligt sei – was sie ja damit andeutete, als sie versprach, mich »zur rechten Zeit« die Wahrheit wissen zu lassen. Bis sie aber diese Zeit für gekommen hielt, durfte ich nicht untätig sein.

Am nächsten Tag wollte ich meine Suche nach Justus fortsetzen, hatte aber nicht daran gedacht, daß die *lupercalia* nahten und unser Princeps Augustus – immer großzügig, wenn es um die Unterhaltung des Volkes ging – dreitägige Spiele gestiftet hatte, die aufgeteilt waren in Pferderennen, Gladiatorenkämpfe und Tierhetzen.

Als ich mit Pernix darüber sprach, sah ich seine Augen aufleuchten, deutete dies allerdings falsch. Lachend fragte ich ihn:

»Ah, reizen dich die Fechterspiele? Möchtest wohl deine alten Genossen aus der Gladiatorenschule wiedersehen?«

Da verdüsterte sich seine Miene.

»Nein, Herr, das ist es nicht, denn ich muß mich fragen, ob von denen überhaupt noch welche leben. Nein, ich hätte zu gerne einmal *venationis* gesehen! Wenn sie da fremde Tiere aus aller Welt heranschaffen und die in der Arena aufeinanderhetzen ...«

»Nun gut«, entschied ich, »warum sollst du dir dieses Vergnügen nicht gönnen? Aber mich laß dabei aus dem Spiel! Als ich noch jünger war, hat es mir schon Spaß gemacht, dabei zuzusehen, aber jetzt ... Ich zahle dir den Eintritt, und du berichtest mir darüber, einverstanden?«

»Nein, Herr. Erstens einmal kostet es fast nichts, weil Augustus die Spiele gestiftet hat, und dann möchte ich dich gerade jetzt nicht alleine lassen. Du hast ja gestern wieder gesehen, daß sie dich nicht aus den Augen lassen.«

»Also gut, dann gehe ich eben mit.«

Daß mir dies dann doch erspart blieb, hatte ich meinem langjährigen Patienten Marcus Fulvius zu verdanken; übrigens einen der feinsten Menschen, die ich in Rom jemals angetroffen habe. Wer wie ich durch seinen Beruf viel herumkommt, weiß, wie selten so etwas ist.

Fulvius litt an einer seltsamen Form von Asthma, die bei ihm drei- oder viermal im Jahr auftrat, und zwar immer dann, wenn sich an windstillen Tagen schwere kalte Luft über der Stadt zusammenballte und den ganzen Schmutz – Straßenstaub, Rauch, Ausdünstung von Mensch und Vieh – nicht nach oben entweichen ließ. Als Behandlung läßt man die Kranken Salpeterdämpfe einatmen, was aber nicht ungefährlich ist. Der griechische Arzt Dioskurides empfiehlt die Einnahme von Stechapfelauszügen – natürlich in stark verdünnter Form –, aber auch da bedarf es großer Erfahrung mit Pflanzengiften. Weitaus ungefährlicher ist es, die Kranken den Rauch von verglimmenden Stechapfelblättern einatmen zu lassen, was fast allen Asthmatikern große Erleichterung bringt.

Ich hatte also Pernix widerwillig meine Teilnahme an den Tierhetzen zugesagt, als ein Bote des Fulvius eintraf und mich dringend um einen Besuch bat. Wie fast alle meiner langjährigen Patienten wohnte Marcus Fulvius ganz in der Nähe, und zwar nördlich des Clivus Capitolinus.

Während Pernix alles Nötige in meinen Arztkoffer packte, schlug ich vor:

»Wir machen es so: Du begleitest mich bis zum Haus des Fulvius, verbringst den Nachmittag im Circus und holst mich am Abend dort wieder ab.«

Pernix, der sein Amt als mein Leibwächter sehr ernst nahm, dachte angestrengt nach, fand aber kein Haar in der Suppe.

»Gut, Herr, so machen wir es, aber du mußt mir versprechen, das Haus nicht zu verlassen.«

Ich schlug ihm auf die Schulter und lachte.

»Ich verspreche es!«

Marcus Fulvius war der Enkel eines Sklaven und der Sohn eines Freigelassenen. Dieser hatte eine goldene Hand für allerlei Geschäfte gehabt und war in kurzer Zeit sehr reich geworden. Er hatte sich alles kaufen können, doch das römische Bürgerrecht war ihm versagt geblieben, weil es Nachkommen von Unfreien erst in der dritten Generation zugestanden wird, was auf Marcus Fulvius nun zutraf. Sein Vater hatte für eine gründliche Ausbildung gesorgt – er, der nur mühsam seinen Namen schreiben konnte, wollte im Sohn alles nachholen, was ihm versagt blieb. So wurde aus Fulvius ein reicher, hochgebildeter römischer Bürger, der die Geschäfte des Vaters nach dessen Tod eine Zeitlang unlustig weiterführte, dann aber alles verkaufte und verpachtete, um nur noch seinen Neigungen zu leben.

Ich hatte ihm schon oft ganz dringend angeraten, die ungesunde Wohngegend mitten im dichtbesiedelten Kern der Stadt zu verlassen, doch dazu hatte er sich bisher nicht entschließen können.

Wenn Asthmakranke im akuten Stadium ihrer Krankheit sich flach hinlegen, drohen sie zu ersticken. So traf ich Fulvius in einem Sessel sitzend an, im Rücken von einigen Kissen gestützt. Er lächelte schwach.

»Es ist doch immer wieder dasselbe: Kaum erscheint der Arzt, so tritt die Krankheit den Rückzug an. Wenn du dich ganz still verhältst, wird sie aus ihrem Winkel wieder hervorkriechen.«

Als Witwer hatte Fulvius ein zweites Mal geheiratet und es inzwischen auf sieben Kinder gebracht. Ein Teil davon befand sich noch im Schulalter, wurde von ausgezeichneten Lehrern unterrichtet, zusammen mit begabten Kindern seiner Haussklaven.

»Nach meinem Tod werden sie alle frei, und dann kann es ihrem Fortkommen nur förderlich sein, wenn sie schreiben und lesen können.«

In seinem Haus gab es weder Peitsche noch Stock, denn er bestrafte unverbesserlich faule, dumme oder allgemein unbrauchbare Sklaven – was sich aber nicht auf Krankheit bezog – mit Verkauf an Betriebe, wo sie nur einfache körperliche Arbeit verrichten mußten. Einen Teil seines Einkommens verwandte er darauf, jungen und begabten Dichtern die Verbreitung ihrer Werke zu ermöglichen, und wenn ihn einer besonders begeisterte, holte sich Fulvius zwei Dutzend Kopisten ins Haus, die sich unverzüglich ans Abschreiben machten.

Während wir uns unterhielten, bereitete ich die Stechapfelblätter vor. Ich zerkleinerte sie und feuchtete sie leicht an. Beim nächsten Anfall würde ich sie auf glühende Holzkohle legen, die bereits in einem Bronzebecken bereit stand.

»Herophilos, ich habe mich nun endlich entschlossen,

deinem Rat zu folgen. Sobald es wärmer geworden ist, werde ich meinen Haushalt hier auflösen und hinauf nach Tibur ziehen. Dort ist die Luft so rein, wie du sie mir verordnet hast. Zufrieden?«

Ich nickte.

»Wenn auch diese Einsicht ein wenig spät kommt, so ist es noch nicht zu spät. Allerdings wirst du dir dann einen anderen Arzt nehmen müssen...«

Über sein kluges, offenes Gesicht flog ein Schatten.

»Du wirst mir fehlen, Herophilos, aber das ganze menschliche Leben besteht aus Abschiednehmen. Abschied von der Kindheit, von den Eltern, von der Jugend, von Freunden, von der Gesundheit – vom Leben...«

»Das stimmt, aber wäre es besser, keine Kindheit, keine Eltern, keine Jugend, keine Freunde gehabt zu haben? Erst diese Dinge machen unser Leben köstlich, wenn auch um den Preis des Abschiednehmens.«

»Ja, man kann es auch so betrachten...«

Nach zwei Stunden schien ihn unser lebhaftes Gespräch erschöpft zu haben, und er lehnte sich weiter zurück. Plötzlich wurde sein Atem mühsam, seine Halsadern schwollen an, sein Gesicht verfärbte sich und ein seltsames Pfeifen drang aus seiner Kehle. Schnell richtete er sich wieder auf und umklammerte die Armlehnen des Sessels.

Schon bei den ersten Anzeichen hatte ich die feuchten Blätter auf die Glut gelegt, die ich durch leichtes Anblasen belebte. Bald stieg ein dichter weißer Rauch auf, und Fulvius beugte sich darüber. Zuerst mußte er jämmerlich husten, aber dann tat die Arznei ihre Wirkung, sein Körper entspannte sich, und er sank in seine Kissen zurück.

Wie stets ließ ich ihm so viel von den Blättern zurück, daß er sie noch einige Male gebrauchen konnte. Sein Leibdiener kannte die Methode der Anwendung.

Am Abend erschien Pernix, um mich abzuholen. Er lobte die Aufführungen, war begeistert von der Vielfalt an exotischen Tieren, wenn er auch bedauerte, daß die meisten davon den Tod gefunden hatten.

»Die Kosten müssen ungeheuerlich gewesen sein, wenn man bedenkt, daß viele dieser Tiere mit dem Schiff aus Afrika kommen. Aber unser Princeps scheut keinen Aufwand, wenn es darum geht, das Volk zu unterhalten.«

»Das könnte allerdings auch auf andere Art geschehen ...«, sagte Fulvius, und ich kannte ihn gut genug, um zu wissen, wie es gemeint war. Als wir draußen waren und uns etwas vom Haus entfernt hatten, blieb Pernix stehen und packte mich am Arm.

»Vor fremden Ohren konnte ich es dir nicht sagen, Herr, aber es sind unglaubliche Dinge geschehen – du wirst es kaum für möglich halten!«

So überschwenglich kannte ich ihn gar nicht, und wir gingen in eine der Schenken am Vicus Jugarius, wo man um diese Stunde fast alleine ist, weil die Leute vom nahegelegenen Kornmarkt ihre Geschäfte meist schon an den Vormittagen abwickeln.

»Du wirst Hunger haben?«

Er nickte.

»Und wie! Was im Circus angeboten wird, ist schlecht und viel zu teuer. Da spare ich mir meinen Appetit lieber auf, bis ...«

Ich lachte.

»Bis dein Herr ihn befriedigt.«

Da war er gleich beleidigt.

»Nein, das wollte ich nicht sagen!«

»Jetzt stell dich nicht so an; ich lade dich gerne ein.«

Wir tranken von dem einfachen, aber vorzüglichen Wein, und während in der Küche die für ihn bestellte Wurst brutzelte, erzählte mir Pernix von seinen Erlebnissen.

»Ich setze mich also in die oberen Ränge, wo die Plätze für das einfache Volk reserviert sind und wo es dann auch ziemlich eng wurde. Da quetscht sich in letzter Minute noch ein Kerl dazwischen, aber er sah anständig aus, war gut gekleidet, und wir kamen schnell ins Gespräch. Er deutete auf die unteren Sitzreihen und sagte, sein Herr sei ein unverbesserlicher Zuspätkommer und könne sich einfach nicht daran gewöhnen, daß manche Dinge nach einem Zeitplan verlaufen. Aber das sei eben so mit Menschen, die nie im Leben einer ernsthaften Arbeit nachgegangen seien. Das habe er nicht kritisch gemeint, denn wer Justus Lucretius diene, könne sich glücklich schätzen.«

Pernix nahm einen tiefen Schluck.

»Du kannst dir denken, Herr, daß ich beinahe von der Sitzbank gefallen wäre! Doch ich durfte mir nichts anmerken lassen, erzählte ihm von meiner Tätigkeit als *servus medicus*, ohne deinen Namen zu nennen oder meine Aufgabe als dein Leibwächter zu erwähnen. Ich tat sehr gelehrt, aber dann begann die Vorstellung mit einem Rudel halbverhungerter Wölfe, die auf zwei wilde Eber losgelassen wurden. Die Leute brüllten und tobten die ganze Zeit, so daß wir erst wieder während der Pause ins Gespräch kamen. Das war aber nur eine kurze Unterhaltung, denn Tiro – so hatte er sich mir vorgestellt – mußte seinen Herrn mit Speisen und Getränken versorgen. Ich hielt ihm unterdessen seinen Platz frei, auf den sich schon bald andere drängen wollten. Einen besonders Hartnäkkigen mußte ich dabei etwas grob anfassen ...«

Dabei betastete Pernix vorsichtig eine Stelle hinter dem Ohr.

»Ja, er hat damit angefangen, aber nur einen Schlag anbringen können. Den gab ich ihm gleich zurück, und er ging zu Boden. Die anderen waren auf meiner Seite, weil sie gesehen hatten, wer den Streit begann. Wir jagten ihn davon, und bald erschien Tiro wieder. Ich habe ihn dann behutsam über die Gewohnheiten seines Herrn ausgehorcht, und er schien geradezu stolz darauf, daß ich mich dafür interessierte. Dann prahlte ich mit meinen Kenntnissen über die noblen Gasthäuser auf dem Marsfeld, und er meinte erstaunt, da sei es schon verwunderlich, daß er uns noch nicht gesehen habe, denn sein Herr bevorzuge zum Speisen den ›Tiger‹ und zum Trinken die ›Feuchte Spalte‹. Dort trifft er sich jeden Donnerstag mit Freunden, um *latrocinium* zu spielen. Was sagst du jetzt?«

Er blickte mich stolz an. Ich hob meinen Becher.

»Das ist so unglaublich, daß wir darauf trinken müssen.«

Dann kam die Bratwurst, und ich überließ Pernix seiner Mahlzeit, kaute Nüsse und Feigen, während mir dringende Fragen auf der Seele brannten. Kaum hatte Pernix den letzten Bissen mit einem Schluck hinuntergespült, legte ich los.

»Hat Tiro etwas über die privaten Verhältnisse seines Herrn erzählt?«

»Nein, da wich er jedesmal aus, als sei es ihm verboten, darüber zu reden.«

»Wie bist du mit ihm verblieben?«

»Daß wir uns bald einmal auf dem Campus Martius sehen.«

»Das werden wir«, sagte ich, »das werden wir mit Sicherheit!«

Über das Wesen und das Vorhandensein von Zufällen sind ja die Meinungen recht geteilt. Die einen sind fest davon überzeugt, daß alles vom Schicksal vorherbestimmt ist und man bestenfalls eine Andeutung der Zukunft in gewissen Zeichen findet, in denen angeblich die Absichten der Götter zum Ausdruck kommen. Dazu gehören die verschiedenen Himmelszeichen, der Vogelflug, die Eingeweideschau und vieles mehr.

Andere aber meinen, unser Lebensweg sei von den Launen des Zufalls und der Kausalität bestimmt. Daran dachte ich jetzt im Zusammenhang mit den Erlebnissen meines Dieners. Wäre ich mitgegangen, so hätten wir uns vermutlich auf einen anderen Platz gesetzt, und ich müßte meine schwierige Suche nach Justus von vorne beginnen. Nun aber wußte ich, wo er verkehrte und wann er sich mit seinen Freunden zum Brettspiel traf.

Soll ich es einen Wink des Schicksals nennen? Von außen einbrechende Zufälle können übrigens die Kausalitätsreihe empfindlich stören. Wenn ich eilig zu einem sterbenden Patienten gerufen werde, den ich mit meiner Kunst retten könnte, und auf dem Weg dorthin gerate ich unter die Hufe eines wildgewordenen Prätorianerpferdes, so daß ich verletzt nach Hause getragen werden muß, stirbt der Patient. Nun hat aber zufällig ein Prätorianer-Centurio den eiligen Befehl erhalten, von hier nach dort zu reiten, da er aus Rom stammt und sich so gut auskennt, daß er die kürzesten Wege nehmen kann. Viele seiner

Kameraden kommen aus anderen Orten und wären andere Wege geritten. Der Befehl aber war eilig, weil er von höheren Orts vertrödelt wurde und zu spät eintraf...

So greift eines ins andere und am Ende stehen mein Patient und ich, die unter Dingen leiden müssen, an denen sie keinen Anteil haben und auf die sie keinen Einfluß nehmen können.

Was ich hier etwas ausführlicher darstelle, ging mir damals nur kurz durch den Kopf. Die Tierhetze und Pernix' Begegnung mit Tiro, dem Leibdiener des Justus Lucretius, fanden an einem Dienstag statt, und zwei Tage später – also am Donnerstag – wollte ich ein ›zufälliges‹ Treffen mit dem angeblichen Geliebten der Lucretia herbeiführen. Freilich mußte ich damit rechnen, daß Justus gerade an diesem Tag verhindert war, aber das hätte nur einen kleinen Aufschub bedeutet.

Daß *ich* verhindert sein könnte – damit rechnete ich nicht.

15

Am Mittwoch früh, kurz vor Sonnenaufgang, pochte ein Bote an unsere Tür, den Pernix – mißtrauisch wie stets – mit der Hand am Schwertgriff empfing. Ich kannte den Burschen als einen der älteren *pueri* im Schwulenhaushalt des Cornelius Livius, den ich heute an Julias Besuchstag ohnehin getroffen hätte. Dem stockenden Bericht des verstörten Jungen konnte ich nur entnehmen, daß mit seinem Herrn etwas nicht stimmte. Er habe mitten in der Nacht um Hilfe gerufen, dann aber nur wirres Zeug und zuletzt gar nicht mehr geredet.

Wir kleideten uns hastig an und bestiegen die Doppelsänfte, die der Bote mitgebracht hatte.

Bei Mercurius, dem Götterboten, konnten diese Burschen nicht schneller laufen! Aber zum Wohnhaus des Livius an der Aqua Agrippa war es doch ein langer Weg, und wenn wir jetzt wie Gehetzte ins Haus liefen, so konnte die dadurch gewonnene halbe Minute nichts mehr an der Lage ändern.

In der Schlafkammer waren Julia, der Majordomus und

zwei seiner derzeitigen Lieblinge um das Krankenbett versammelt. Livius lag ganz ruhig da, atmete schwach aber regelmäßig, und sein Gesicht hatte eine gesunde Farbe. Jeder Arzt weiß, wie sehr das täuschen kann, denn bei Störungen, die nicht aus dem Herzen oder anderen Organen, sondern aus dem Kopf kommen, hat diese lebensfrische Gesichtsfärbung nichts zu sagen und führt eher zu einer falschen Diagnose.

Ich legte mein Ohr an sein Herz, prüfte Puls und Atmung, aber weniger gefiel mir, daß sein Mund einseitig nach unten verzogen war und etwas Speichel herausfloß. Auf dieser Seite hing auch das Augenlid schlaff herab, während das andere einen Spalt geöffnet war. Ich hob die Lider – beide Pupillen waren stark vergrößert. Dann schickte ich die Anwesenden hinaus, um in Ruhe meine Untersuchungen zu machen. Pernix deckte den Kranken ab, und ich sah das linke Bein leicht angewinkelt, während das rechte schlaff und bewegungslos ausgestreckt lag.

»Vermutlich ein Schlaganfall, der die rechte Körperhälfte gelähmt hat.«

Ich deutete auf das schlaffe Augenlid, den verzerrten Mund, das wie tot daliegende Bein.

»Ist da noch etwas zu machen?«

»Nein, man kann ihm nur ein schnelles Ende wünschen. Du kennst ja einige meiner Patienten, die einen solchen Schlaganfall überlebt haben. Das sind meist nur noch lebende Leichname.«

Pernix nickte traurig und deckte den Kranken wieder zu. Ich ließ Julia hereinkommen.

»Da ist wenig Hoffnung. Ich zweifle daran, ob er noch einmal erwachen wird – es wäre auch besser für ihn, er tut es nicht.«

Dann erläuterte ich ihr meine Diagnose und bat sie, die *pueri* auf sein Ableben vorzubereiten.

Julia schien ergriffen, weinte etwas und fragte dann zornig:

»Wo bleiben jetzt die helfenden Mittel der Medizin? Da könnt ihr Ärzte nur herumstehen und gelehrte Diagnosen verkünden!«

Ich sagte nichts, nahm ihren Arm, und wir setzten uns auf eine Bank im *vestibulum*, wo schon der Majordomus wartete. Ich wiederholte, was ich schon Julia gesagt hatte, und er zog sich mit einer Verbeugung zurück.

»Wenn wir Ärzte für jedes Übel ein zuverlässiges Mittel hätten, dann würden wir alle ewig leben, und Tod oder Krankheit müßten draußen vor der Tür bleiben. Wer ein Leben geführt hat wie dein Gemahl, der ist für ein solches Ende prädestiniert. Ich habe ihm das mehr als einmal gesagt, und es war seine freie Entscheidung, meine Warnungen in den Wind zu schlagen.«

Sie tupfte sich die Augen ab.

»Trotzdem ist es schlimm, wenn einer so daliegt ... Er war kein schlechter Mensch ...«

»Da macht der Tod keinen Unterschied. Ob schlecht oder gut, jung oder alt, schön oder häßlich, er greift ganz nach Belieben zu. Livius hat sein Leben gelebt, wie er es wollte, und das ist nicht jedem vergönnt.«

Sie schwieg, und ich stand auf.

»Ich werde bei ihm die nächsten Stunden wachen und lasse dich rufen, wenn sich etwas ändert.«

Pernix saß am Bett des Kranken und blickte auf, als ich eintrat.

»Gehe in die Küche und laß dir ein Frühstück bereiten. Wenn ich dich brauche, rufe ich dich.«

Nach etwa einer Stunde begann sein Atem unregelmäßig zu werden. Das Luftholen schien ihm mehr und mehr Mühe zu bereiten, durch seine linke Körperhälfte ging von Zeit zu Zeit ein krampfhaftes Zittern. Um die Mittagszeit schlug er sein linkes Auge auf, doch er schien mich nicht zu sehen, wollte sich aufrichten, brachte es aber nur zu einem Heben des Kopfes. Sein verzogener Mund lallte etwas, seine linke Hand flatterte wie ein verletzter Vogel über die Decke, blieb dann leicht zitternd liegen. Wenig später drehte er den Kopf zur Seite, holte rasselnd Luft, dann nach einer Pause noch einmal – und damit war das Leben aus ihm gewichen. Ich schloß das halboffene Auge und ließ Julia rufen. Sie versammelte das Hausgesinde vor der offenen Tür, trat an das Sterbelager, schloß dem toten Gemahl zeremoniell Augen und Mund und rief mehrmals wehklagend seinen Namen.

Wie Livius schon zu Lebzeiten verfügt hatte, wurde kein *libitinarius* bemüht, sondern seine *pueri* erwiesen ihm die letzten Dienste. Sie wuschen den Leichnam, salbten ihn mit duftenden Ölen und bekleideten ihn mit seiner besten Toga. Dann trugen sie ihn feierlich ins Atrium und legten den Körper auf den *lectus funebris.* Der Majordomus schob dem Toten eine Münze in den Mund als Fährgeld für Charon. Vor dem Hausportal wurden einige Zypressen aufgestellt und ein *praeco* beauftragt, den Todesfall allen Verwandten und Freunden mitzuteilen.

Als der Patronus der *gens Cornelia* ins Haus kam, zog ich mich zurück und erschien erst wieder am dritten Tag bei der *pompa,* dem feierlichen Leichenzug. Es trafen mich allerlei scheele Blicke, aber als der langjährige Arzt des Verstorbenen konnte mir niemand meine Anwesenheit verbieten.

Voraus gingen die Flötenspieler und Fackelträger, gefolgt von den berufsmäßigen Klageweibern, die wehmütige Loblieder auf den Verstorbenen anstimmten. Etwa, daß er keinen seiner Sklaven verkaufte oder davonjagte, seine Gemahlin ehrte, seinen Sohn im altrömischen Geist erzog. Ich befürchtete fast, Livius würde von seiner Bahre springen und höhnisch lachend davonlaufen.

Dann folgten die Träger der *imagines maiorum*, der wächsernen Ahnenbilder, die, wenn sie vom wahren Leben dieses schwarzen Schafs der Livier gewußt hätten, vor Entsetzen in Stücke gefallen wären. Gleich dahinter gingen vier kräftige Freigelassene, die auf ihren Schultern die Totenbahre trugen. Ihnen folgten die Verwandten in schmuckloser Trauerkleidung, vorweg Julia mit aufgelöstem Haar, begleitet von der Amme mit dem greinenden Gratus.

Nach altem Brauch hätte jetzt die *pompa* ihren Weg zum Forum nehmen müssen, wo Freunde oder Verwandte die *laudatio funebris* halten würden, aber das hatte sich Livius in einer Beischrift zum Testament verbeten. So nahm der Zug gleich den Weg nach Süden und traf nach einer halben Meile auf das *diverticulum*, wo die Via Latina von der Via Appia abzweigt und sich das Mausoleum der Cornelier befand. Dort war schon der Scheiterhaufen geschichtet, den – falls es ihn gab – der älteste Sohn des Verstorbenen zu entzünden hatte. Da dieser aber noch ein kleiner Junge war, ließ man ihn mit seiner winzigen Hand die Fackel berühren, die dann ein Verwandter an den Holzstoß legte.

Mein Gehilfe Pernix war der *pompa* mit zwei Leihpferden gefolgt, und noch ehe der Zug sich auflöste, ritten wir auf der Via Appia zurück. Daß Pferde und Wagen in der

Innenstadt untertags verboten waren, mußte uns nicht kümmern, weil es für Ärzte Ausnahmegenehmigungen gab. Dennoch habe ich mir nie ein eigenes Reittier zugelegt, weil ich den Ritt durch unsere dicht bebaute Stadt mit den vielen Menschen für weitaus gefährlicher halte, als eine Reise mit Maultier oder Pferd nach Neapolis.

Die Zeit hätte noch hingereicht, den Campus Martius aufzusuchen, aber ich hatte keine Lust mehr dazu und verschob es auf den nächsten Donnerstag. Dadurch riskierte ich freilich, daß Carnifex sich erneut melden würde – auf welche Weise auch immer.

Von meiner Tür entfernte ich das ohnehin nicht sehr wirksame Schild von der zeitweiligen Schließung. Ich wollte wieder uneingeschränkt für meine Kranken da sein und sah auch meinem Pernix an, daß er sich darüber freute.

»Das ist gut und richtig, Herr. Die Sache mit Justus werden wir so nebenbei erledigen, dafür stehe ich ein.«

Ich grinste spöttisch.

»Pernix, ich durchschaue dich! Dir geht es ja vor allem darum, daß wir unseren gewohnten Rundgang machen und einen bestimmten Patienten aufsuchen. Dieser beschäftigt eine junge Köchin, der du jedesmal einen Besuch abstattest – angeblich, um einen Becher Wasser zu trinken gegen den Durst, der dich seltsamerweise jedesmal genau dort überfällt.«

Da wurde der Bursche rot und senkte den Kopf. Kann man sich vorstellen, daß ein ehemaliger Gladiator rot wird, wenn das Gespräch auf ein bestimmtes Mädchen kommt?

Zwei Tage später bestellte mich ein Bote zum Advocatus

des Cornelius Livius wegen der Verlesung des Testaments. Anwesend waren Julia, dann der Patronus der Cornelier, ein Advocatus der Julier und einer der beiden *praefecti* der Palatinischen Bibliothek, die über eine lateinische und eine griechische Abteilung verfügte.

Der Advocatus, ein älterer Herr mit verschlossenem Gesicht und gemessenen Bewegungen, begrüßte uns sehr förmlich.

»Meine Dame, meine Herren – ich werde nun die Nachlaßbestimmungen des bei mir von Cornelius Livius hinterlegten Testamentes verlesen. Vorweg möchte ich bekanntgeben, daß der Verstorbene seine Verfügung über eine Aufteilung seines Vermögens zwischen der *gens Cornelia* und der *gens Julia* vor kurzer Zeit für ungültig erklärt hat.«

»Das ist doch nicht möglich! Das ist gegen unsere Abmachung! Dagegen protestiere ich!«

Der Patronus war vor Erregung halb aufgesprungen, hatte sich aber gleich wieder hingesetzt.

Der Advocatus hob unwillig die Brauen.

»Bitte keine Zwischenbemerkungen während der Verlesung! Wer mit dem Testament nicht einverstanden ist, kann an geeigneter Stelle privatrechtliche Klage dagegen erheben.«

Offenbar ziemlich schwachsichtig, hielt er sich das Testament dicht vor die Augen. Als er die Begünstigten nannte, ließ er das Papier sinken.

»Sind die vier Genannten noch am Leben?«

Julia hob die Hand.

»Ich bin Julia, die Witwe des Cornelius Livius; mein Sohn Gratus ist etwa ein halbes Jahr alt – gesund und munter. Unser Hausarzt kann dies bezeugen.«

Ich stand auf.

»Ich bezeuge es und melde mich als einer der Erbberechtigten. Mein Name ist Herophilos, römischer Bürger und Arzt an der Pons Fabricius.«

Der Preafectus der Palatinischen Bibliothek blieb sitzen.

»Ich vertrete den lateinischen Teil der von unserem Princeps Augustus gestifteten Bibliothek auf dem Mons Palatinus. Diese Institution ist am Leben und wird es – mit dem Willen der seligen Götter – noch viele *saeculi* bleiben.«

Der Advocatus las zu Ende und blickte auf.

»Hat jemand noch Fragen?«

Der Vertreter der *gens Julia* erhob sich.

»Keine Fragen, aber eine Anmerkung. Als Cornelius Livius sich mit uns über die Aufteilung seines Vermögens absprach, tat er dies mit dem vor elf Monaten verstorbenen Patronus der Julier. Sein Nachfolger legt keinen Wert mehr auf diese Abmachung und erkennt ihre hier schon festgestellte Ungültigkeit an. Das würde ich übrigens auch dem Patronus der Cornelier empfehlen. Geltendes Recht läßt sich nicht beugen.«

Ich spürte, wie es im Raum knisterte. Der angesprochene Patronus wird sich gedacht haben: Wenn ich gegen ein Testament protestiere, das die Palatinische Bibliothek am Nachlaß beteiligt, dann mache ich mir die Julier zum Feind, denn das eigentliche Haupt der *gens Julia* ist der erhabene Augustus ...

Langsam stand er auf.

»Gut, ich lasse mich gerne von einem Fachmann belehren und nehme den Protest zurück, um einen anderen zu erheben. Als Patronus der Cornelier kann ich es nicht zulassen, daß eine mir unbekannte und nicht mit unserer Familie verwandtschaftlich oder als Klient verbundene Person Vormund des Cornelius Gratus wird. Es ist altrömischer Brauch, daß allein der Familienrat – dessen Patronus ich bin – über die Vormundschaft eines Anverwandten bestimmt. Julia, als Witwe des Cornelius Livius, kann sich am Rat beteiligen, doch den Arzt Herophilos lehnen wir als Vormund des Gratus ab. Dazu sind wir im Rahmen des Familienrechts befugt.«

Der Advocatus erhob sich.

»Gut, ich nehme es zur Kenntnis und schließe die Verlesung ab.«

Dieser Tag hatte mich um ein beträchtliches wohlhabender gemacht, doch es wollte sich keine Freude darüber einstellen. Auch machte ich mir keine Illusionen darüber, daß mir Julia als Witwe nun nähergerückt sei. Das Gegenteil war der Fall. Zuvor konnte ich sie im Hause ihres Gemahls unbehelligt mehrmals in der Woche besuchen, nun aber stand sie unter dem Patronat der Cornelier, deren Sippe sie als Witwe des Livius und Mutter ihres Sohnes Gratus nun erst recht angehörte.

Auch jetzt belegte sie der Patronus mit Beschlag, und da sie gemeinsam eine Sänfte bestiegen, konnte ich kein Wort mit ihr wechseln.

So ging ich am nächsten Tag auf gut Glück in ihr Haus, das genaugenommen nicht mehr das ihre war, da es ja laut testamentarischer Verfügung zugunsten der nun freigelassenen *pueri* verkauft werden sollte.

»Soweit ist es noch lange nicht«, beruhigte mich der Majordomus. »Wir haben einen ziemlich hohen Preis angesetzt, und so müssen wir eben warten, bis einer anbeißt. Bis dahin kann die Witwe Julia selbstverständlich hier wohnen!«

Ich bedankte mich und ging zu ihren Gemächern hinüber. Sie war gerade dabei, eine Liste zu verfassen von dem, was ihr gehörte und was sie mitzunehmen dachte. Wir küßten uns.

»Natürlich habe ich schon einiges mitgebracht, als ich hierher zog, aber es hat sich alles auf wunderbare Weise verdreifacht.«

Sie legte die Feder weg und beschwerte die Schreibrolle mit einem Juno-Figürchen, das ich ihr vor langer Zeit einmal geschenkt hatte.

»Wir werden unser Leben ändern müssen ...«, begann ich meine Rede.

»Du doch nicht!« entgegnete sie vorwurfsvoll. »Was wird sich bei dir schon groß ändern? Du führst deine *taberna medica* weiter wie bisher, versuchst weiterhin, den Mörder deines Gallus ausfindig zu machen ...«

»Das gehört nicht hierher! Du und Gratus, ihr seid für mich das Wichtigste auf der Welt, und das weißt du.«

»Es freut mich dennoch, wenn ich es von Zeit zu Zeit höre. Entschuldige meinen scharfen Ton, aber der Patronus hat mich erneut vor die Wahl gestellt. Man müßte es als Erpressung bezeichnen, aber diese Herren sehen das wohl anders.«

Als die Amme mit unserem Sohn an der Tür erschien, bat sie die Frau, später wiederzukommen – etwa in einer Stunde. Sie setzte sich zu mir, während draußen ein verirrter Vorfrühlingstag – es war für Ende Februar ungewöhnlich warm gewesen – mit einem grandiosen Sonnenuntergang zu Ende ging.

»Der Patronus hat von mir verlangt, daß ich mit Gratus

in ein Mietshaus der Cornelier ziehe, wo arme Witwen, überzählige Tanten und eine Reihe bedürftiger Klienten untergebracht sind. Dort will man mich im Auge behalten, mich und meinen Besitz, auf den sie es noch immer abgesehen haben. Zusammen mit Gratus habe ich die Hälfte von Livius' Nachlaß bekommen, das ist schon ein ansehnliches Vermögen. Ich habe natürlich abgelehnt, mich in dieses Gefängnis abschieben zu lassen, auch mit dem Hinweis auf mein Gut in Sicilia, das ich längst kennenlernen und inspizieren sollte. Die sauren Mienen kannst du dir denken, als ich die von Livius weit zurückdatierte Überschreibungsurkunde vorlegte. Druck erzeugt Gegendruck, und in einem solchen Fall muß jede Partei etwas nachgeben. Wir haben uns folgendermaßen geeinigt: Ich ziehe mit Gratus auf das Gut, wobei ein in Sicilia lebender Cornelier die Vormundschaft übernimmt und den von Gratus geerbten Vermögensanteil verwaltet. Weil eine Frau das nicht kann! Bei seiner Volljährigkeit soll unser Sohn nach Rom gebracht werden zur feierlichen Einkleidung in die *toga virilis.* Dort wird der Familienrat – dem ich gnädigerweise angehören darf – über seine Zukunft entscheiden.«

Sie blickte mich erwartungsvoll an.

»Und worin besteht meine Rolle in dem Erpresserspiel? Soll ich auf deinem sizilischen Gut den Majordomus spielen? Wie stellst du dir das vor? Die Insel ist viele Tagesreisen entfernt – das ist nicht, als reite man schnell nach Ostia oder Tusculum!«

»Eigentlich habe ich gehofft, du würdest mitkommen«, sagte sie mit kleiner Stimme, »da wir für dich doch das Wichtigste sind. Du könntest deine eingeführte Praxis verpachten oder verkaufen. Das Gut ist nicht weit von Panormus entfernt, einer volkreichen, sehr schön gelegenen Stadt – so jedenfalls erzählte es mir Cornelius Livius, der es früher einmal besucht hat. Vielleicht werden wir dann auch heiraten können ...«

Es ist schon seltsam: Die meisten der geborenen Römer können sich ein Leben außerhalb unserer Stadt nicht einmal vorstellen, während viele aus der Provinz stammende zeitlebens davon träumen, in Rom ansässig zu werden.

»Das wäre schon möglich, denn hier würden sie uns so viele Knüppel zwischen die Beine werfen, daß wir den Plan aufgeben müßten. Aber ...«

»Halt, mein Lieber, laß mich noch etwas dazu sagen. Auch wenn wir uns dort verheiraten, so sind wir keineswegs mit Sicilia verheiratet, obwohl die Insel – wie uns die Geschichte lehrt – stets eine begehrte Partie gewesen ist. Wir könnten dort ein paar Jahre leben, und wenn wir nach vier oder sechs Jahren als Ehepaar nach Rom zurückkehren, wird man es wohl akzeptieren müssen.«

Sie war schon ein kluges Köpfchen, meine Juno, und wie sie den Plan so darlegte, klang er gar nicht so übel, denn er hatte nichts Endgültiges und die Brücke nach Rom war nicht abgebrochen.

»Da würde ich dann meine *taberna* nicht verkaufen, sondern nur verpachten ...«

»Wir brauchen nichts zu überstürzen, Liebster. Da ich die Reise überwiegend zur See unternehmen werde, weil es für Gratus weniger anstrengend ist, müssen wir ohnehin bis Ende April warten. Inzwischen kannst du deinen Fall klären und für die *taberna* einen Pächter suchen.«

»Ob ich Pernix hierlassen soll? Er kennt sich in allem so gut aus und wäre für den neuen Arzt eine wertvolle Hilfe.«

»Du hast ihn freigelassen und kannst nicht mehr über ihn bestimmen. Frag ihn am besten selber.«

Das tat ich dann auch und biß sofort auf Granit.

»Allein hier in Rom bleiben? Niemals, Herr, das kannst du mir nicht zumuten! Gut, ich bin kein Sklave mehr, kann tun und lassen, was ich will – aber ich will nicht! Wir sind so schön eingespielt als Arzt und sein Gehilfe, außerdem wirst du dort bei den Barbaren erst recht einen Leibwächter brauchen.«

Da mußte ich laut herauslachen.

»Bei den Barbaren? Was denkst du? Weißt du nicht, daß das griechische Sikelia schon eine blühende Insel war, als in Rom nur ärmliche Bauern lebten? Damals waren wir die Barbaren, Pernix, ohne Schrift, ohne Geschichte, ohne einen Olymp. Wir dürfen uns da nichts vormachen, ohne das alte Hellas wäre es um die römische Kultur schlecht bestellt. Sogar ihre Götter haben wir ihnen gestohlen – aus Zeus wurde unser Jupiter, aus Hera Juno, aus Aphrodite Venus, aus Mercurius Hermes, und der alte Hirtengott Pan ist unser römischer Faunus. Eine Kultur aus zweiter Hand, Pernix, aber doch kraftvoll, klug und inzwischen die Welt beherrschend.«

»Davon wußte ich nichts, Herr, einem Sklaven bleibt solch ein Wissen verborgen. Aber um auf unser Thema zurückzukommen: Ich will nicht ohne dich hierbleiben, und der neue Arzt wird sich alleine zurechtfinden müssen. Wenn du mich nicht nach Sicilia mitnimmst, gehe ich in die Gladiatorenschule zurück. Vielleicht kann ich dort Lehrer werden – oder noch besser: Gehilfe des dort tätigen Arztes. Aber gerne täte ich es nicht …«

»Nun gut, Pernix, aber du mußt damit rechnen, auf

dem Gut eine andere Arbeit zu übernehmen, weil es nicht sicher ist, ob ich dort als Arzt Fuß fassen kann. Vielleicht als Aufseher über die Sklaven ...«

Er blickte mich zweifelnd an.

»Ich, der ehemalige Sklave, soll Sklaven beaufsichtigen?«

»Warum nicht? Aber das ist nur eine *fictio*, da wir ja nicht wirklich wissen, was uns dort erwartet. Ein anderer Vorschlag: Ich werde einer der Erben des Cornelius Livius sein und kann dir eine stattliche Abfindung zahlen. Du hast viel Wissen über Arzneien gesammelt und könntest als *pharmacopola* eine *taberna* eröffnen. Der unsere ist – wie du weißt – längst ein reicher Mann geworden.«

Störrisch schüttelte er seinen Kopf.

»Nein, Herr. Ein Freigelassener kann in Rom nur als Klient eines Patronus etwas werden. Ohne diese Rückendeckung gerätst du schnell zwischen die Mühlsteine. Genau gesehen bist du mein Patronus, aber dann hundert Tagesreisen entfernt auf einer fernen Insel – wie heißt sie gleich? Sikelia?«

»So nannten die Griechen sie. Auf lateinisch heißt sie Sicilia.«

»Wie auch immer ... du verstehst meine Bedenken, Herr?«

»Ich verstehe sie und habe dich gern an meiner Seite, Pernix. Aber Sicilia ist nicht Rom, wir werden uns umstellen müssen.«

Er lachte voller Zuversicht.

»Dann stellen wir uns eben um!«

Ich muß gestehen, daß mich die Treue meines Dieners anrührte und freute. Viele Freigelassene warten nur auf den Augenblick, sich endlich selbständig machen zu können, und jeder Römer weiß, daß es unter ihnen außerordentlich tüchtige Leute gibt, die es schnell zu etwas bringen. Wie man hört, mehren sich sogar die Fälle, da der Reichtum ehemaliger Sklaven zur Rettung für verarmte Patrizierfamilien wurde. Da jeder aus dem Ritterstand ausgeschlossen wird, der nicht ein Vermögen von mindestens vierhunderttausend Sesterzen aufweisen kann, waren die reichgewordenen Freigelassenen für verarmte Familien oft der letzte Rettungsanker. Freilich geschah dies auch aus Eigennutz, denn als Klient einer verarmten Patrizierfamilie sinkt auch das eigene Ansehen, und eine solche Hilfeleistung wirkte sich letztlich zu beider Vorteil aus.

16

Schneller als erwartet war es wieder Donnerstag geworden, und Pernix versäumte nicht, mich an unser Vorhaben zu erinnern.

»Du hast nicht vergessen, Herr, daß dieser Justus jeden Donnerstag . . .«

»Bei Castor und Pollux – nein, ich habe es nicht vergessen! Wenn mir nicht ein dringender Fall dazwischenkommt, werden wir uns am späten Nachmittag auf den Weg machen.«

»Fast scheint es, als wünschtest du dir einen solchen Fall . . .«

Ich zog ihn am Ohr, so derb, daß er eine Grimasse schnitt.

»Glaube ja nicht, daß ich solche Frechheiten dulde – auch nicht von einem Freigelassenen!«

»Ist ja gut, Herr, ich meinte ja nur.«

Nun, es gab keinen Notfall, und so machten wir uns auf den Weg. Erst jetzt kam mir zum Bewußtsein, daß der

›Equus niger‹, die Gaunerkneipe, wo Macer für seinen Herrn hofhielt, nicht weit von den Gaststätten der Wohlhabenden entfernt war. Dort konnte man für zwei Sesterzen nach Herzenslust essen und trinken, während zu diesem Preis in der ›Sonne‹, im ›Tiger‹ oder in der ›Feuchten Spalte‹ bestenfalls ein Körbchen mit etwas Brot zu kriegen war.

Wieder waren wir viel zu früh dran und wurden scheel angeschaut, als wir im ›Tiger‹ schon zur zweiten Nachtstunde etwas zu essen verlangten.

»Im Grunde haben wir um diese Zeit noch nicht geöffnet«, gab der Wirt zu bedenken.

»Dann hättest du deine Tür versperren müssen, *caupo*, aber sie stand weit offen.«

Natürlich hatte ich absichtlich die Bezeichnung für einen schäbigen Kneipenwirt gebraucht, obwohl sich hier die Gastwirte normalerweise als *hospes* bezeichneten, was weitaus vornehmer klang.

Doch er besann sich auf seine Stellung, schluckte die Beleidigung und bog sie sogar ins Scherzhafte ab.

»Zu Diensten, meine Herren! Was kann der *caupo* euch bieten? Unsere *pultes Juliane* ist schon am Köcheln. Diese dicke Suppe kann man nicht mehr als Vorspeise bezeichnen, das ist schon eine Mahlzeit für sich, aus Grütze, Öl, Kalbshirn, zartem Fleisch, gewürzt mit Pfeffer, Fenchel, Liebstöckel, *garum* und etwas Wein.«

»Klingt nicht schlecht«, bemerkte Pernix, was den Wirt sehr irritierte.

»Dein Sklave ist etwas vorlaut, nicht wahr?«

Ich tat empört.

»Glaubst du, ich würde mich mit einem Sklaven zu Tisch setzen? Pernix ist ein freier Mann und mein bewährter Leibwächter dazu!«

»Oh – verzeih, das wußte ich nicht. Wollt ihr von der Suppe kosten?«

»Gut, dazu frisches Brot und halb-halb gemischten Wein.«

Er verneigte sich.

»Kommt sofort!«

»Noch eine Frage? Ist Justus Lucretius öfter dein Gast?«

»Tut mir leid, aber über meine Gäste gebe ich keine Auskunft. Da du ihn ja kennst, brauchst du ihn nur anzusprechen, sollte er hier erscheinen.«

Die Suppe erwies sich als köstlich, so daß wir noch eine zweite Portion bestellten.

»Und wenn er heute nicht hierherkommt?«

»Dann wird er, so wie Tiro es dir sagte, drüben in der ›Feuchten Spalte‹ seinen Spielabend haben – hoffe ich wenigstens.«

Doch wir hatten Glück – ein Glück allerdings, mit dem wir nichts anfangen konnten.

Wir hatten gerade unsere zweite Portion vertilgt, und ich war so satt, daß ich mich nicht mehr fähig fühlte, mich vom Stuhl zu erheben.

»Mir ist, als hätte ich ein ganzes Wildschwein verdrückt...«

Pernix nickte matt.

»Da mag man nicht glauben, daß man jemals im Leben noch eine Mahlzeit schafft und doch ... und doch ...«

Ich half ihm weiter.

»Und doch sind morgen früh unsere Mägen wieder so leer, als hätte es diese Suppe nie gegeben. Wir könnten noch einen Becher Wein trinken und dann...«

Ich hielt inne, denn an der Tür entstand einiger Lärm.

Der Wirt und zwei seiner Bedienungen umschwirrten mit vielen tiefen Verbeugungen eine Gruppe einkehrender Gäste.

»Es scheint, als käme Princeps Augustus in eigener Person ...«, flüsterte ich Pernix zu.

Es fielen die Worte Senator und Konsul, so daß mein Diener seinen Kopf verdrehte und wie gebannt auf die neuen Gäste starrte.

Das ärgerte mich. Ich fauchte ihn an:

»Tu mir den Gefallen und benimm dich nicht wie ein Bauer aus der tiefsten Provinz! Solche Leute gibt es in Rom zu tausenden, wenn du die Exsenatoren und gewesenen Konsuln noch dazurechnest. Schließlich amtieren Jahr für Jahr zwei neue Konsuln und bei Todesfällen sind es noch mehr. Also kein Grund, sich aufzuregen.«

»Ich rege mich nicht auf, Herr, aber so oft sieht man diese hohen Amtsträger auch wieder nicht.«

Doch er besann sich, drehte den Kopf zurück und verfolgte die Herren nur noch aus den Augenwinkeln. Plötzlich packte er meinen Arm.

»Da ist Tiro! Vorne rechts, der mit dem braunen Beutel in der Hand.«

»Aber wo ist dann Justus?«

»Den kenne ich so wenig wie du, doch wir brauchen nur zu warten, bis sie alle Platz genommen haben.«

Für die hohe Gesellschaft wurden bequeme *lectuli* im Kreis aufgestellt, davor ein langer Tisch. Die Ranghöchsten nahmen in der Mitte Platz, Justus jedoch ganz außen, erkennbar daran, daß Tiro hinter seinem *lectus* stand.

Inzwischen war es dunkel geworden, und der Wirt tat alles, um die illustre Gesellschaft zu erleuchten. Eine Reihe von Öllampen auf hohen Bronzefüßen wurde herbeigebracht und hinter den Gästen sowie zu beiden Seiten des Tisches aufgestellt.

So konnte ich Justus deutlich erkennen, während wir in unserer dunklen Ecke für seine Augen unsichtbar blieben.

Mein erster Eindruck von ihm war: ein hübscher junger Mann – schlank, mittelgroß, gut gekleidet aber mit einer etwas gekünstelten, auf Wirkung bedachten Gestik.

Das nun sollte Lucretias Geliebter sein? Über ihr Alter konnte ich nur Vermutungen anstellen, da ich sie niemals nahe und deutlich gesehen hatte, aber sie mußte schon jenseits der vierzig sein, so daß ihr Geliebter um die zwanzig Jahre jünger war. Sie hat ihn eben gekauft, dachte ich, er brauchte Geld und sie einen jungen, potenten Liebhaber; schließlich eine nicht gerade seltene Symbiose.

»Mit dem Kennenlernen wird es wohl heute nichts, denn die Höflichkeit verbietet es, ihn bei einem so erlauchten Symposium zu stören.«

»Vielleicht geht er später doch noch in die ›Feuchte Spalte‹ zum Brettspiel?« meinte Pernix.

»Könnte schon sein ... Symposien dauern zwar lange, aber da einige schon ziemlich bejahrte Herren darunter sind, könnte es sich vielleicht vorzeitig auflösen.«

»Ich werde es in Erfahrung bringen«, sagte Pernix schnell und erhob sich.

»Halt, was hast du vor?«

»Tiro ist eben rausgegangen, auf die *latrina*, nehme ich an. Ich werde ihn dort befragen.«

Es stimmte, Tiro stand nicht mehr hinter dem *lectus* seines Herrn. Der Wirt hatte einige *lancis* mit Vorspeisen aufgetragen, und die Herren griffen zu, wobei alle anderen warteten, bis die Würdenträger sich bedient hatten.

Da erschien Tiro wieder und nahm seinen alten Platz ein. Kurz darauf kam Pernix zurück und rückte seinen Stuhl näher heran.

»Ja, Herr, Justus wird heute noch spielen – zumindest möchte er es, sagt Tiro. Ich würde vorschlagen, daß wir vor ihnen da sind, damit es nicht so aussieht, als laufen wir ihnen nach.«

»Justus wird uns in dieser dunklen Ecke kaum bemerkt haben.«

»Stimmt, aber Tiro weiß jetzt Bescheid, daß du in meiner Begleitung bist. Ich habe es so hingedreht, daß ich dich überreden will, auch in die ›Feuchte Spalte‹ zu gehen. Wenn unsere Herren beschäftigt sind, könnten wir in Ruhe miteinander plaudern, habe ich vorgeschlagen.«

»Beschäftigt? Mit was?«

»Mit dem Spiel natürlich! Laut Tiro ist die ›Feuchte Spalte‹ für zweierlei bekannt: eine große Auswahl an guten Weinen und Gäste, die einen Partner zum Spielen suchen. Es soll dort auch um Geld gewürfelt werden.«

Ich lachte.

»Wenigstens braucht es dazu keiner besonderen Kenntnisse.«

»Aber man kann viel Geld dabei verlieren.«

»Oder gewinnen ...«

»Ja, wenn ehrlich gespielt wird, gibt es auch diese Möglichkeit.«

»Ich würde vorschlagen, hier nichts mehr zu trinken, sondern in die ›Feuchte Spalte‹ überzuwechseln. Dort sollen ja auch die Weine besser sein.«

Doch wir unternahmen zuerst einen ausgedehnten Verdauungsspaziergang, weil mir die dicke Suppe noch immer schwer im Magen lag. Da es in dieser Gegend vor allem um Unterhaltung ging und in jedem dritten Haus etwas geboten wurde, waren die Straßen gut erleuchtet, was ja sonst selten der Fall ist.

Ohne danach zu suchen, stießen wir ganz zufällig auf die ›Feuchte Spalte‹, weil ein *exclamator* vor der Tür stand und lautstark darauf hinwies, daß es hier nicht *panem et circensis* gebe, dafür aber *vini et ludi.* Kein sehr einfallsreicher Werbespruch, aber der Ausrufer muß von seiner Wirkung auf uns überzeugt gewesen sein, weil wir gleich zielstrebig auf die Tür zugingen. Er hob begeistert die Hände.

»Das ist gut, Domini, das ist vernünftig! Warum lange herumsuchen, wo es hier doch alles gibt, was das Herz begehrt!«

Pernix schob ihn beiseite, und wir betraten die Gaststätte. Die Beleuchtung war nicht darauf eingerichtet, den ganzen Raum zu erhellen, dafür aber die einzelnen Tische, auf denen Brettspiele und lederne Würfelbecher auf die Spieler warteten, von denen sich einige schon eingefunden hatten. Ein großer schlanker Mann mit durchtriebenem Fuchsgesicht ging mit solch tiefen Bücklingen auf uns zu, daß es aussah, als würde er gleich in der Mitte durchbrechen.

»Keine Stammgäste, wie ich sehe? Zum ersten Mal hier? Nun, dann zur gefälligen Information: Es gibt drei Möglichkeiten, Geld loszuwerden – haha –, also: mit Weintrinken, mit Spielen oder mit Wein und Spiel. Wozu neigen die Herren?«

»Ich will zunächst einmal die Weine verkosten ...«

»Gut, dann darf ich dich auf die Tafel dort aufmerksam machen – da sind unsere besten Angebote verzeichnet.«

Ich trat näher und erblickte eine gut beleuchtete

schwarze Holztafel an der Wand, wo in alphabetischer Ordnung verzeichnet stand, was der vielgerühmte Keller hier bot:

Vini

Caecubum	Massicum
Calenum	Pucinum
Falernum	Sorrentinum
Faustinum	Tarentinum
Formianum	

Es standen keine Preise dabei, und ich wollte nicht danach fragen.

»Ein schönes Angebot, nicht wahr? Wenn du gallische oder griechische Weine den römischen vorziehst, so können wir dich auch bestens bedienen.«

»Nein, nein, mir genügt, was Italia bietet. Wie alt ist der Formianer?«

»Da haben wir vor einer Woche das Faß mit dem sechsjährigen geöffnet.«

»Gut, dann möchte ich davon einen *sextarius*, dazu Wasser und einen Mischkrug.«

»Kommt sofort, mein Herr!«

Hier wollte ich auf Abstand bedacht sein und bat Pernix, sich hinter meinen Stuhl zu stellen.

»Wenn Justus erscheint, dann versuche, Tiro von seinem Herrn zu entfernen. Ich möchte ihn, wenn es geht, ohne Zeugen sprechen.«

Wie alle guten Lokale hatte auch die ›Feuchte Spalte‹ einen Raum für Diener und Sklaven, die – wenn ihr Herr es bezahlte – dort essen und trinken durften. Ansonsten mußten sie draußen auf der Straße warten.

Der Formianer war wirklich ganz vorzüglich, aber er wäre mir wohl im Hals steckengeblieben, hätte ich vorher gewußt, was er kostet.

Sollte ich mir die Zeit mit einem Würfelspiel verkürzen? Die Brettspiele kannte ich zwar aus meiner Jugend, hatte aber die Regeln längst vergessen. Inzwischen waren einige neue Gäste erschienen, manche setzten sich gleich an einen Spieltisch, andere tranken im Stehen einen Becher Wein und gingen wieder.

Dann kam Justus herein in Gesellschaft eines anderen Mannes, gefolgt von ihren Dienern.

»Da sind sie«, flüsterte mir Pernix ins Ohr, und ich nickte. War der andere nur eine Zufallsbekanntschaft? Der Mann setzte sich nämlich, ohne sich weiter um Justus zu kümmern, an einen Tisch mit dem Brettspiel, wo er lebhaft begrüßt wurde – offenbar von einem alten Bekannten.

Justus nahm Platz und blickte sich um. Ich beugte mich zurück.

»Frage ihn, ob er Lust auf eine Würfelpartie hat.«

Pernix schlenderte hin, begrüßte Tiro mit Würde und Zurückhaltung und gab meine Frage weiter. Justus stand sofort auf und ging zu meinem Tisch.

»Salve Herophilos! Dein Diener hat mir gesagt, wer du bist. Mein Name ist Justus Lucretius. Zwar habe ich schon lange nicht mehr den Würfelbecher geschüttelt, aber da offenbar kein Brettspieler frei ist – warum nicht? An welchen Einsatz hast du gedacht?«

»Nun ja, ich bin kein so berühmter Arzt wie Olympos, mein Einkommen reicht gerade hin, vielleicht spielen wir um eine Sesterze?«

Justus verbarg sein Erstaunen, aber er trieb keinen Spott mit meinem Angebot.

»Gerne, aber du wirst dich wundern, wie schnell da vierzig oder fünfzig verspielt sind.«

»Oder gewonnen …«

»Oder gewonnen, oder verspielt und wiedergewonnen. Wie du weißt, ist da alles möglich.«

Er winkte dem Wirt.

»Einen Satz Würfel und einen Krug Vinum Caecubum!«

Er zwinkerte mir zu.

»Der Wein aus dem Latium ist doch allemal der Beste. Was hast du gewählt?«

Ich sagte es ihm.

»Da haben wir den gleichen Geschmack! Der Formianer kommt ja ebenfalls von dort.«

Dann tranken wir auf das Wohl des erhabenen Princeps Augustus, gut hörbar, um die anderen wissen zu lassen, daß hier echte, patriotische Römer saßen.

Der Wirt brachte die sechs Würfel in einem versiegelten Leinensäckchen, öffnete es und schüttete sie in einem Becher tüchtig durcheinander. Dann durfte jeder von uns abwechselnd einen Würfel entnehmen, so daß jeder möglichen Fälschung vorgebeugt war.

Wie ich zuvor an den anderen Tischen beobachtet hatte, verharren die Würfelspieler in verbissenem Schweigen. Nur dann und wann waren halblaute Rufe zu hören, aus Freude wie auch aus Enttäuschung über einen glücklichen oder mißlungenen Wurf.

Aber ich mußte doch mit Justus ins Gespräch kommen! Bald sah ich, daß meine Sorgen grundlos waren. Justus war auch beim Spiel ein munterer Plauderer, wobei mich immer mehr das Gefühl beschlich, er wollte mich aushorchen.

Er schüttelte den Becher und hielt dann inne.

»Da hast du dir einen interessanten Beruf ausgesucht, nicht wahr? Man kommt wohl mit den unterschiedlichsten Menschen in Berührung, mit jungen und alten, Frauen und Männern... Aber wenn ich an gewisse ekelhafte Krankheiten denke – eitrige Beulen, Geschwüre, Ausschläge –, dann glaube ich, daß ich dafür nicht geeignet wäre.«

»Ach, daran gewöhnt man sich schnell. Im übrigen war schon mein Vater Arzt, ich bin also mit diesen Dingen aufgewachsen. Und wenn du als Zwölfjähriger das brandige Bein festhalten mußt, das dein Vater dann absägt...«

»Halt, halt! So genau will ich es gar nicht wissen...«

Er stürzte den Becher um, und wir beugten uns über die Würfel – zweimal fünf, einmal vier.

Justus lachte.

»Siehst du, man braucht Fortuna nur abzulenken, dann entscheidet der Zufall, und der ist meist freundlicher als die launische Göttin.«

Ich erzielte nur elf Punkte und schob einen Sesterz zu ihm hinüber. Dann warf ich die Würfel in den Becher zurück.

»Das werde ich jetzt auch versuchen. Welchen Beruf hast du dir ausgesucht?«

»Im Grunde war das nicht meine eigene Wahl. Es hat sich so ergeben, daß ich ein Vermögen zu verwalten habe: Landgüter, Manufakturen, eine Kette von *tabernae*, und so fort. Freilich tue ich das nicht allein, habe sachkundige Hilfskräfte...«

Diesmal hatte er nur acht Punkte, und ich gewann mit neun.

»Es geht eben auf und ab – Fortuna ist launisch wie Luna...«

Justus machte eine gleichgültige Geste. »Man darf dies alles nicht zu ernst nehmen.«

»Halte mich nicht für neugierig, wenn ich dich frage, ob du mit Lucretia, der bekannten Wohltäterin, verwandt bist?«

Er blickte auf, und seine sonst so verbindliche Miene verwandelte sich für einen kurzen Augenblick in Mißtrauen.

»Kennst du Lucretia?« kam die ruhige, fast gleichgültige Frage.

»Kennen ist zuviel gesagt. Sie hat mich vor kurzem zu ihrem Freitagsempfang geladen – vielleicht, weil sie erfahren hat, daß ich eine größere *taberna* suche.«

Das war natürlich gelogen, aber den wahren Grund mochte ich vorerst nicht nennen.

Er nickte und spielte schweigend weiter.

»Verzeih, aber du hast meine Frage noch nicht beantwortet.«

Lächelnd blickte er auf.

»Ob ich mit ihr verwandt bin? Ich vergaß, daß du hier neu bist, denn auch meine flüchtigen Bekannten wissen, daß sie meine Mutter ist.«

Ich war gerade dabei, einen Wurf zu tun – doch meine Hand erstarrte, und ich ließ den Becher sinken.

»Du bist Lucretias Sohn ...«, stammelte ich.

»Was ist daran so seltsam? Zwar bin ich nicht ihr leiblicher Sohn, weil meine Eltern – meine Mutter war Lucretias Schwester – bei dem großen Brand im vierten Amtsjahr unseres erhabenen Princeps ums Leben kamen. Ich kann mich kaum noch an sie erinnern ... Nun, Lucretias kurze Ehe war kinderlos, und so hat sie mich adoptiert.«

Carnifex hat also auch damit gelogen, dachte ich und

überlegte, ob nicht seine ganze Geschichte eine einzige Lüge gewesen war, um mich für seine Zwecke einzuspannen. Noch ganz in Gedanken merkte ich, daß er etwas gesagt hatte.

»Verzeih, ich habe dich nicht verstanden.«

Er blickte mit Verachtung auf einen der Nachbartische.

»Kein Wunder! Diese Brettspieler machen ja Lärm für drei. Ich wollte nur wissen, ob meine Mutter dir helfen konnte. Hast du eine größere *taberna* gefunden?«

»Ich sollte mich wieder melden, habe es aber nicht getan, weil sich inzwischen eine andere Lage ergeben hat. Vielleicht werde ich für längere Zeit verreisen ...«

Justus nickte gleichmütig.

»Gut, dann brauche ich nicht zu intervenieren. Da wir uns jetzt kennen, hätte ich mich gern für dich eingesetzt.«

»Danke, Justus, das ist nicht mehr nötig. Übrigens, hast du Gallus gekannt?«

Im Grunde wollte ich diese Frage gar nicht stellen, jedenfalls noch nicht jetzt, aber jeder von uns gerät mal in eine Lage, da sich etwas in uns abspaltet und gegen unseren Willen handelt.

Nun war es Justus, der die zum Wurf erhobene Hand sinken ließ. Wie schon zuvor antwortete er mit einer Gegenfrage.

»Was weißt du von Gallus?«

Diesmal machte er sich nicht die Mühe, seinen Argwohn zu unterdrücken. Seine Miene war abweisend und gespannt zugleich.

Ich versuchte es mit einem Scherz.

»Du bist ja der reinste *advocatus*! Nur nichts preisgeben, aber den anderen mit Fragen spicken. Du hast ihn also gekannt?«

Er nickte.

»Ja, das habe ich. Aber wir sollten die Toten vergessen und uns den Geschäften der Lebenden widmen.«

Er setzte wieder seine freundliche Miene auf und stürzte den Becher um.

»Sechzehn! Da kannst du jetzt schon deinen Sesterz herausrücken!«

Ich warf. Zweimal sechs und eine fünf. Das war bis jetzt mein höchstes Ergebnis. Ich lachte.

»Diesen Ausspruch hat Fortuna übel vermerkt; das war, als wolltest du ihr ins Handwerk pfuschen.«

Er schnippte mit dem Finger die Münze zu mir herüber.

»Muß wohl so sein. Wie stehen wir?«

Wir zählten unsere Sesterzen.

»Zweiundzwanzig«, gab ich bekannt.

Er lächelte.

»Einundzwanzig – du hast mich also knapp besiegt.«

»Das heißt, du willst das Spiel abbrechen?«

»Ja, Herophilos, tut mir leid, aber ich muß morgen noch vor Tagesanbruch reisefertig sein zu einer Güterinspektion in den Albaner Bergen. Und bei dir werden auch nicht alle Patienten warten, bis die Sonne scheint, nicht wahr?«

»So ist es, Justus. Jedenfalls danke ich dir für deine Gesellschaft. Vielleicht treffen wir uns hier einmal wieder?«

»Vielleicht – warum auch nicht?«

Wir zahlten und ließen unsere Diener kommen.

Kaum war ich mit Pernix draußen allein, begann er mich mit Fragen zu bedrängen.

»Später. Ich fürchte, hier haben die Mauern Ohren.«

Erst als wir am nächtlich stillen Circus Flaminius entlangschritten, tat ich den Mund auf.

Pernix blieb stehen.

»Ihr Sohn? Justus ist ihr Sohn? Dann hat dich also Carnifex belogen?«

»Nicht nur darin. Ich glaube jetzt, er hat ein ganzes Lügengebäude errichtet, um mich für seine Zwecke zu nutzen. Übrigens hat Justus zugegeben, Gallus gekannt zu haben. Mehr war allerdings nicht herauszubekommen, denn als dieser Name fiel, wurde Justus auf einmal ganz zugeknöpft und mißtrauisch. Am liebsten würde ich die Sache fallenlassen. Was ich bisher auch unternommen habe, endete doch immer wieder in einer Sackgasse.«

Wir gingen weiter.

»Aber sie werden dich nicht fallenlassen, fürchte ich. Carnifex ist nicht der Mann, der etwas unerledigt läßt. Schon auf der Gladiatorenschule ist sein Name nur furchtsam geflüstert worden.«

Und Pernix sollte recht behalten.

Zwei Tage später kam am frühen Morgen durch Boten eine Nachricht, ich solle nach Sonnenuntergang zu einer wichtigen Besprechung im ›Equus niger‹ erscheinen.

Nein, dachte ich, im Dunkeln werde ich mich mit diesen Halunken nicht treffen. So ließ ich den Boten übermitteln, ich zöge es vor, am nächsten Tag um die Mittagsstunde dort zu erscheinen – um diese Zeit oder gar nicht.

Da keine neue Nachricht erfolgte, machte ich mich gegen Mittag auf den Weg, begleitet von Pernix, der einen weiten Mantel trug und darunter einige handliche Waffen verbarg.

»Du weichst nicht von meiner Seite, hörst du! Da du in alle sogenannten Geheimnisse bestens eingeweiht bist, gibt es keinen Grund, dich fernzuhalten.«

»Falls sie es zulassen...«

»Diesmal stelle ich die Bedingungen! Ich habe mir von denen schon viel zuviel gefallen lassen. Schließlich bin ich kein Sklave, den man nach Belieben herumschubst!«

Natürlich war es der dürre Macer, der uns im finstersten Winkel dieser verrufenen Kneipe empfing. Mit seiner Skeletthand wies er auf Pernix.

»Der da bleibt draußen! Was wir zu besprechen haben, geht nur uns etwas an!«

»Uns – was heißt uns? Dich und mich? Oder Carnifex, dich und mich? Wo ist er übrigens, dein Herr und Meister?«

Macer hustete erbärmlich, beugte sich zur Seite und spuckte auf die Ecke.

»Carnifex wird nicht kommen. Ich verhandle in seinem Namen.«

»Gut, und bei mir ist es genauso. Pernix weiß über alles Bescheid, und wenn er heute unserer Unterredung beiwohnt, erspare ich mir später die Erklärungen.«

Der Dürre blickte unbehaglich drein und blähte nachdenklich seine eingefallenen Wangen.

»Aber es geht nicht! Ich bin nur ermächtigt, mit dir allein...«

»Gut, gut, dann gehen wir wieder. Wenn er will, kann mich dein Herr in meiner *taberna* aufsuchen.«

Ich hörte Macer leise vor sich hin fluchen. Dann straffte er sich.

»Also gut, so mag dein Diener teilnehmen.«

Wir gingen in einen nur dämmrig erhellten Nebenraum, dessen einzige Lichtquelle ein kleines vergittertes Fenster war.

Pernix setzte sich neben die Tür, zog seinen langen, spitzen Dolch hervor und begann, sich die Nägel zu reinigen. Macer sah es, verzog sein faltiges Gesicht, sagte aber nichts. Wir setzten uns an einen schmalen Tisch, auf dem ein Krug und zwei Becher standen. Er deutete darauf.

»Möchtest du?«

»Nein. Sage, was du zu sagen hast, denn ich lebe im Gegensatz zu euch von meiner Hände Arbeit.«

Er räusperte sich geräuschvoll und spuckte wieder aus.

»Carnifex wunderte sich, daß seit deinem Besuch im Hause der Lucretia nichts geschehen ist. Was hattest du bei ihr zu suchen?«

Ich lachte höhnisch.

»Das fragst du noch? Ich mußte natürlich erst einmal auskundschaften, auf welche Weise ich sie um die Ecke bringen kann. Diese Einladung hat mich einen schönen Batzen Schmiergeld gekostet, das darfst du mir glauben.«

»Und? Hast du einen Weg gefunden?«

»Ja, aber das werde ich dir nicht auf die Nase binden.«

»Carnifex möchte aber, daß –«

»Es ist mir völlig gleichgültig, was dein Herr möchte. Ich werde mich an Lucretia rächen, aber auf meine Weise. Und da ich es so tun will, daß nicht der Schatten eines Verdachts auf mich fällt, braucht es eben Zeit.«

»Wir meinen, daß davon schon zuviel vergangen ist,

und gewinnen außerdem den Eindruck, daß Feigheit oder Bequemlichkeit dich von einer entschlossenen Tat abhalten. Wenn du schon deinen Freund Gallus nicht rächen willst, dann handle wenigstens aus Notwehr. Wie sehr dein Leben bedroht ist, hat doch der letzte Anschlag gezeigt. Carnifex erwartet jetzt, daß du schnell handelst.«

Ich erhob mich.

»Dann soll er die Schmutzarbeit eben selber erledigen.«

»Brauchst du irgendeine Hilfe?«

»Nein, aber die komplizierten Vorbereitungen haben mich eine Stange Geld gekostet und ich meine, Carnifex sollte sich daran beteiligen.«

Der Totenschädel grinste verständnisvoll. Diese Sprache war ihm vertraut. Er hustete.

»Dagegen ist nichts einzuwenden«, krächzte er. »Genügen hundert Sesterzen?«

Ich lachte verächtlich.

»Allein die Einladung hat mich schon zweihundert an Bestechungsgeld gekostet. Sagen wir fünfhundert als vorläufige Anzahlung. Eine Schlußabrechung behalte ich mir vor.«

Ich fand es selber unglaublich, wie schnell ich den Stil dieser Halunken angenommen hatte. Pernix lächelte bewundernd; er schien sich zu freuen, wie ich mit Macer umsprang.

Der schlug nun einen zurückhaltenden Ton an.

»Ich werde mit Carnifex darüber reden. Kannst du mir schon einen Zeitplan nennen? Ich meine, wann wird es soweit sein?«

Ich war bereits an der Tür.

»Das kann ich jetzt noch nicht sagen, aber lange wird es nicht mehr dauern.«

Auf dem Heimweg konnte Pernix sich nicht genug tun, seiner Bewunderung Ausdruck zu verleihen.

»Endlich einmal hast du eine Sprache geredet, die diese Gauner verstehen. Aber was wirst du nun tatsächlich tun?«

»Ich werde Lucretia unverzüglich darüber unterrichten. Es gibt nur diesen einen Weg: Wir müssen uns auf ihre Seite stellen.«

17

Während dieser Zeit besuchte ich meine Julia nur noch einmal pro Woche, wobei ich den Verdacht nicht los wurde, daß man mich bespitzelte. Das konnten die Leute des Carnifex sein, aber auch eine Beobachtung durch die Cornelier hielt ich für möglich. Doch ich muß sagen, daß es mich nicht mehr kümmerte. Was konnten sie schon herausfinden? Selbst wenn es im Haus des verstorbenen Livius einen Spitzel gab, so könnte er nur berichten, daß ich mit Julia in gebührendem Abstand als Arzt und Hausfreund verkehrte. Wir hatten nämlich beschlossen, unseren intimeren Verkehr vorerst aufzugeben, um nicht den geringsten Anstoß zu erregen.

Jetzt, da es Ende März fast täglich wärmer wurde, saßen wir oft im Atrium und unterhielten uns flüsternd, so daß wir von den Dienern zwar gesehen, aber nicht gehört werden konnten.

Diesmal überraschte Julia mich mit der Eröffnung, sie wolle die Reise nach Sicilia so früh wie möglich antreten.

»Weißt du, es sind die kleinen Nadelstiche, die mich von hier vertreiben. Sie drohen mir nicht massiv und unverhüllt, aber ihr Advocatus erscheint fast jede Woche und macht neue, unannehmbare Vorschläge. Letztlich hat er mich wissen lassen, daß meine Reise nach Sicilia vor allem für das Kind viel zu anstrengend und eigentlich überflüssig sei. Er sei befugt, mir einen Tausch vorzuschlagen: mein sicilisches Gut gegen ein ähnliches in der Gegend von Praeneste. Ich habe mich über einen befreundeten *advocatus*, ein früherer Saufkumpan von Livius, danach erkundigt und erfahren, daß es sich um ein völlig heruntergekommenes Anwesen handelt, den Corneliern von einem Schuldner übereignet. Natürlich lehnte ich ab, aber dann kam schon der nächste Vorschlag, nämlich wieder in mein altes Haus – das du ja kennst – zu ziehen, wo inzwischen zwei höchst tugendsame Witwen leben, natürlich Angehörige der *gens Cornelia*, die gewiß beauftragt sind, jeden meiner Schritte zu überwachen. Mir blieb nichts anderes übrig, als immer wieder geduldig an die rechtlich gültige Abmachung zu erinnern, die mir eine gewisse Freiheit bis zur Volljährigkeit unseres Sohnes garantiert, und mir den Aufenthalt auf meinem sicilischen Gut gestattet. Ich bin es leid, mich immer wieder gegen diese geldgierige Sippe verteidigen zu müssen, und habe mir insgeheim einen Platz auf einem Küstensegler gesichert, der Anfang April von Ostia nach Süden abfährt, allerdings nur bis Neapolis. Von dort soll es aber gute Verbindungen nach Panormus geben, mit einer Zwischenlandung in Messana, ganz im Norden der Insel.«

Sie war in Begeisterung geraten, meine üppige Juno, ihr Gesicht hatte sich gerötet, die großen dunklen Augen glänzten. Als Livius noch lebte, hätte ich sie jetzt wortlos und feurig umarmt, wir wären eng umschlungen ins *cubiculum* gegangen, hätten dort die Kleider von uns geworfen und wären aufs Bett gesunken. Denn darauf legte sie großen Wert, meine stolze Römerin, daß alles seine Ordnung hatte. Man liebte sich nicht auf dem Fußboden oder benützte den nächstbesten *lectulus*, sondern ging ins Schlafzimmer, wo gezeugt, geboren und gestorben wurde. Dies alles wäre unter Schutz des stockschwulen Cornelius Livius noch möglich gewesen, der – mochte er auch ein hemmungsloser Lustmolch gewesen sein – trotzdem ein großes Herz besaß und den Liebhaber seiner Frau frei schalten und walten ließ.

Aber davon konnte jetzt keine Rede mehr sein, denn wir hatten uns fest vorgenommen, damit zu warten, bis wir wieder vereint waren, und keiner aus der Cornelier-Meute uns quasi durchs Schlüsselloch beobachten konnte.

»Ich würde am liebsten gleich mitfahren und alle diese leidigen Geschichten hinter mir lassen. Aber nun stecke ich mittendrin und muß meine Haut retten.«

Julia schaute mich besorgt an.

»Ist es schon so schlimm? Dann komm doch gleich mit! Was hält dich denn noch?«

Ich berichtete ihr in großen Zügen vom Stand der Dinge.

»Was willst du als nächstes tun?«

»Lucretia warnen und hoffen, von ihr endlich die Wahrheit zu erfahren. Ich habe sie um ein Treffen gebeten und warte jetzt täglich auf ihre Nachricht.«

Als nach drei Tagen noch immer keine Antwort eingetroffen war, machte ich mich auf den Weg zum Aventinus.

»Offenbar will sie nichts davon wissen«, meinte Pernix,

»oder du hast es nicht dringend genug gemacht?«

Ich blieb stehen.

»Wie meinst du das?«

Er wirkte verlegen.

»Ich kann mich da nicht so ausdrücken. Aber wenn ich eine Nachricht erhalte, die besagt, daß ich in Lebensgefahr bin und alles weitere mündlich erfahren werde, dann ... dann ...«

»Ist schon gut, Pernix. Ich habe es zwar nicht so kraß ausgedrückt, aber eine kluge Frau wie sie hätte meine Botschaft schon verstehen müssen.«

Doch alles klärte sich sehr schnell auf. Der Türsteher verständigte den Majordomus und der holte Justus herbei. Er kam sofort, als ihm mein Name genannt wurde.

»Wer hat dich gerufen? Haben die anderen Ärzte dich verständigt oder –«

»Verzeih, aber ich verstehe nicht, was du meinst. Du sprichst von anderen Ärzten ...«

»Ja, weißt du denn nicht, daß Lucretia schwer erkrankt ist?«

»Nein – nein! Ich erwarte schon seit Tagen ihre Nachricht, da ich etwas sehr Wichtiges mitteilen muß. Darf ich wissen, was ...«

Justus hob resigniert eine Hand.

»Der Krebs sitzt in ihren Eingeweiden und zehrt sie immer schneller auf. Darüber sind sich die Ärzte jetzt einig geworden. Man kann wenig tun ...«

»Hat sie Schmerzen?«

»Sie sagt nein, fühle nur im Innern ihres Leibes so etwas wie ein stetiges Zerren und Nagen. Aber sie ist stark abgemagert, und es gibt keinen Grund, die Diagnose der *medici* zu bezweifeln.«

»Darf ich dich dennoch bitten, ihr etwas auszurichten?«

Er nickte. »Warum nicht?«

»Sage ihr, Carnifex habe mich rufen lassen und von mir erschreckende Dinge verlangt. Die Patrona Lucretia wird wissen, wovon ich spreche.«

»Gut, warte hier.«

Er kam überraschend schnell zurück.

»Sie will dich sehen, Herophilos, jetzt gleich.«

Ich muß sagen, daß ich nicht sehr überrascht war, sogar fest damit gerechnet hatte.

Justus selbst führte mich in ihr *cubiculum*, wo ihr Bett am Fenster stand, eingehüllt in einen hauchdünnen Schleier, der von der Decke hing. Justus deutete darauf.

»Das ist wegen der *culicis*, die jetzt im Frühjahr allmählich aktiv werden.«

In einer Ecke saß der Sekretär Hermes mit einer Schreibtafel, dem sie offenbar gerade etwas diktiert hatte.

»Laßt uns jetzt allein, Justus und Hermes!« hörte ich vom Bett ihre leise, aber feste Stimme.

»Ist gut, Mutter«.

Das klang fast demütig. Hermes verbeugte sich nur stumm und eilte hinaus.

»Setze dich, Herophilos, und rücke etwas näher, ich kann nicht mehr so laut reden.«

Ich folgte behutsam ihrer Aufforderung und versuchte, so wenig Geräusche wie möglich zu machen. Hinter dem Schleier war ihr Gesicht nur als hellgraues Oval zu erkennen, mir zugewandt.

»Jetzt erzähle zuerst du deine Geschichte, und dann werde ich mein damals gegebenes Versprechen erfüllen und dir die Wahrheit eröffnen.«

»Nun, Matrona, du wirst dich erinnern, daß ich dir bei unserer letzten Begegnung in groben Zügen mitteilte, was mir Carnifex über dich und Gallus gesagt hatte. Er schien nun darauf zu warten, daß ich meinen Freund und Diener rächen würde, und er meinte damit deinen Tod. Doch bald witterte ich Unklarheiten und Unwahrheiten in dieser Geschichte und hielt mich zurück. Dann kamen die Drohungen, begleitet von der Erpressung, es werde mir übel ergehen, wenn ich mich nicht bald zu einer Tat entschlösse.

Da fällt mir noch etwas ein: Er bezeichnete Justus als deinen Geliebten, quasi als den Nachfolger des Gallus, den du angeblich – weil er dir gefährlich wurde – von Carnifex hast umbringen lassen. Vor kurzem nun lernte ich auf dem Campus Martius deinen Sohn kennen, und so stellte sich auch diese Behauptung als Lüge heraus. Die beiden auf mich und Pernix angesetzten Mordbuben, die angeblich von dir kamen, dienten dem Zweck, mir die tödliche Bedrohung vor Augen zu führen, die von dir ausging. Der eine machte es ja ganz geschickt, als er mit dem Schwert nach mir stach, aber mein Diener Pernix, der eine Gladiatorenausbildung besitzt, meinte, aus so nächster Nähe hätte mich der Bursche nicht verfehlen dürfen. Auch paßt dazu nicht, daß er mehrmals laut deinen Namen nannte. Selbst der geschickteste Totschläger muß, wenn ihm nur ein Funken Verstand geblieben ist, damit rechnen, daß ihm ein Anschlag mißlingt und seine überlebenden Opfer nun den Namen des Auftraggebers kennen.«

»Soweit ist alles durchaus logisch, und die Zusammenhänge sind von dir richtig erkannt worden. Eines bleibt freilich offen, nämlich wer hinter dem Mord an Gallus stand. Aber davon später. Rede weiter!«

»Dann ließ Carnifex länger nichts von sich hören, und ich dachte, er habe seinen Plan aufgegeben.«

»Nein!« unterbrach mich ihre leise, scharfe Stimme. »Ein Mensch wie er gibt einen einmal gefaßten Plan nicht auf. Das kann eine Stärke sein, mag sich aber genausogut als Schwäche erweisen.«

»Vor vier Tagen traf ich mich mit Macer, seiner rechten Hand. Wieder hörte ich Vorwürfe und Drohungen, und man sagte mir, wenn ich schon zu gleichgültig oder zu feige sei, meinen Freund Gallus zu rächen, so müßte mich doch die Furcht vor einem weiteren Anschlag dazu bewegen, endlich und quasi aus Notwehr zu handeln. Ich begegnete dem mit dem Hinweis, daß ich längst etwas in Gang gesetzt hätte und erwähnte meinen damaligen Besuch in deinem Haus an jenem Freitag, ließ auch durchblicken, daß ich dabei sei, einen ausgeklügelten Plan zu deiner Vernichtung zu verwirklichen. Mit anderen Worten: Carnifex erwartet in den nächsten Tagen die Nachricht von deinem Tod.«

»Klare Worte, Herophilos, ich danke dir und sehe, daß du auf meiner Seite stehst. Somit hast du dir ein Anrecht auf die volle Wahrheit erworben, und diese wirst du jetzt hören. Aber gönne mir eine kleine Pause. Ich möchte etwas trinken und Kraft schöpfen. Leiste inzwischen Justus Gesellschaft, aber schweige über unser Gespräch – ich werde ihn später in alles einweihen.«

Ich verbeugte mich in ihre Richtung und ging leise hinaus. Justus erwartete mich und sagte mit etwas erzwungener Herzlichkeit:

»Nun werde ich doch etwas neugierig, welche Geheimnisse dich mit meiner Mutter verbinden. Kannst du darüber reden?«

»Nein, leider nicht, sie hat mir Schweigen auferlegt, allerdings mit dem Hinweis, dich bald einzuweihen. Sie wird mich gleich wieder rufen lassen.«

Er lachte, und es klang recht unbeschwert.

»Auch gut! Dann trinken wir einen Becher Wein – natürlich vom besten! – und schauen, wie es weitergeht.«

Es dauerte nicht lange, und der allgegenwärtige Hermes führte mich wieder in ihr *cubiculum.* Vor der Tür begegnete uns ein Diener, der eine Bettpfanne wegtrug, die – meine ärztlich geschulte Nase witterte es sofort – ihre letzte Entleerung enthielt. Hätte ich jetzt geschwiegen, wäre wohl einiges in dieser Geschichte anders verlaufen, aber ich sprach den Diener an.

»Mich interessiert das als Arzt. Kannst du es für mich beiseite stellen?«

Der Bursche blickte fragend zu Hermes.

»Warum nicht? Ein Arzt mehr oder weniger ...«

Wenn Lucretia den Krebs im Leibe trug, dann müßte ihr Stuhl Blut enthalten. Davon wollte ich mich auf alle Fälle überzeugen.

Sie schien recht guter Dinge.

»Ich sage es dir ganz offen, Herophilos: Wäre ich nicht in diesem hoffnungslosen Zustand, so hätte ich vermutlich weiter geschwiegen. Aber jetzt sollst du die Wahrheit hören, und dazu braucht es nicht vieler Worte. Gehen wir der Reihe nach vor. Du hast dich gefragt, ob jene von Carnifex als Haupt einer Räuberbande bezeichnete Lucretia identisch ist mit der Priesterin und Wohltäterin gleichen Namens. Nun, sie ist es, aber es bedarf einer Richtigstellung.

Meine Ehe mit dem Patrizier und Gutsbesitzer – sein

Name tut nichts zur Sache – dauerte nur kurz. Er war schon krank, als ich ihn, den fast zwanzig Jahre Älteren, heiratete, und starb zwei Jahre später. Er hinterließ mir nicht nur seinen Besitz, sondern Verpflichtungen vielfältiger Art. Er hatte die unterschiedlichsten Geschäfte betrieben, darunter auch dunkle und anrüchige, die viel Geld brachten, aber im dunklen bleiben sollten. Als er sah, daß ich nicht davor zurückschreckte, machte er mich – schon vom Tod gezeichnet – mit allem vertraut, und als er gestorben war, fiel es mir nicht schwer, die Geschäfte mit fester Hand zu übernehmen und weiterzuführen. Mehr brauchst du nicht zu wissen, Herophilos, aber wenn Carnifex mich als Haupt einer Räuberbande bezeichnete, hat er doch etwas übertrieben. Ich war jung, lebenslustig und voll Tatkraft, und so blieb es nicht aus, daß ich mir dann und wann einen Liebhaber zulegte, Männer, die allerdings nicht den geringsten Einfluß auf meine Geschäfte hatten – nennen wir es einen Luxus, den ich mir leistete. Weiterhin blieb nicht aus, daß ich mit Carnifex in Berührung kam, vor allem auf dem sehr ertragreichen Gebiet der *prostitutae*, also des Dirnenwesens. Mein verstorbener Gemahl hatte einige *lupanaris* unterhalten oder war daran beteiligt gewesen, zusammen mit Carnifex, der diese Goldgrube auch längst für sich entdeckt hatte. Damals inspizierte ich diese Häuser – verkleidet und verschleiert – noch gelegentlich selber und lernte Gallus kennen, deinen Freund und Diener. Laß mich über Einzelheiten schweigen, die dich ja auch nichts angehen. Er wurde mein Geliebter und ich schätzte ihn um so mehr, als er nicht den geringsten Versuch unternahm, sich in meine Geschäfte zu mischen. Er war um einiges jünger als ich, aber weder für ihn noch für mich hat dieser Altersunterschied jemals eine Rolle gespielt.«

Sie schwieg und lachte leise.

»Ich sehe, es ist doch nicht mit ein paar Sätzen getan, halte mich aber bitte nicht für geschwätzig.

Ich kannte Gallus schon einige Monate, da versuchte Carnifex mit mir in nähere Verbindung zu kommen. Wir hatten einige persönliche Gespräche, und er meinte, unsere Interessen seien so gleichgeartet, daß allein die Vernunft es gebiete, uns zusammenzutun. Er ließ auch keinen Zweifel daran, wie es gemeint war, doch ich gab ihm deutlich zu verstehen, daß ich in dieser Hinsicht versorgt sei und es vorzöge, mit ihm nur geschäftlich zu verkehren. Diese Zurückweisung kränkte ihn und er blieb hartnäkkig, versuchte es immer wieder. Natürlich fand er schnell heraus, daß Gallus der Mann an meiner Seite war, und brachte ihn schließlich um – aber das habe ich erst von dir erfahren. Mir stellte er damals den Fall anders dar. Gallus sei durch die Verbindung mit mir in gewisse Kreise geraten, sei anmaßend und herrisch aufgetreten und habe schließlich einen Mann gegen sich aufgebracht, der sich von ihm bedroht und in seinen Geschäften gestört fühlte. Dieser Mann habe Gallus beseitigen lassen, und – so Carnifex – seine Berufsehre verbiete ihm, den Namen des Mörders preiszugeben. Natürlich ahnte ich, daß es eine Lüge war, und war überzeugt, daß Carnifex hinter der Tat steckte.

Du wirst dich jetzt fragen, warum ich diesen Gauner nicht sofort zur Verantwortung zog. Ich kann es dir nicht verübeln, wenn du für mein Verhalten kein Verständnis aufbringst, dennoch werde ich versuchen, es dir zu erklären. Laß mich mit einem Beispiel aus deiner Berufswelt beginnen.

Du bist Arzt und mit einem der benachbarten Kollegen

in beruflicher Freundschaft verbunden. Einer deiner Patienten – krank, ratlos und verzweifelt – zieht deinen Kollegen als zweiten Arzt hinzu. Der behandelt ihn falsch, und der Mann stirbt. Du erkennst den Kunstfehler deines Kollegen, schweigst aber aus beruflicher Solidarität.

Ähnlich war mein Fall gelagert. Ich war damals mit Carnifex noch in ein Geflecht gemeinsamer Interessen verstrickt und zog es vor, die Augen zu schließen. Mehr will ich dazu nicht sagen. Mein Adoptivsohn Justus wurde volljährig und damit begann meine Überlegung, mich – schon um seinetwillen – so nach und nach aus den anrüchigen Geschäften zurückzuziehen, quasi die ›schwarze Lucretia‹ in eine ›weiße‹ zu verwandeln. So wurde aus mir die Priesterin der Bona Dea, die ehrbare römische Matrona und Wohltäterin auf verschiedenen Gebieten.

Carnifex jedoch blieb seinem angestammten Beruf treu, aber auch er vermied es, mir Steine in den Weg zu legen. Ja, Herophilos, solch ein langjähriger Zusammenhalt reicht weit und hält auch einer beruflichen Entfremdung stand – oder besser gesagt: hielt ihr stand bis jetzt. Nun aber ist Carnifex dabei, dich mit abgefeimten Lügen zu meiner Vernichtung zu bewegen und erpreßt dich zudem mit Anschlägen und Todesdrohungen. Das muß aufhören! Ich will den Fall noch vor meinem Tod ins reine bringen, auch um Justus nicht ein solch dunkles Erbe zu hinterlassen.

Übrigens: Den Brand deiner *taberna* habe nicht ich verursacht, und Carnifex hatte damals noch kein Motiv. Du mußt also die Täter woanders suchen.«

Zuletzt war ihre Stimme schwächer und schwächer geworden, die letzten Worte hatte ich kaum noch verstanden. Dann raffte sie sich noch einmal auf.

»Ich werde diesen Carnifex vernichten, und du wirst mir dabei zur Hand gehen. Wie ich es tun werde, muß ich noch genau durchdenken. Komme morgen um diese Zeit hierher, dann wirst du es erfahren.«

Auch im Sterben strahlte diese Frau noch so viel an Kraft, Zuversicht und Sicherheit aus, daß ich mich wie befreit fühlte von allen Sorgen und Nöten.

»Nun?« fragte Justus.

»Die Patrona Lucretia verdient unsere Bewunderung – mehr möchte ich jetzt nicht sagen. Ich soll morgen um diese Zeit wiederkommen, dann werden wir gemeinsam handeln.«

Er machte eine Geste komischer Verzweiflung.

»Aber worum geht es denn eigentlich? Darf ich an euren Geheimnissen nicht teilhaben?«

»Deine Mutter wird dich rufen lassen und dir alles Nötige erklären.«

Da trat ein Diener an uns heran.

»Herr, du wolltest doch ...«

Ich schlug mir vor die Stirn.

»Das hätte ich beinahe vergessen.«

Ich wandte mich an Justus.

»Da ich nun schon hier bin, und mein ärztliches Gewissen beruhigt sein will, möchte ich die letzten Ausscheidungen deiner Mutter begutachten. Haben die anderen Ärzte das schon getan?«

»Ich weiß es nicht, aber ich glaube schon.«

Der Diener hatte die Bettschüssel sorglich abgedeckt auf der *latrina* abgestellt. Ich ging damit zum nächsten Fenster und beugte mich darüber. Keine krankhaften Verfärbungen, weder ins Rote, Gelbliche noch Schwarze, auch vom Geruch her im Rahmen des Üblichen. Doch was war das? Ich ging näher ans Licht und beugte mich tiefer. Da stak etwas Gelblich-weißes im Kot, ähnlich unverdauten Kürbiskernen. Ich ließ mir eine Pinzette bringen, holte das Ding heraus und legte es in klares Wasser.

Justus stand neben mir und betrachtete stirnrunzelnd das seltsame Objekt.

Ich lächelte ihn an.

»Deine Mutter hat keinen Krebs im Leib, sondern einen ausgewachsenen Bandwurm, der dabei ist, sich zu vermehren. Dazu stößt er einzelne, mit Eiern gefüllte Glieder ab. Ihre Abmagerung ist dafür typisch, weil der Wurm erstens die Eßlust des Befallenen mindert und von dem Wenigen, was dieser zu sich nimmt, einen guten Teil aufzehrt.«

Justus schüttelte seinen Kopf.

»Ist so etwas häufig?«

»Nicht allzu selten – ein paar Dutzend Fälle habe ich schon gehabt. Leider weiß man nicht, wie das Ding in den Bauch der Menschen kommt. Es entsteht irgendwie in den Gedärmen, und wenn es reif ist, stößt es nach und nach so etwas hier ab.«

Ich hob das Glied mit der Pinzette hoch.

Justus verzog angeekelt sein Gesicht.

»Tu es weg! Dann sind also die zwei berühmten Ärzte, die meine Mutter noch gestern untersucht haben, Stümper?«

»Nicht unbedingt, weil der Wurm seine Glieder unregelmäßig abstößt. Es kann sein, daß zweimal nichts und erst beim dritten Mal etwas im Stuhl zu finden ist.«

»Und wie wird man das Ding wieder los?«

»Da gibt es ein gutes Mittel, ich werde es bis morgen zubereiten und der Matrona verabreichen.«

»Ist sie dann wieder ganz gesund?«

»Ich habe sie noch niemals untersucht, aber wenn der Wurm ihr einziges Leiden war, dann ist sie wiederhergestellt, sobald er abgeht. Das kann allerdings eine Weile dauern und ist erst erfolgreich, wenn der Kopf erscheint.«

»Gut, gut, das überlasse ich dir. Aber mein Vertrauen in diese namhaften Ärzte ist schon etwas erschüttert...«

»Jeder kann sich irren, auch ein Arzt, um so mehr als nur eine wochenlange genaue Beobachtung der Ausscheidungen Klarheit über die Ursache bringt. Hätte der Wurm heute kein Glied abgestoßen oder wäre ich dem Diener mit der Bettpfanne nicht begegnet, so – nun, ich will mir nicht weiter ausmalen, was geschehen wäre.«

»Darf ich ihr die gute Nachricht überbringen?«

»Natürlich! Ich wäre froh, wenn jede Diagnose so sicher gestellt werden könnte.«

Auf dem Heimweg machte ich mir Gedanken, wie sich Lucretias neue Situation auf unseren Fall auswirken würde. Sie hatte mir ja zu verstehen gegeben, daß sie ihrem Sohn nicht ein so dunkles Erbe überlassen könne. Wenn sie nun aber weiß, daß ihr Leben noch lange nicht zu Ende sein wird, so könnte sie die Lage wieder aus anderer Sicht betrachten.

Ehrlich gesagt: Große Sorgen machte ich mir nicht, denn Lucretia war kein Mensch, der heute so und morgen anders sprach. Es war mir eher so erschienen, als hätte sie schon lange auf einen Anlaß gewartet, um diesem Carnifex sein schmutziges Handwerk zu legen.

Ich sagte Pernix Bescheid, der fromm erwiderte:

»Die Gnade der seligen Götter schwebt fast sichtbar

über deinem Haupt. Was du Zufall nennst, ist in meinen Augen eine göttliche Fügung.«

Ich widersprach nicht, sondern machte mich sogleich an die Zubereitung eines Suds aus Granatapfelwurzeln, von denen ich zum Glück noch eine ausreichende Menge vorrätig hatte. Pernix füllte die Arznei dann jeweils in der Menge einer Tagesdosis in Tonfläschchen ab, die wir mit Wachs versiegelten.

Schon die alten Ägypter hatten die Wurzeln des *Malus punica* als zuverlässiges Mittel gegen Wurmbefall der Eingeweide verwendet, und es gibt kein ärztliches Lehrbuch, wo dies nicht erwähnt wäre. Wichtig ist dabei nur, daß der Kranke eine strenge Diät einhält und nur Dinge zu sich nimmt, die den Bandwurm stören und zusammen mit der Arznei schließlich vertreiben.

18

Als wir uns am nächsten Morgen etwa um die vierte Tagesstunde auf den Weg zum Aventinus machten, herrschte gräßliches Schauerwetter. Diesmal nahmen wir eine Doppelsänfte, wurden aber dennoch auf dem kurzen Weg von der Straße ins Haus völlig durchnäßt.

Justus ließ uns von seinen Leuten trockenreiben und lieh mir eine frische Toga, damit ich in würdigem Aufzug vor Lucretia erscheinen konnte.

»Meine Mutter hat mich inzwischen über alles informiert, und wir haben auch schon einen Plan, wie man Carnifex zur Strecke bringen könnte. Einen Mordanschlag lehnt Lucretia ab, und ich hoffe, daß dies auch in deinem Sinn ist. Er soll auf frischer Tat ertappt, von der Miliz festgenommen und ordnungsgemäß verurteilt werden.«

Ich wiegte meinen Kopf.

»Das klingt zwar recht schön, aber besteht da nicht die Gefahr, daß er Dinge ausplaudert, die ... nun, die auf Lucretia ein schlechtes Licht werfen?«

Justus lächelte beruhigend.

»Das ist alles bedacht. Unsere Vorbereitungen sind ja schon länger in Gang, nur daß wir die Ausführung nun vorverlegen müssen; vielleicht brauchen wir dazu auch deine Hilfe.«

»Gerne, Justus, wenn ich kann. Wie hat deine Mutter die gute Nachricht aufgenommen?«

»Beherrscht, etwas skeptisch, aber doch recht erfreut. Hast du die Arznei mitgebracht?«

Ich wies auf meinen großen Arztkoffer, den Pernix hereingeschleppt hatte.

»Vorläufig in aufgeteilten Dosen für insgesamt acht Tage. Wichtig ist, daß jeder Stuhlgang untersucht und alles herausgeholt wird, was fremd erscheint.«

»Es wäre einfacher, du würdest die nächsten Tage hier wohnen, um diese Untersuchungen selber auszuführen, aber leider paßt es nicht in unseren Plan... nun, du wirst gleich alles hören.«

Zum ersten Mal konnte ich Lucretia ohne Schleier und aus nächster Nähe betrachten. Sie saß auf der Terrasse hinter dem Haus, wo sich ein gepflegter Garten anschloß, der bis zur alten Stadtmauer reichte, die der Sage nach vom altrömischen König Servius Tullius erbaut worden war. Ich verneigte mich tief, und sie blickte mich lächelnd an.

Ihr etwas hartes Gesicht schien alterslos – sie konnte vierzig oder fünfzig sein, doch die Auszehrung hatte ihren Körper dünn und zerbrechlich werden lassen. Aber da waren die Augen, die tiefschwarzen Augen, deren Schwärze die Pupille verschwinden ließ und die jetzt in der Sonne funkelten wie geschliffenes Lavaglas. Ihre Stimme klang leise, aber klar und fest.

»Was soll man mit solchen Ärzten machen? Sie kommen ins Haus, tasten dich ab, schauen dir in Nase, Mund und Ohren, machen ernste Gesichter und sagen: ›Matrona Lucretia, leider steckt in deinen Eingeweiden der Krebs und zehrt dich auf.‹ Dann kommst du, vergißt auch nicht – obwohl dich ganz andere Dinge herführen –, daß du Arzt bist, steckst neugierig deine Nase in gewisse Behältnisse und holst mit der Pinzette etwas heraus, das mir neue Hoffnung und jenen Ärzten den Abschied gibt. Du bist also ganz sicher?«

Justus und ich saßen auf Hockern zu ihren Füßen, und ich spürte, wie der Frühlingsduft des Gartens über uns hinstrich.

»Laß es mich so ausdrücken, Patrona: Es besteht die allerdings kaum denkbare Möglichkeit, daß du den Bandwurm und den Krebs in dir trägst. Doch müßte der Krebs Schmerzen und einen blutigen Stuhl verursachen. Da beides nicht der Fall ist und mir die abgestoßenen Glieder eines Bandwurms durchaus vertraut sind, gibt es nach ärztlichem Ermessen nur diese eine Ursache.«

Ich stand auf, holte eines der Tonfläschchen hervor und öffnete es.

»Hast du heute schon etwas gegessen?«

»Obst und etwas Brot...«

»Dann bitte ich dich, den Inhalt dieser Phiole jetzt auszutrinken. Ich habe es für die nächsten Tage portionsweise abgefüllt, aber beachte eines: Die Arznei niemals verdünnen und mindestens drei Stunden danach nichts essen! Der Bandwurm soll die für ihn giftige Substanz möglichst ungeschmälert aufnehmen, und er wird nach fünf bis zehn Tagen den Kampf aufgeben müssen. Zum Zeichen dafür löst sich sein Kopf aus deinem Körper, aber der kann leicht übersehen werden, weil er im Vergleich zu den Gliedern winzig ist. Er ist augenlos, keulenförmig und mit vier Saugnäpfen besetzt. Sobald er in deinen Ausscheidungen zu finden ist, kannst du die Arznei absetzen.«

Lucretia führte das Fläschchen entschlossen zum Mund und trank es, ohne abzusetzen, zügig leer. Sie verzog etwas das Gesicht und schüttelte leicht den Kopf.

»Schmeckt gar nicht so übel ... Manchmal glaube ich, die Bona Dea hat dich in mein Haus geschickt, weil sie mich noch länger als ihre Priesterin sehen will.«

Justus seufzte ganz leise.

»Es kann so, aber auch anders sein. Du mußt deine Kraft schonen, Mutter, und so bitte ich dich, jetzt zum Eigentlichen zu kommen.«

»Dummer Junge! Ist nicht unser Leben das Eigentliche? Nur darauf kommt es an, nur als Lebende können wir handeln! Also gut: Ihr wißt beide, worum es geht, nämlich um die Unschädlichmachung dieses früheren Gladiators und Erzhalunken Carnifex. Ich habe lange hin und her überlegt, wie ihm am besten beizukommen wäre, und bin zu dem Schluß gekommen, ihm zuerst einmal eine große Freude zu bereiten, die ihn sorglos und unvorsichtig machen wird. Ich werde also sterben, und er wird annehmen, daß sein Plan gelungen ist. Er soll glauben, du hast dich an mir gerächt und mich auf geschickte Weise ums Leben gebracht.«

»Aber Patrona, wie soll denn das ...«

»Laß mich ausreden! Ich habe gestern noch das Gerücht verbreiten lassen, ich sei – das schöne Frühlingswetter nützend – auf mein Landgut bei Velitrae gefahren, das etwa eine Tagesreise entfernt an der Via Appia liegt.

Von dort wird übermorgen die Nachricht eintreffen, ich sei plötzlich gestorben und werde wunschgemäß dort bestattet. Sollte Carnifex mit dir Verbindung aufnehmen – was ich ganz sicher glaube –, dann laß etwas von einem langsam wirkenden Gift verlauten, aber halte dich sonst bedeckt. Justus wird die Zeit nützen, bei den Kumpanen und Handlangern des Carnifex vorzuarbeiten, was zum Teil schon früher geschehen ist. Wir kennen den Namen jedes einzelnen und es gibt etliche, die diesen Herrn fürchten und es lieber sähen, wenn er entmachtet, besser noch tot wäre. Der Angelpunkt aber ist das *lupanar* im Vicus Patricius beim Circus Maximus. Berichte Herophilos davon!«

Justus wandte sich mir zu.

»Weil es so zentral liegt, gehört es zu den ertragreichsten Freudenhäusern der Stadt und wird von zwei Freigelassenen geführt. Der eine ist Klient meiner Mutter, der andere eine Kreatur des Carnifex. Die Besitzverhältnisse sind klar: Es gehört zur einen Hälfte uns und zur anderen dem Carnifex. Sein Ziel ist es seit langem, diese wahre Goldgrube allein zu besitzen und es fehlte nicht an versteckten Drohungen, er würde die Besitzverhältnisse offenlegen, wobei es auf die Priesterin und Wohltäterin Lucretia ein seltsames Licht würfe, wenn die Wahrheit ans Licht käme. Darauf sind wir vorbereitet, denn unser Freigelassener gilt vor dem Gesetz als der Eigentümer dieser einen Hälfte und würde vor Gericht jede Verbindung zu uns leugnen – ausgenommen der einen, zu den Klienten der Lucretia zu zählen.

Carnifex weiß das und hält vorerst still, aber ich glaube nicht, daß er seine Absicht aufgegeben hat, auch die andere Hälfte des *lupanars* an sich zu bringen. Sobald die

Todesnachricht aus Velitrae eintrifft, wird er einen Versuch unternehmen. Seine Pläne dazu sind fertig, und um sie zu verwirklichen, hatte er einen früher auch für uns tätigen Kopisten zu einer Fälschung erpreßt; der hochverschuldete Mann hat sich dieses Wissen von uns abkaufen lassen und ist seit kurzem aus Rom verschwunden. Wir rechnen damit, daß Carnifex nach Lucretias Tod unseren Freigelassenen umbringen wird, um danach den Behörden die gefälschte Besitzüberschreibung der anderen Hälfte des *lupanars* vorzulegen. Natürlich wird der Besitztitel in Lucretias Testament nicht erscheinen, aber ein Privatvertrag garantiert, daß die Hälfte der Erträge uns zufließt. Carnifex müßte sich das eigentlich denken können, aber die Gier, dieses lukrative Freudenhaus gänzlich an sich zu bringen, ist so groß, daß er seine sonst übliche Vorsicht außer acht lassen wird – das hoffen wir wenigstens.«

Justus stand auf, hob den Sessel mit seiner Mutter mühelos an und rückte ihn weiter in den Schatten. Dann blickte er zu mir und lachte.

»Ich sehe dir an, was du jetzt denkst, Herophilos. Die Vernunft muß dir sagen, daß man auf Grund so unsicherer Vermutungen nicht folgerichtig handeln kann, und ich muß dir recht geben. Dazu nur eines: Auch ehe du hier erschienst, bestand bereits der Plan, diesen Carnifex auszuschalten, und wir haben keine Mühe gescheut, einen Teil seiner Leute auf unsere Seite zu bringen. Sie sind längst unsere heimlichen Klienten und werden, wenn es soweit ist, den Sturz des Carnifex nicht aufhalten, sondern ihm noch einen kräftigen Stoß versetzen. Der Bursche hat nämlich einen entscheidenden Fehler begangen: Er hat in den letzten Jahren nicht konsequent, sondern oft willkürlich gehandelt und damit seine Anhänger verunsichert.«

Lucretia unterbrach ihn.

»Das, Herophilos, ist der Kardinalfehler mancher Tyrannen. Sobald sie ihrer Macht sicher sind, werden sie launisch und unberechenbar, folgen mehr ihren Gefühlen und weniger der Vernunft. Es kann dann dazu kommen, daß sie nicht nur aus Bewunderung und Respekt verehrt werden, sondern man gehorcht ihnen aus Furcht. Je mehr sich vor ihnen fürchten, desto stärker wächst oft der geheime Widerstand, denn verzweifelte Furcht flößt verzweifelten Mut ein. In diese Lage hat sich Carnifex jetzt gebracht, und neben Macer sind nur noch wenige, auf die er sich unbedingt verlassen kann.«

Sie lehnte sich zurück und forderte Justus mit einem Wink auf, weiterzusprechen.

»Glaube ja nicht, daß wir wichtige Vorgänge dem Zufall oder der Laune des Carnifex überlassen! Nach Lucretias angeblichem Tod wird Carnifex von gewissen Leuten – denen er dummerweise noch traut – dazu gedrängt werden, das *lupanar* ganz an sich zu bringen. Und wenn er dann zuschlägt, sind wir bestens gerüstet: Eine uns gewogene Miliz ist informiert, der zuständige Tribunus darauf vorbereitet. Carnifex ist es im Laufe der Zeit gelungen, viele seiner Leute in die Ämter und Behörden einzuschleusen oder Beamte durch Drohung und Bestechung auf seine Seite zu bringen. Diese Leute haben wir inzwischen ausgeschaltet oder umgedreht – zumindest die wirklich Wichtigen und Einflußreichen.

Du schaust mich so skeptisch an, Herophilos, und ich kann es dir nicht verdenken. Wenn ich sage ›wir‹, so ist damit eine ganze Reihe von Klienten gemeint, die durch

Lucretias gute Beziehungen bei den Stadtbehörden untergekommen sind und uns zuarbeiten. Unser Plan war so angelegt, daß wir Carnifex spätestens am Ende dieses Jahres kaltgestellt hätten, aber dein Auftreten und das unkluge Verhalten dieses Halunken hat den Vorgang beschleunigt, worüber wir keineswegs unglücklich sind.

Du brauchst den Plan nicht in allen Einzelheiten zu kennen, aber er zielt darauf ab, daß Carnifex unseren Freigelassenen umbringen läßt und sich vor den Behörden als Alleinbesitzer des *lupanars* präsentiert. Das war sein Lebenstraum, und wenn er ihn verwirklicht hat, ist anzunehmen, daß er sich zurückziehen will. Sein Ende wird nun allerdings anders aussehen, als er es sich gedacht hat.«

Er und Lucretia lächelten sich zu, und ich begann, mich überflüssig zu fühlen. Etwas steif fragte ich:

»Und welche Aufgabe ist mir dabei zugedacht?«

Justus winkte ab.

»Vorläufig keine. Ein Diener wird dir täglich vorbeibringen, was wir in der *olla* gefunden haben, und ich versichere dich, daß wir mit aller Sorgfalt vorgehen werden. Nachdem aus Velitrae die Todesnachricht gekommen ist, werden wir Zypressen vor unserem Haus aufstellen und die Trauerbotschaft wird sich schnell verbreiten. Warte dann einfach in Ruhe ab, was weiter geschieht.«

»Aber wenn alles vorbei ist, muß die Patrona doch wieder lebendig werden …?«

»Gewiß! Es hat sich einfach um einen Irrtum gehandelt. Sie ist auf ihrem Gut krank geworden, und die falsch verstandene Äußerung eines Dieners wurde weitergegeben und ist nach Rom gedrungen. Solche Dinge sind schon vorgekommen, und es wird sie weiterhin geben. Alle werden sich freuen, daß sie noch lebt, und bald wird der Vorfall vergessen sein.«

»Gut, dann darf ich mich verabschieden?«

Lucretia lächelte mich freundlich an.

»Ja, Herophilos, und sei gewiß, daß wir deine ärztlichen Ratschläge peinlich genau befolgen werden.«

Pernix barst vor Neugier, aber diesmal blieb ich schweigsam.

»Mir schwirrt der Kopf, laß mir noch etwas Zeit, ich muß das alles erst verarbeiten.«

Um so ausführlicher berichtete ich ihm von Lucretias Krankheit und welche Vereinbarungen wir getroffen hatten. Das lenkte ihn sogleich ab.

»Es ist schon seltsam, Herr, daß die Natur Geschöpfe hervorbringt, die ohne einen Wirt nicht lebensfähig sind. Aber wenn sie ihn zugrunde richten, sterben sie mit ihm – da sehe ich keinen Sinn.«

»Soviel man weiß, können Bandwürmer im Körper des Menschen bis zu zehn Jahre leben. Sie haben nur eines im Sinn: sich fortzupflanzen; und so stoßen sie von Zeit zu Zeit diese mit Eiern gefüllten Glieder ab, die – so vermutet man – dann auf irgendeine Weise wieder von Mensch oder Tier aufgenommen werden.«

»Trotzdem, Herr, ich verstehe das nicht. Du hast mir schon mehrmals erklärt, daß jedes Wesen auf Erden ein sinnvolles Dasein lebt – also: Mücke und Wurm dienen den Vögeln als Nahrung und diese uns. Das Huhn legt Eier, Kühe und Ziegen geben Milch, die Schafe werden geschoren, das Pferd trägt den Menschen, der Hund begleitet und schützt ihn, die Katze sorgt für mäusefreie

Getreidespeicher – da ist überall ein Sinn, ein Nutzen zu erkennen. Wozu aber ist ein Bandwurm gut? Er nistet im Darm des Menschen, ist dort vor Nachstellungen geschützt und, wenn die Arznei ihn schließlich tötet, geht er ab und verfault. Der Sinn, Herr, wo steckt da der Sinn?«

Ich lachte und drückte freundschaftlich seinen Arm.

»Ein ehemaliger Gladiator stellt philosophische Fragen! Worin liegt da der Sinn, der Nutzen?«

Da war mein guter Pernix beleidigt und schwieg, bis wir nach Hause kamen. Nun konnte ich nicht umhin, meinen Leibwächter über die neue Entwicklung zu unterrichten. Ihm ging es wie mir. Sein nüchterner Sinn sträubte sich gegen Pläne, die so viele Ungewißheiten enthielten, daß sie fragwürdig und wenig aussichtsreich erscheinen mußten.

Pernix schüttelte heftig seinen runden Schädel.

»Nur gut, daß man dir dabei keine Aufgabe zugewiesen hat. Ich würde eher die Flucht ergreifen, als ein so undurchsichtiges Spiel mitzumachen.«

»Es ging mir nicht anders, aber inzwischen habe ich einige Überlegungen angestellt. Lucretia ist eine außerordentlich kluge, tatkräftige und entschlossene Frau. Ohne diese Eigenschaften hätte sie es nicht zu ihrer heutigen Stellung gebracht. Justus, auch wenn er sich nach außen etwas leichtlebig gibt, steht seiner Mutter kaum nach. Er verwaltet mit Umsicht den beträchtlichen Besitz, und der Plan, Carnifex auszuschalten, besteht schon länger und hatte ursprünglich nichts mit mir zu tun. Dieser Mensch ist wie eine schwärende Eiterbeule aus Lucretias dunklen Tagen, die ihr nun so lästig wird, daß sie aufgestochen werden muß. Du kennst das ja aus unserer Praxis: Ein solcher Vorgang ist schmerzvoll, blutig, schmutzig, und man muß behutsam und nach genauen Regeln ans Werk gehen. Wir beide wissen, wie man es macht, und das hoffe ich nun auch von Justus und seiner Mutter. Sie sind schon lange mit solchen Dingen befaßt und wissen, wie sie vorzugehen haben, so absonderlich uns dies alles auch erscheinen mag.«

Pernix nickte und seufzte schwer.

»Man macht sich trotzdem Gedanken ...«

»Was anderes können wir jetzt ohnehin nicht tun. Halten wir uns lieber an das, wovon wir etwas verstehen ...«

So kehrte der ärztliche Alltag wieder ein, bis zu jenem Tag, an dem eine traurige Kunde durch Rom ging: Die Patrona Lucretia, Priesterin der Bona Dea und vielfältige Wohltäterin war einer plötzlichen Krankheit erlegen.

Pernix feixte, als er es hörte.

»Wir wissen es besser, weil vorhin von einem Diener etwas abgeliefert wurde, das dieser Nachricht widerspricht.«

Er meinte natürlich die täglich eintreffenden Funde aus Lucretias Ausscheidungen. Ihre Arznei setzte dem Bandwurm zu, denn er schied jetzt ganze Gliederketten ab, und am sechsten Tag entdeckten wir den Kopf – winzig, tükkisch, mit Saugnäpfen und stacheligen Klammern versehen, um sich an den Därmen festzuhalten.

Ich sandte sofort die vereinbarte verschlüsselte Nachricht: Der Gast ist abgereist.

Tags darauf, bald nach Sonnenaufgang, kam Macer in die *taberna*, ganz offen und unverhüllt, als sei er ein früherer Patient. Pernix öffnete ihm, aber er ließ ihn nicht ein. Ich hörte, wie er sagte:

»Was du auszurichten hast, kannst du draußen tun. In das ehrliche Haus meines Herrn lasse ich keine Gauner.«

Ich mußte lächeln und ging, noch in meine Schlaftunika gehüllt, an die Tür. Sanft schob ich meinen Leibwächter beiseite.

»Ins *vestibulum* wollen wir ihn zumindest lassen...«

Macer schien unbeeindruckt. Ehe er eintrat, hustete er sich aus und spuckte das Ergebnis zwischen die Büsche.

»Wieder ein Stück Lunge dahin; als Arzt bin ich neugierig, wie lange du es noch machst.«

Er wischte sich den Mund mit einem fleckigen Tuch, das er unter dem Mantel hervorzog.

»Jedenfalls länger, als manchem lieb ist...«

Wir traten ins *vestibulum*, wo Pernix sich vor der Tür zu den Wohnräumen postierte und seine wohlbekannte Miene ›grimmiger Gladiator‹ aufsetzte.

»Carnifex möchte sich persönlich bei dir bedanken und seine Schulden begleichen und schlägt deshalb ein Treffen vor. Er besitzt eine kleine private Therme in der Nähe des ›Equus niger‹ und lädt dich dorthin ein – wenn du willst, schon für heute abend.«

»Gut, ich komme«, sagte ich gleichmütig, »aber Pernix wird dabei sein.«

Macer grinste und entblößte dabei seine verrotteten und sehr lückenhaften Zähne.

»Das dachte ich mir. Nun gut, er mag mitkommen.«

Das klang recht gönnerhaft, aber ich überhörte es.

»Pernix, bitte geleite diesen Herrn hinaus.«

Als er zurückkam, stieß er grimmig hervor:

»Das ist eine Falle, Herr! Man wird dich dort im Dampf ersticken oder im *caldarium* ertränken, während ich vor der Tür warte. Warum traust du diesem Gauner so plötzlich?«

»Ich traue ihm so wenig wie zuvor, aber was er mir mitzuteilen hat, kann für Lucretia von Wert sein.«

»Benachrichtige in jedem Fall diesen Justus. Wenn er dir zurät, wäre mir wohler.«

Ich sandte Pernix mit einer Botschaft zum Aventinus und ließ mich von ihm vorher zu einem Patienten begleiten, der hinter dem Forum Boarium wohnte. Dort holte er mich einige Stunden später wieder ab.

»Justus läßt dir ausrichten, daß du dich unbesorgt mit Carnifex treffen kannst. Er wird die Therme überwachen lassen, solange du dich dort aufhältst.«

Es war schon seltsam: Zuvor war mir Carnifex immer als eine tödliche Bedrohung erschienen, vor der ich mich in acht zu nehmen hatte wie vor einem blutrünstigen Raubtier, aber jetzt schien mir die Bestie harmlos wie ein ausgestopfter Tiger. Rechnete ich auf seine Dankbarkeit? Vertraute ich auf den Schutz von Lucretia und Justus? Beides mag eine Rolle gespielt haben; vielleicht auch mein Wissen, daß dieser Mensch – ohne es zu ahnen – schon an der Tür zum Orcus stand und es nur noch eine Frage von wenigen Tagen war, daß man ihn hineinstieß.

Ein Diener des Carnifex holte uns um die elfte Tagesstunde mit einer Doppelsänfte ab, die mir bekannt vorkam. Doch diesmal war sie leer, und Pernix nahm hinter mir Platz.

Die kleine Therme lag versteckt hinter einem vierstökkigen Mietshaus. Carnifex empfing mich lächelnd an der Tür.

Ich mußte sogleich an Lucretia denken, die sich mir erst gezeigt hatte, als es quasi um Leben und Tod ging. Offenbar war Carnifex nun sorglos geworden, weil er – wie er glaubte – nichts mehr zu fürchten hatte.

Er war keine sehr auffällige Erscheinung – dicklich, mit einem etwas groben Gesicht, aus dem mich kalte, kluge Augen aufmerksam musterten. Wir gingen ins Haus, und wieder bemerkte ich sein leichtes Hinken. Er deutete auf einen Vorraum, wo zwei jüngere Männer bei seinem Erscheinen ihr Würfelspiel unterbrachen und sich erhoben.

»Pernix wird euch inzwischen Gesellschaft leisten. Ich verbiete euch, ihn auf irgendeine Weise zu belästigen!«

»Aber wir dürfen ihn doch auf Waffen untersuchen?«

»Nein, das dürft ihr nicht! Herophilos ist heute mein geehrter Gast, und so will ich auch seinen Diener behandelt wissen.«

Was es in den großen Thermen gab, war hier in kleinerem Rahmen vorhanden.

Im *apodyterium* kleideten uns zwei Sklaven aus, danach betraten wir das winzige *tepidarium*, um uns auf die Hitze im *caldarium* vorzubereiten. Eine zierliche Galerie mit Porphyrsäulen säumte das mit Serpentin ausgekleidete Becken.

Carnifex war trotz seiner Beleibtheit muskulös und wohlgebildet, das linke Bein vom Knie bis zum Knöchel durch tiefe Narben gezeichnet. Höflich wies er jeden Versuch einer Unterhaltung ab.

»Später, mein Lieber, wenn wir ins *laconicum* gehen, denn dieser Raum ist abhörsicher.«

Dort saßen wir einander gegenüber, während heißer Dampf aus dem Fußboden quoll und durch eine Öffnung an der Decke ins Freie abzog. Ich konnte die Bemerkung nicht unterdrücken:

»Ich kann nur staunen, Carnifex! Du bist plötzlich so sorglos geworden, zeigst dein Gesicht, empfängst mich quasi in aller Öffentlichkeit...«

Er kicherte wie ein übermütiger Junge.

»Wen soll ich jetzt noch fürchten? Diesen Justus vielleicht? Das ist nur ein dummer Junge, dem ich anrate, sich ins Privatleben zurückzuziehen, weil die Luft in Rom für ihn künftig sehr ungesund sein wird.«

»Sucht dich nicht schon längst die Miliz?«

Wieder erklang sein dümmliches Kichern.

»Das ist ja ihre Aufgabe, nicht wahr? Aber es kommt darauf an, mit welchem Nachdruck sie es tut. Da aber dort eine Reihe von Leuten – bis hinauf in die obersten Ränge – in meinem Sold steht, brauche ich nichts zu fürchten. Rom, mein Lieber, gehört mir! Ich habe die Stadt so gut wie in der Tasche und werde künftig auch öffentliche Auftritte nicht scheuen.

In einem ist Lucretia mir zum Vorbild geworden. Sie hat nach und nach ihre anrüchigen Tätigkeiten scheinbar aufgegeben und sie über Strohmänner weitergeführt. So ist aus ihr die ehrwürdige Matrona und Wohltäterin geworden. Nun, ganz so weit möchte ich nicht gehen, aber an gewisse Stiftungen denke ich schon...«

Er schlug sich klatschend auf die schweißnassen Oberschenkel.

»Ich will jedenfalls nichts überstürzen und wohl zuerst einmal sehen, auf welche Weise Justus die Geschäfte weiterführt.«

»Über ihn hast du mich jedenfalls belogen. Er ist nicht Lucretias Geliebter gewesen, sondern ihr Sohn.«

Carnifex winkte ab.

»Was heißt hier belogen? Er ist ihr Adoptivsohn, und es geht schon lange ein Gerücht um, daß er ihr Bett wärmt. Jedenfalls ist er so eifersüchtig auf Gallus gewesen, daß er Lucretia dazu brachte, sich seiner zu entledigen. Aber was graben wir in diesen alten Geschichten herum? Uns gehört die Zukunft, Herophilos, und du hast entscheidend daran mitgewirkt, daß sie für mich – und dich! – um einiges leichter sein wird. Du mußt es mir nicht sagen, aber ich hätte schon gerne gewußt, wie du ...«

»Nein, Carnifex! Laß es mein ärztliches Geheimnis bleiben. Nur so viel: Es gibt Gifte, die sofort, und solche, die später wirken. Jedenfalls war es weitaus schwieriger, ins Haus der Lucretia Einlaß zu finden, als ... nun, du weißt schon.«

»Trotzdem alle Achtung vor deiner Leistung! Macer hat mir von deinen Auslagen erzählt; würden dir tausend Sesterzen fürs erste genügen?«

Ich tat, als dachte ich nach, während ich das ungute Gefühl unterdrücken mußte, mit einem Schwerverbrecher im Dampfbad zu sitzen, der dabei war, mich für einen Mord zu entlohnen.

»Ja, es genügt und entspricht in etwa meinen Aufwendungen. Ich will nicht für etwas bezahlt werden, das ich als Privatsache ansehe, nämlich Vergeltung für den Tod des Gallus.«

»Natürlich verstehe ich das, wenn ich auch noch immer die leise Hoffnung hege, daß wir dann und wann wieder zusammenarbeiten werden. Vielleicht, wenn ich eine gewisse Arznei benötige ...«

Sein schmutziges Lachen hallte durch den Raum. Er durfte nicht mißtrauisch werden.

»Da bin ich wie alle anderen Ärzte: Gegen ein angemessenes Honorar stehe ich immer zu Diensten.«

»Ausgezeichnet! Ich könnte dir übrigens schon bald ein regelmäßiges Einkommen verschaffen, das dich wenig Arbeit kostet, nämlich die gesundheitliche Überwachung meiner *meretricis* in dem bekannten *lupanar* beim Circus Maximus.«

Ich spitzte die Ohren, denn dieses Freudenhaus sollte nach Lucretias Plan für ihn zur Falle werden. So stellte ich mich unwissend und rief:

»Ach, dieses Haus gehört dir?«

»Vorerst nur zur Hälfte, aber ich werde es schon sehr bald ganz übernehmen. Mein Prinzip dort ist, daß der Kunde nur saubere und gesunde Mädchen vorfindet. Du bräuchtest dir die Damen nur zweimal im Monat ansehen und mir Meldung erstatten, sobald du etwas findest.«

»Das mache ich gerne, Carnifex. Du brauchst mir nur mitzuteilen, wenn es soweit ist.«

Er lachte behaglich.

»Bald, sehr bald schon.«

Es schien, als hätte mein Gastgeber und Feind jeden Bezug zur Wirklichkeit verloren. Seine jahrelangen Erfolge mit allen Arten des Verbrechens, die bezahlten und bestochenen Helfer und Helfershelfer, dazu der Respekt, den er in seinen Kreisen genoß, gaukelten ihm offenbar eine Situation vor, die ihn als unverwundbar, unangreifbar – ja, fast als allmächtig erscheinen ließ. Sein sonst stets waches Mißtrauen war durch den irrigen Glauben eingeschläfert, ganz Rom in der Tasche zu haben.

Für einen Augenblick zweifelte ich daran, ob dieser Mensch tatsächlich zu fassen sei. Aber dann sagte ich mir, daß Lucretia ihm gerade deshalb überlegen war, weil sie nicht in solche gefährlichen Träumereien verfiel und fest auf dem Boden der Tatsachen stand.

Nachdem wir massiert und mit Duftölen gesalbt waren, verabschiedeten wir uns voneinander. Meinem Pernix war die Erleichterung anzusehen, als ich gesund und munter wieder auftauchte. Ich drückte ihm den Beutel mit den tausend Sesterzen in die Hand, und wir bestiegen unsere Sänfte.

»Da muß ja ein Vermögen drin sein!«

»Ja, aber eines, an dem Blut klebt. Ich werde das Ganze morgen dem Aesculapius auf der Tiberinsel opfern. Nicht eine Sesterze davon möchte ich anrühren.«

19

Am Tag nach der Festnahme des Carnifex kam von Justus eine Botschaft: ›Die Bestie ist erlegt, wir laden dich ein, es morgen abend mit uns zu feiern.‹

Ich möchte darauf verzichten, den Bericht von Lucretia und Justus wiederzugeben und fasse hier zusammen, was ich von ihnen, anderen Augenzeugen und während der Gerichtsverhandlung erfuhr – ergänzt durch Vermutungen, die zwingend oder naheliegend sind.

Der Plan des Carnifex war einfach gewesen. Zwei seiner vertrautesten Helfer sollten den Freigelassenen aufsuchen, der für Lucretia die ihr gehörende Hälfte des *lupanars* verwaltete, und zwar noch ehe es am späten Morgen seine Pforten öffnete. Sie sollten ihm dann die gefälschten Urkunden vorlegen, seine zu erwartenden Proteste als Provokation auslegen und ihn während des ›Streits‹ umbringen. Bestochene Zeugen waren bereit, diese Version vor Gericht zu bestätigen, doch Carnifex wußte nicht, daß alle an diesem Komplott Beteiligten von Justus gekauft oder mit eigenen Leuten ausgewechselt worden waren – ausgenommen der zwei Männer seiner Leibwache. Ohne diese beiden stummen und dummen Muskelpakete ging er niemals auf die Straße, und es war unmöglich, sich ihnen auf vernünftige Weise zu nähern. So mußten die beiden nun in Kauf genommen werden, was aber den Plan nicht wesentlich beeinträchtigte.

Wer die Gegend um den Circus Maximus gut kennt, weiß, daß es dort quasi keine Elle unbebauten Bodens gibt. Läden, Kneipen, Mietshäuser und kleine Tempel wie der des Mercurius umgeben den Circus in engen Reihen, und wer dort Bescheid weiß, kann sich einer Verfolgung leicht entziehen.

Dort nun, am Vicus Patricius, umgeben von Läden, Schenken und Werkstätten, erhob sich der wenig auffällige Bau des bei Kennern so hochgeschätzten *lupanars.* Zwei der gegenüberliegenden Häuser waren im Besitz des Carnifex, und am Morgen jenes entscheidenden Tages wartete er mit seinen Leibwächtern im Laden eines Weinhändlers – der sein Pächter war – auf das entscheidende Zeichen. Erfolgte dieses nicht oder kam ein anderes, das ›Gefahr‹ bedeutete, so konnte sich Carnifex durch Hinterausgänge und ihm bekannte Schleichwege schnell davonmachen. Ging alles gut, dann sollte es so aussehen, als wolle er bei der Übernahme des Freudenhauses zugegen sein und treffe nun seine Leute nach dem tödlichen Streit in einiger Verwirrung an. Dann sollte alles hochoffiziell und vor aller Augen zu Ende geführt werden. Die Stadtmiliz würde herbeigeholt, die Zeugen vernommen, ein Protokoll aufgesetzt werden. Alles war so schön ausgedacht, so gut geplant und eingerichtet worden, daß Carnifex die Möglichkeit eines Mißlingens gar nicht in Erwägung zog.

Als das Zeichen kam, überquerte er mit seinen Leibwächtern ruhig die Straße, ein ehrsamer, von zwei Sklaven begleiteter römischer Bürger.

Der Türhüter verneigte sich und riegelte – das *lupanar* war noch nicht eröffnet – wieder sorgsam hinter ihm ab.

Lucretias Freigelassener lag mit blutverschmiertem Kopf auf dem Boden, seine beiden Helfer verneigten sich; Carnifex nickte anerkennend und sagte:

»Gut gemacht, das verdient eine fette Belohnung!«

Das waren die letzten Worte, die Carnifex als freier Mann sprach.

Noch ehe seine stummen Muskelpakete reagieren konnten, wurden sie von hinten niedergeknüppelt, und ein Centurio der Stadtmiliz fesselte dem vor Schreck starren Carnifex die Hände auf dem Rücken zusammen.

Der Freigelassene stand auf und wischte sich das aufgemalte Blut von der Stirn. Der persönlich erschienene Praefectus der Miliz verneigte sich spöttisch.

»Vielen Dank auch für das offene Geständnis. Aus deinen Worten ›gut gemacht‹ darf ich schließen, daß der Mord von dir geplant und angeordnet war. Nun, zum Glück ist es ein wenig anders gelaufen, aber vor dem Gesetz gilt ein geplanter Mord so gut wie ein ausgeführter. Außerdem wäre da noch einiges andere, aber damit soll sich das Gericht befassen.«

Lucretia hatte durchgesetzt, daß es keine öffentliche Verhandlung gab, und das aus gutem Grund. Carnifex bewarf sie und Justus unentwegt mit Schmutz, bezichtigte sie der unglaublichsten Verbrechen und schwor Stein und Bein, daß er diese Anklagen bis zum letzten Atemzug hinausschreien würde.

Der hagere Macer – Justus hatte gar nicht versucht, ihn zu bestechen – sollte mit angeklagt werden, war aber nicht aufzufinden und blieb auch später verschwunden. Doch es gab genug andere Zeugen, die er gekauft, erpreßt und bedroht hatte. Einige von ihnen mußten verurteilt werden, doch ihrer Geständnisse wegen schickte man sie nur für einige Jahre auf Galeeren und in Bergwerke. Carnifex wurde verurteilt, bei den nächsten Spielen *ad bestias* zu kämpfen und zum Vergnügen der Zuschauer einen gerechten und öffentlichen Tod zu sterben.

Zu der von Lucretia und Justus veranstalteten Feier waren noch einige Standespersonen aus der Umgebung geladen: ein Quaestor, zwei Herren aus senatorischer Familie und jener Praefectus, der bei Carnifex' Festnahme zugegen gewesen war. Dieser bedankte sich überschwenglich bei Lucretia für ihre großherzige Einflußnahme, und erst aus ihrer Entgegnung wurde mir klar, worum es ging:

»Es sähe in unserer Stadt besser aus, wenn immer die richtigen Männer zur rechten Zeit am richtigen Ort zugegen wären. Dein Vorgänger – wir haben das schon länger beobachtet – stand mehr im Sold dieses Carnifex als im Dienst des römischen Volkes. Er ist sofort seines Postens enthoben und auf Lebenszeit in eine unwirtliche Provinz verbannt worden ...«

Sie wandte sich an Justus.

»Wohin doch gleich?«

»Nach Armenia minor. Dort darf er als Sekretär des Legaten amtieren. Immer noch besser als sich in einem Bergwerk zu Tode schuften.«

Der Quaestor beugte sich vor.

»Das hat er aber nur seinem offenen Geständnis zu verdanken. Andere haben es uns nicht so leicht gemacht; dementsprechend werden ihre Strafen ausfallen.«

Justus blickte mich an.

»Und du, Medicus, bist du auch zufrieden? Eigentlich hast du einen dreifachen Grund zur Freude ...«

Ich schaute ihn fragend an.

»Du hast deinen Freund Gallus gerächt, bist die Bedrohung durch Carnifex los und hast als Arzt einen großen Sieg errungen.«

Er wandte sich an die anderen.

»Ich möchte es nicht als Spaß verstanden wissen, wenn ich sage, Herophilos hat die Ursache der Krankheit erkannt und den Wurm besiegt. Und ich kann euch versichern, daß dies vielleicht schwieriger war, als der Kampf des Hercules gegen die Hydra von Lerna. Zwar hat der Bandwurm keine neun Köpfe aufzuweisen, die immer wieder nachwachsen, dafür aber ist er unendlich fruchtbar und kann über Jahre hinweg mit Eiern gefüllte Glieder abstoßen.«

Er lachte.

»Jetzt rede ich schon wie ein Arzt, aber Herophilos hat mir alles genau erklärt. Jedenfalls ist meine Mutter wieder gesund. Darüber freuen wir uns und darauf wollen wir trinken!«

Wir erhoben unsere Becher. Die Patrona bedankte sich.

»Ich stehe in Herophilos' Schuld, aber letztlich haben wir uns gegenseitig geholfen, nicht wahr? Man nennt mich in Rom, vielleicht unverdienterweise, eine öffentliche Wohltäterin, aber darüber mögen andere urteilen. Doch ich gestehe offen ein, daß ich die Überführung dieses Verbrechers als wahre Wohltat empfinde und stolz darauf bin, dazu beigetragen zu haben.«

Einige Tage später wurde über Carnifex das Urteil *ad bestias* verkündet, und alle atmeten auf. Doch dieser Erzhalunke machte, da es nun sowieso keinen Ausweg mehr gab, sein Versprechen wahr und stieß unentwegt gegen Lucretia und Justus Anschuldigungen hervor, von denen etliche – so vermutete ich wenigstens – nicht ganz unberechtigt waren.

Deshalb machte man kurzen Prozeß mit ihm: Der Henker schnitt ihm die Zunge heraus, ehe er die Arena betrat, wo Tausende seinen Unflat gehört hätten.

Ich konnte mich dem nicht entziehen, denn Justus hatte zu der *venatio*, bei der Carnifex sterben sollte, eine teure Loge mit sehr guter Sicht für all jene gemietet, die an der Gefangennahme dieses Verbrechers beteiligt waren. Da Frauen bei den Spielen nicht zugelassen waren – Vestalinnen ausgenommen –, hatte man für Lucretia eine Sondergenehmigung erwirkt, die ihre Anwesenheit, allerdings tief verschleiert, bei den *ludi circenses* gestattete.

Dabei streifte mich der Gedanke, daß es vielleicht eine Zeit gegeben hatte, in der Lucretia um nichts besser war als Carnifex, der jetzt in den Verliesen unter dem Theatrum Pompei auf seinen Tod wartete. Er würde nun sein Leben dort beenden, wo er es als junger Mann begonnen hatte – auf dem Marsfeld. Dort hatte er die Gladiatorenschule besucht, dort war er bei den Spielen aufgetreten, dort war er verwundet worden und hatte danach eine Laufbahn als *homo maleficus* begonnen, indem er vom ›Equus niger‹ aus wie eine Spinne sein verbrecherisches Netz über ganz Rom gewoben hatte.

Nun würde er endlich den Lohn für seine Übeltaten erhalten – zu bedauern war da nichts. Schließlich war er es, der den Gallus aus Neid und Scheelsucht umgebracht hatte, der mich belogen, betrogen und ständig bedroht hatte.

Lucretia aber war rechtzeitig umgekehrt, hatte sich auf den Pfad der Tugend begeben, während Carnifex in seinem Machtwahn von einer Herrschaft über Rom träumte, freilich nur über die dunkle, verbrecherische Seite unserer Stadt. Und fast wäre es ihm gelungen ...

Wir konnten alle zufrieden sein; das von Carnifex über Jahre hinweg gespannte Netz war zerrissen, seine wenigen Getreuen festgenommen, die Überläufer belohnt.

Ich konnte mich dennoch nicht freuen, und in der Loge des Theatrum Pompei erwartete ich mit Unbehagen seinen Auftritt.

Lucretia saß in der Reihe vor mir, tief verschleiert, aufrecht, unbeweglich, wie ein Denkmal ihrer selbst, das Urbild der unerschütterlichen und unbeugsamen römischen Matrona.

Mein letzter Besuch bei solchen Spielen lag schon sehr lange zurück, ich konnte mich kaum noch an den üblichen, durch alten Brauch geheiligten Ablauf erinnern.

Es begann mit einer *pompa*, dem feierlichen Umzug der festlich geschmückten Gladiatoren, die ihre Waffen, nämlich Schwerter, Lanzen, Netz, Dreizack und Dolch präsentierten wie Darsteller auf einer Bühne. Schauspieler waren sie ja auch, gewiß, aber ihr Spiel diente nicht dem Schein – ihre Wunden waren echt, das Blut keine rote Farbe, ihre Schreie nicht vorgetäuscht und ihr Sterben bitterer Ernst.

Ich möchte nicht mißverstanden werden. Männer solcher Art erweckten in mir kein Mitleid, sondern nur eine Art Bedauern, aus meiner Sicht als Arzt. Unnötige Wunden, unnötiges Leiden, unnötiger Tod – in meinen Augen eine Verschwendung. Nun, ich maße mir nicht an, den Geschmack meiner Mitbürger ändern zu wollen, auch kritisieren will ich ihn nicht. Trotzdem bleibe ich bei meiner Meinung: Man könnte die hier gezeigten Tugenden Mut, Kraft und Geschick in andere, nützlichere Bahnen lenken.

Nach einem kurzen Scheingefecht, dem *prolusio*, zogen die Männer unter martialischem Musikgetöse ein.

Seltsam – Pernix hatte die Einladung abgelehnt. Schließlich war auch er an dem Fall beteiligt gewesen, und ich hätte ihm einen guten Sitz auf den oberen Rängen bezahlt, aber er wollte nicht.

»Trotz allem, Herr, Carnifex ist ein früherer *commilitio*, und mag er auch dieses Ende verdient haben, so will ich doch nicht dabei sein. Was geschieht denn mit verletzten Gladiatoren? Gewiß, sie sind wegen tapferen Verhaltens begnadigt worden, aber dann liegen sie auf der Straße und können betteln gehen. Für ein solches Ende war dieser Carnifex wohl zu klug, und so hat er eben . . .«

». . . die Laufbahn eines Räubers und Mörders gewählt. Auch nicht gerade klug.«

Er zuckte die Schultern.

»Ich billige es ja nicht und hätte ihn, ohne zu zögern, erschlagen oder erstochen, wenn er dir in böser Absicht nahe gekommen wäre. Aber so . . .«

Mir gefiel der Entschluß meines Pernix, und ich konnte ihn gut verstehen.

Die Gladiatoren kämpften zuerst paarweise, danach gingen sie in Gruppen aufeinander los – wie in einer Schlacht. Besonders wild trieben es die Samniten, die natürlich keine waren, sondern nur nach ihrer von dem gleichnamigen italischen Volk übernommenen Kampfweise so genannt wurden. Sie trugen ein geschmücktes Helmvisier, am linken Arm den großen, leicht gebogenen Schild, der rechte Arm war durch ein Polster geschützt, das linke Bein durch eine eiserne Schiene. Die Brust war frei, und so hieben sie wütend mit ihren Kurzschwertern aufeinander los, bis einer tot oder verwundet zu Boden sank. Lebte er noch, so durften die Zuschauer über sein Schicksal entscheiden, wobei es immer viel Lärm und Geschrei gab, besonders auf den oberen Rängen, wo die Plebs saß.

Wirklich kunstvoll – wenn man in einem solchen Zusammenhang überhaupt von Kunst reden darf – waren eigentlich nur die Kämpfe der *retiarii,* die mit Netz und Dreizack vielleicht eine alte Art des Fischfangs nachspielten, wobei freilich auch der den Fischer darstellende *murmillo,* der über seinen Gegner das Netz werfen mußte, den Tod finden konnte.

Warum berichte ich so ausführlich über etwas, das jeder Römer kennt? Vielleicht, um das Schauspiel vom Auftreten des Carnifex ein wenig aufzuschieben?

Um die fünfte Tagesstunde gab es eine Pause, die von fliegenden Händlern eifrig genützt wurde, um Speisen und Getränke zu verkaufen, wobei der erhabene Augustus die Abgabe von Wein aus guten Gründen untersagt hatte. So hatte man die Wahl zwischen Wasser und verschiedenen Obstsäften, während es bei den Speisen ein größeres Angebot gab: kaltes Geflügel, heiße Würste im Brotfladen, Nüsse, Feigen, Mandeln, Datteln, Kichererbsen, aufgeschnittene Melonen und was sonst um diese Jahreszeit zu haben war.

Dann begannen die *venationes,* unterteilt in die Vorführung von Kämpfen der verschiedenen Tiere gegeneinander; dann traten geschickte berufsmäßige Tierkämpfer an, und zuletzt mußten sich zum Tode Verurteilte den Bestien stellen. Das war wohl der beliebteste Teil, weil es da am blutigsten zuging, während beim Kampf Tier gegen Tier nicht immer geschah, was man sehen wollte. Etwa als zwei Panther auf ein Nilpferd gehetzt wurden. Die Raubkatzen verdrückten sich in eine Ecke, und auch das Nilpferd wich schnaubend zurück. Ich nehme an, daß sich diese beiden Arten auch in ihrer Heimat aus dem Weg gingen, weil sie gleich stark und keine Nahrungskonkurrenten waren.

Die professionellen Tierkämpfer gingen kein Risiko ein, kannten die Stärken, Schwächen und Eigenheiten ihrer Gegner und zogen nur ganz selten den kürzeren.

Anders die *ad bestias* Verurteilten. Meist sahen sie ihre Gegner zum ersten Mal im Leben und waren zudem mit unzureichenden Waffen ausgerüstet, um in jedem Fall ihren Tod sicherzustellen, denn die wilden Tiere übten in diesem Fall das Amt des Henkers aus.

Ich hatte schon vorweggenommen, daß man Carnifex kurz vor seinem Auftritt in der Arena die Zunge abgeschnitten hatte, um ihn an lästerlichen Reden zu hindern.

So stolperte ein hinkender, nur mit einer kurzen, schmutzigen Tunika bekleideter Mann mit schmerzverzerrtem Gesicht in die Arena, blutspuckend und wilde Blicke um sich werfend.

Noch war nichts zu sehen, und er wirkte seltsam klein und verloren, als er da im blutgetränkten Sand stand, in der Rechten ein hölzernes Schwert – eine nutzlose und lächerliche Waffe.

Dann öffneten sich rasselnd die eisernen Fallen der

Tierzwinger, und ein Rudel Wölfe lief geduckt heraus. War es tatsächlich ein ganzes Rudel? Es können auch nur vier oder fünf gewesen sein, jedenfalls dachten sie zunächst nicht daran, diesen schutzlosen Menschen anzugreifen. Sie schnupperten im Sand herum, jaulten leise, und zwei von ihnen wollten wieder dahin zurück, von wo man sie herausgetrieben hatte. Doch hinter den Gittern standen Wärter mit brennenden Fackeln und scheuchten sie zurück. Jeder von uns wußte, daß man diese Tiere tagelang hatte hungern lassen, und so nahmen sie allmählich Witterung auf.

Carnifex war langsam in eine Ecke zurückgewichen, wo er vom Rücken her gedeckt war. Als sich einer der Wölfe ihm zögernd näherte, machte er den Fehler und fuchtelte mit seinem hölzernen Schwert herum. Auf diese Drohgebärde kamen zwei der anderen zur Hilfe. Sie witterten jetzt das Fleisch, die lebende Beute, und begannen nach seinen Beinen zu schnappen. Da traf Carnifex den einen mit Wucht am Kopf. Das Tier taumelte heulend zurück, dafür erschienen die anderen und gingen nun methodisch auf den Zweibeiner los. Bald hatte sich einer in den rechten Schenkel des Carnifex verbissen, das Blut strömte, die Zuschauer jubelten laut und feuerten mit Zurufen die Wölfe an.

Dann geschah etwas, womit niemand gerechnet hatte. Irgendwo aus den oberen Rängen schleuderte jemand ein Schwert in die Arena, das wirbelnd in den Sand schlug und metallisch blitzte. Es war ein gezielter und sehr geschickter Wurf gewesen; Carnifex brauchte nur ein paar Schritte zur Seite gehen und sich zu bücken. Aber immer noch hing der Wolf an seinem Bein und er schien vor Schmerz wie gelähmt. Doch dann ging ein Zittern durch seinen Leib, und plötzlich war der alte Gladiator erwacht. Er ließ das hölzerne Schwert fallen und drückte dem Wolf blitzschnell beide Augen ein. Der ließ sofort jaulend von ihm ab, Carnifex stürzte auf die scharfe Waffe und begann – blutüberströmt und mit zerrissener Tunika –, die Wolfsmeute nach und nach abzuschlachten. Schnell lagen drei oder vier von ihnen tot oder schwer verletzt im Sand, und der letzte verzog sich mit eingeklemmtem Schwanz in eine sichere Ecke.

Wieder jubelten die Zuschauer, doch diesmal aus Sympathie für den tapferen Carnifex, der so schnell und geschickt mit der Wolfsmeute fertig geworden war. Schon hörte man Zurufe wie:

»Laßt Carnifex frei!«

»Er hat sich tapfer geschlagen!«

»Schenkt ihm das Leben!«

»Freiheit für Carnifex!«

Über gestürzte und verletzte Gladiatoren durften die Zuschauer entscheiden, aber für zum Tod verurteilte Verbrecher galt dies nicht. Noch während erregte Zurufe seine Freiheit forderten, hatten die Veranstalter die beiden Panther in die Arena gejagt – eben jene, die sich zuvor geweigert hatten, mit dem Nilpferd zu kämpfen. Dieser blutüberströmte Mensch jedoch war für sie die willkommene Beute, auch wenn er mit einer scharfen Waffe herumfuchtelte.

In ihrer Heimat als kluge und geschickte Jäger bekannt, fielen die gefleckten Raubkatzen nicht ziellos über die Beute her, sondern attackierten sie geschickt von beiden Seiten. Sobald Carnifex nach dem einen zur Rechten schlug, griff ihn der andere von links an, so daß er schließlich mit zerbissenen Beinen zu Boden sank, das Schwert fallen ließ und seine Hände schützend über den Kopf legte. Da wich der eine Panther verdutzt etwas zurück, doch der andere biß Carnifex mit fast spielerischer Anmut das Genick durch. Als auch der andere herbeistürzte und ihm ein gewaltiges Stück Fleisch aus der Lende riß, wandte ich mich ab.

EPILOG

Ich lebte schon über drei Jahre auf dem Landgut ›Tres Querces‹, das Cornelius Livius seiner Scheingemahlin Julia noch zu Lebzeiten überschrieben hatte. Alles folgt hier dem Ablauf der Jahreszeiten, und jedesmal in den Wintermonaten, wenn weder gesät, noch geerntet wird, regte sich in mir die Lust, das damals Erlebte aufzuzeichnen, doch ich zögerte es Jahr um Jahr hinaus.

Warum? Ich könnte jetzt einige plausible Gründe nennen, doch ich will ehrlich sein: Je größer der Abstand zu den hier geschilderten Ereignissen wurde, desto unwahrscheinlicher erschienen sie mir.

Einen Mensch wie Carnifex dürfte es eigentlich gar nicht geben, und auch Lucretia erschien mir mehr und mehr wie ein von Catullus ersonnenes Kunstgebilde – allenfalls geeignet, seine frechen Gedichte zu schmücken, nicht aber in einer der Realität verpflichteten Schilderung zu erscheinen.

Diese Bedenken teilte ich meiner Julia mit, worauf sie nur den Kopf schüttelte.

»Wer zwingt dich dazu, es aufzuschreiben? Laß doch diese alten Geschichten auf sich beruhen. Es ist vorbei, wir haben es ohne weiteren Schaden überstanden und uns ein neues Leben aufgebaut – mir wäre es lieber, du blicktest nach vorne, als jetzt nach Jahren die Vergangenheit aufzuwühlen.«

»Auch sie ist ein Teil von uns ...«, sagte ich etwas lahm, »im übrigen ist es noch nicht so lange her.«

Dann sandte uns Justus die Nachricht von Lucretias Tod, und mir war, als sei sie es gewesen, die mich vor einer wahrheitsgemäßen Niederschrift abgehalten hatte. So begann ich also, das Gewesene zu schildern, und mußte feststellen, daß ich immer wieder ins Stocken kam und mich fragte: War es wirklich so, oder trügt dich dein Gedächtnis, und du redest schön, was häßlich oder ganz anders gewesen war? Ist nicht aus deinem Wunsch, den Tod des Gallus zu rächen, etwas ganz anderes geworden, und Carnifex wie auch Lucretia haben dich nur für ihre eigensüchtigen Zwecke mißbraucht?

Ich werde diese Fragen niemals beantworten können und möchte daher einen Spruch unseres großen Cicero ans Ende setzen:

Stultorum plena sunt omnia – denn die Welt steckt wahrlich voller Torheit.

NACHWORT

Diese Geschichte spielt im Rom der Zeit des Kaisers Augustus (63 v. Chr. – 14 n. Chr.), der nach dem Sieg über Königin Kleopatra und Marcus Antonius das römische Weltreich fast ein halbes Jahrhundert beherrschte. Ihn schon als ›Kaiser‹ zu bezeichnen, wäre falsch, denn der als Caius Octavius von Julius Caesar Adoptierte erhielt den Beinamen Augustus (= ehrwürdig, erhaben) als Ehrenbezeichnung für seine Verdienste vom römischen Senat.

Es ist eine historische Tatsache, daß Rom zwar die griechischen Staaten eroberte und in tributpflichtige Provinzen umwandelte, aber dann dem Faszinosum dieser alten und weit höherstehenden Kultur so gründlich verfiel, daß es fast alles von ihr übernahm. Jeder gebildete Römer beherrschte einigermaßen die griechische Sprache und war stolz, seinen Homer im Original lesen zu können. Der griechische Olymp wurde in einen römischen verwandelt (Zeus = Jupiter, Poseidon = Neptun, Aphrodite = Venus, etc.), der griechische Baustil feierte in Rom Triumphe, und ein junger, sehr lukrativer Erwerbszweig lebte vom Kopieren und Nachahmen (heute würden wir es als Fälschung bezeichnen) der griechischen Bildhauerkunst.

Die griechische Heilkunst machte da keine Ausnahme, und der göttliche Asklepios (Hauptkultstätte Epidauros) wurde in Rom zum Aesculapius und seine Wertschätzung übertrug sich auf die Ärzte, die meist aus zugewanderten griechischen Familien stammten – wie Herophilos in dieser Geschichte.

Wenn ich sagte ›zugewandert‹, so war das häufig nur eine Umschreibung für ›versklavt‹. Der wohlhabende Römer hielt sich griechische Sekretäre, Bibliothekare, Vorleser, Schulmeister und Leibärzte, und in der Regel waren diese Männer für teures Geld erworbene Sklaven, allerdings mit guten Aussichten auf künftige Freilassung – darüber später noch mehr.

Warum aber beherrschten fast ausschließlich griechische Ärzte die in Rom geübte Heilkunst? Das ging so weit, daß römische Mediziner ihre Namen griechisierten und einen dazu passenden Stammbaum erfanden: »Also, mein Großvater war Arzt in Korinth …«

Die Antwort ist einfach: Beim römischen Volk fehlte jede ernstzunehmende Tradition in bezug auf die Heilkunst. Wer Medizin studierte, las die Schriften des Hippokrates und seiner Schüler. Der um 460 v. Chr. auf der Insel Kos geborene Arzt wurde zum Inbegriff der Heilkunst und war leuchtendes Vorbild für die Mediziner der Antike. Den ihm zugeschriebenen ›hippokratischen Eid‹ legen noch heute die angehenden Ärzte ab. Seine Schüler und später alle jene, die sich auf ihn und seine Lehren beriefen, verfügten über ein umfassendes Erfahrungswissen aus einer Zeit, da das römische Reich noch in den Kinderschuhen steckte, und dieser Vorsprung war nie mehr aufzuholen.

Wenn Herophilos sich mit seinem Gehilfen Gallus als *medicus militaris* verdingte, so war dies eine Neuerung, die Octavianus (der spätere Augustus) in seinem Heer eingeführt hatte, denn Feldärzte hatte es zuvor bei den römischen Truppen niemals gegeben.

Die in meiner Geschichte geschilderte Schlacht bei Actium fand am 2. September 31 v. Chr. statt, besiegelte den Untergang von Marcus Antonius und seiner Gemahlin Kleopatra, der letzten Königin von Ägypten, die er nach ägyptischem Ritus geheiratet hatte.

Nachdem Augustus erbarmungslos alle seine politischen Gegner beseitigt und das gesamte römische Reich befriedet hatte, begann er als *Princeps senatus* (der Erste im Senat) sein Regiment über das Reich und seine Provinzen auszuüben und leitete damit das Zeitalter der Pax Augusta ein. Von dieser langen, glücklichen Friedenszeit profitierten noch seine Nachfolger, und sie war ganz dem Aufbau, der Neuordnung und der Festigung des Reiches gewidmet.

Glückliche Zeiten? Nicht für alle, denn aus heutiger Sicht gab es da einige Schönheitsfehler, die nicht unerwähnt bleiben sollen.

Der Nachfolger des ermordeten Gallus als *Servus medicus* (Arztgehilfe) war Pernix, den Herophilos einer Gladiatorenschule abgekauft hatte. Was ist ein Gladiator – wie wurde man so etwas? Diese Männer waren Kriegsgefangene, Sklaven, und kamen nicht selten aus Verbrecherkreisen; nur manchmal waren es angeworbene Freie oder Freigelassene. Sie wurden in einer *ludus gladiatorius* (Fechtschule) ausgebildet, waren dort kaserniert und einer sehr harten Zucht unterworfen. Für ihr leibliches

Wohl war bestens gesorgt, denn der Unternehmer, für den sie tätig waren, wollte harte, gesunde Kerle züchten, die in der Arena – wo sie tödliche Schaukämpfe lieferten – ruhmreich und glanzvoll bestanden.

Damit kommen wir auf Menschen zu sprechen, die nicht sich selbst, sondern einem Herrn gehörten – mit Leib und Leben. Die alte römische Hausgesellschaft wurde *familia* genannt, und darin waren die Sklaven eingeschlossen. Der als *servus* bezeichnete Sklave galt im juristischen Sinn als Sache, wie ein Stück Vieh, ein Tisch oder eine Statue. So konnte man ihn wie diese kaufen, verkaufen, verschenken oder vererben. Er durfte nichts besitzen, konnte keine rechtmäßige Ehe eingehen und sich nicht wehren gegen zu harte Arbeit, grausame Strafen und andere Unmenschlichkeiten. Freilich sah die Praxis anders aus. Im eigenen Interesse wurden die Sklaven von ihren Herrn meist recht gut behandelt und durften sich auch kleine Ersparnisse zulegen. Ihre Lage hatte sich seit 100 v. Chr. wesentlich verbessert, und ein gewisser Rechtsschutz verbot ihre willkürliche Tötung.

Es gab für die Sklaven damals zwei Möglichkeiten, die Freiheit zu erlangen, bezeichnet als *manumissio* (Freilassung). Das war einmal die *manumissio per vindictam*, nämlich die Entlassungserklärung seines Herrn vor dem Prätor, wobei dieser den Sklaven mit dem Freilassungsstab, der *vindicta*, berührte. So kam in unserer Geschichte der Sklave Pernix frei.

Die zweite und am häufigsten gebrauchte Möglichkeit aber bestand in der *manumissio testamento* – also durch testamentarische Verfügung seines Herrn.

Beides machte den Sklaven zum *libertus*, zum Freigelassenen. Er setzte dann den Vor- und Familiennamen seines Herrn vor den eigenen und war diesem zeitlebens als *cliens* verpflichtet.

In unserer Geschichte kommt das in der Klientel der Lucretia zum Ausdruck – eine Art Gefolgschaft, die für sie Geschäfte betrieb oder irgendwelche (natürlich bezahlten) Arbeiten ausführte. Nicht selten brachten es diese Freigelassenen zu Reichtum und Ansehen, und waren als Klienten oft die Rettung ihrer verarmten Patrizierfamilien, die sie vor dem finanziellen Ruin retten konnten. Kaiser Claudius (10 v. Chr. – 54 n. Chr.) beschäftigte einige Freigelassene als Sekretäre, die quasi für ihn das römische Weltreich regierten. In der augusteischen Epoche blieb ein *libertus* Zeit seines Lebens im Stande eines Freigelassenen, erst seine Kinder konnten um Aufnahme in die römische Bürgerliste nachsuchen.

Noch einige Worte zu dem Umfeld, in dem sich unsere Geschichte abspielt. Es ist das Rom der Zeit um 20 v. Chr., von dem wir heute nicht mehr viel finden, da die meisten noch existierenden antiken Großbauten (Colosseum, Pantheon in seiner heutigen Form, Bögen des Titus und Konstantin, etc.) aus späterer Zeit stammen. Auch der Campus Martius – von dem nur noch einige dürftige Reste zeugen – ist später immer wieder umgebaut und erweitert worden.

Die *taberna* (Praxis) des Herophilos lag an der Pons Fabricius, also jener unter dem gleichen Namen bis heute existierenden Brücke, die hinüber auf die Tiberinsel führt. Dort stand seit etwa 300 v. Chr. der Tempel des Aesculapius in der Form eines flußaufwärts fahrenden Schiffes – heute leider spurlos verschwunden. Es lag nahe, daß sich rundherum in der Nähe ihres heiligen Schutzpatrons viele Ärzte angesiedelt hatten.

Es fehlen direkte Belege für eine Unterwelt im alten Rom, aber daß es eine gab, steht außer Zweifel. Jede Großstadt – in welcher Epoche auch immer – bringt ein Gaunerwesen hervor, und die uns überlieferten römischen Gesetze sprechen eine deutliche Sprache, denn das Strafrecht befaßte sich u. a. mit: Unterschlagung, Erpressung, Gewalttätigkeit, Fälschung, Unzucht, Tempelraub, Meineid und Mord.

Die Strafen in der Zeit des Augustus trugen dem ständigen Bedarf an Menschen für die *ludi* (Spiele) Rechnung, so daß – wie auch von mir geschildert – die verhängte Todesstrafe zugleich zum willkommenen Schauspiel für das römische Publikum wurde. Anstatt wie in republikanischer Zeit die Delinquenten aufzuhängen, zu enthaupten oder im Gefängnis zu erdrosseln, kam es zur *condemnatio ad ferrum* oder *ad bestias*. Der Verurteilte mußte also entweder im Schaugefecht mit ihm überlegenen, waffengeübten Gladiatoren sterben oder im Kampf mit wilden Tieren, der meist nur ein Scheinkampf mit unbrauchbaren Waffen war – denn es sollte ja der zum Tode Verurteilte sterben und nicht die kostbaren Tiere ...

Bleibt noch die Frage, ob es einer Frau in jener Epoche tatsächlich möglich war, eine Karriere zu machen, wie ich es bei Lucretia schildere.

»Das eng umgrenzte Leben der römischen Matrone alter Ordnung hatte längst einer Emanzipation Platz gemacht ...«, schreibt Otto Weinreich in seinem Nachwort zu den Werken des Catullus.

Dem Gesetz nach standen die Frauen unter ständiger Vormundschaft, nämlich zuerst des Vaters, dann des Gatten, und als Witwen waren sie dem Willen des Patronus als

Oberhaupt des Familienverbands unterworfen. Diese Gesetze wurden schon in Caesars Epoche vielfach umgangen, sonst hätte die von Catullus angedichtete Lesbia (als Clodia historisch belegt) nicht ungestraft ein solches Lotterleben führen können, wobei sie einmal sogar in einen Giftmordprozeß verwickelt war. De facto war es so, daß Frauen unter gewissen Voraussetzungen Geschäfte führen, erben und vererben, sich scheiden lassen und wieder heiraten konnten.

Daß Recht und Gerechtigkeit sich fast ausschließlich auf die höheren Stände bezogen, habe ich durchblicken lassen. Mit dem Tod eines Sklaven befaßte sich kein Gericht, es sei denn sein Herr war einflußreich und wollte diesen Verlust gesühnt oder ausgeglichen haben. Ein Freigelassener war besser dran, aber auch er kam nur zu seinem Recht, wenn sein Patronus – dessen Klient er war – sich für ihn einsetzte.

Am Ende ist ›Die schwarze Lucretia‹ doch eine wahre Geschichte, denn Frauen ihrer Art hat es damals genauso gegeben, wie das von mir geschilderte Rom in der Zeit des Augustus.

Econ & List

Dianne Day

Spione und schwarze Kröten

Historischer Kriminalroman

320 Seiten

TB 25154-6

Deutsche Erstausgabe

Fremont Jones, jung, burschikos und freidenkend, flieht aus dem prüden Boston der Jahrhundertwende und eröffnet ihr eigenes Schreibbüro in San Francisco.
Doch bereits ihre ersten drei Kunden, der charmante Anwalt Justin Cameron, der seltsame Schriftsteller Edgar Allan Partridge und der alte Chinese Li Wong, bringen nicht nur das ersehnte Honorar, sondern auch jede Menge Probleme mit sich. Und spätestens als die Polizei den Chinesen kurz nach Erteilung seines Schreibauftrags tot auffindet, wird es für Fremont richtig ernst.

»Mit ihrem unabhängigen Geist und ihrer jugendlichen Entschlossenheit ist Miss Fremont Jones wahrlich unbesiegbar.«

The New York Times Book Review

026

Econ & List

Manfred Böckl

Der Alchimist des Teufels

Historischer Kriminalroman

256 Seiten

TB 25201-1

Originalausgabe

Deutschland im 17. Jahrhundert: Noch immer versucht Björn Steenholm, der uneheliche Sohn des letzten Schwedenkönigs, den Tod seines Vaters zu rächen. Zusammen mit der Seherin Adjana verfolgt er den Herzog von Lauenburg, ohne zu ahnen, daß er in eine Falle tappt. Als man ihn in das Verlies einer finsteren Burg steckt, begreift er, daß er nur eine kleine unbedeutende Figur in einem gefährlichen Intrigenspiel ist. Der Herzog von Lauenburg hegt große, umstürzlerische Pläne, und dazu hat er mit einem unheimlichen Alchimisten einen Pakt geschlossen.
Nach »Die schwarzen Reiter« ein neuer Band um Adjana und Björn Steenholm, die Detektive des Dreißigjährigen Krieges.